KB049682

안드로메다의 고양이

ANDROMEDA NO NEKO

©Minato Shukawa 2018
All rights reserved.
Original Japanese edition published in Japan in 2018 by Futabasha Publishers Ltd., Tokyo.
Republic of Korean version published by Somy Media,Inc.
Under licence from Futabasha Publishers Ltd.

안드로메다의 고양이

슈카와 미나토 지음

한수진 옮김

소미미디어
Somy Media

헤어지자는 이야기를 패밀리 레스토랑에서 하자는 것은 도대체 무슨 심보일까.

　그것도 가족 단위의 손님들도 당연히 있는 저녁 9시에——이건 틀림없이 내가 울지도 않고, 소리 지르지도 않을 거라고 뻔뻔하게 단정 짓고 하는 짓이리라. 아니면 당장 헤어질 여자에게 돈을 써봤자 소용없으니까 벌써부터 돈 절약 모드로 넘어간 걸지도 모른다.

　"그동안 말을 안 했던 것은, 정말로 미안해……. 나는 참 비겁한 남자야. 하지만 어떻게든 루리, 당신과 친해지고 싶었어. 그래서 나도 모르게 독신이라고 말했던 거야."

　정면에 앉아 있는 남자는 아까부터 비슷한 말을 되풀이하고 있었다. 나는 고개를 끄덕이지도 않았고 맞장구를 치지도 않았다. 그저 테이블에 한쪽 팔꿈치를 대고 턱을 괸 채, 묽어진 오렌지주스를 빨대로 빙글빙글 휘젓고 있었다.

"이봐, 가만히 있지 말고 무슨 말이라도 해봐……. 아까부터 나 혼자만 떠들고 있잖아. 왠지 너무 비참하단 말이야."

내가 왜 이 사람의 마음을 편하게 만들어줘야 하는 걸까. 전혀 모르겠다. 나는 사기를 당한 피해자이고——아내가 있다는 사실을 숨긴 것은 저 남자인데.

"저기, 내가 오해한 거라면 미안한데…… 설마 앞으로도 이 짓을 계속할 수 있다고 생각하는 거야?"

요청에 응하여 짧게 이야기해봤다.

"아내분과는 조만간 헤어진다고 하고, 우리 관계를 질질 끌면서 이어나가려는 거야?"

그 말에 남자는 깜짝 놀란 것처럼 눈을 부릅떴다. 곧바로 그 얼굴이 순식간에 붉어졌다. 맥주를 두 잔, 세 잔씩 마셔도 그렇게 빨개지는 않을 텐데——내가 정곡을 찌른 건가?

"아니, 그건……."

상대가 부끄럽다는 듯이 우물거려준 덕분에 나는 좀 안심했다. 제발 그 말만은 하지 말아줬으면 좋겠다고 간절히 바랐기 때문에.

이러면 내가 얼마나 어리석은지 자백하는 꼴일지도 모르

지만, 사실 그에게 아내가 있다는 것을 알았더라면 난 절대로 이 사람과 사귀지 않았을 것이다. 하지만 유난히 외모가 젊어 보였고 성격도 유치한 구석이 있어서 깜빡 속아 넘어가버렸다. 요즘 세상에는 30대 후반이어도 결혼을 안 한 사람은 얼마든지 있으니까.

물론 나에게도 책임은 있다고 생각한다.

내가 이 남자의 거짓말을 간파할 정도로 똑똑했더라면, 이런 시시한 속임수에 넘어가진 않았을 것이다. 두 달 반이나 멍청하게 있었던 나도 잘못한 것이다.

그러니까 나는 1분 1초라도 더 빨리 헤어져야 한다. 나의 존재가 아내분에게 알려지기 전에——아내분과, 아직 초등학생과 유치원생이라는 두 자녀들의 삶에 어두운 그림자를 드리우기 전에.

그렇게 생각해서 가장 무난한 수습 방법을 제안했는데. 이 사람은 뭐가 불만인 걸까.

"더 이상 길게 이야기해봤자 소용없을 거야."

나는 이야기를 끝내려고 했다.

"당신도 슬슬 돌아가지 않으면 위험한 거 아냐? 나도 받을 것만 받고, 얼른 갈 거니까…… 아, 혹시 50만 엔이 아까워서 그래?"

만약에 그렇다고 한다면. 그때는 때릴 거다.

"바보야, 내가 겨우 그딴 돈을 아까워할 리 없잖아. 난 그저 우리 관계가, 그런 것으로……."

"그만해. 듣기 싫어."

나는 날카로운 말투로 그 남자의 말을 가로막았다.

아니, 이봐요…… 그 '우리 관계'란 것은 애초에 거짓말을 바탕으로 성립됐던 거니까, 어떤 말로도 그걸 예쁘게 포장할 수는 없다고요. 그것을 아름다웠던 것처럼 말해봤자 오히려 비참해지기만 하잖아. 눈치 좀 채라고. 나보다 나이도 많은 주제에.

"뭐야…… 결국 돈만 중요한 거야?"

그 남자는 울상을 지으면서 말했다. 역시 내 의도를 눈치채지 못했나 보다. 뭐, 이젠 아무래도 상관없지만.

"그냥 그렇다고 치자."

귀찮아서 그렇게 대답했다.

그래. 결국 돈으로 깔끔하게 해결하는 게 상책이다.

돈으로 해결하지 않으면 나도 좀 괴로워질 테니까. 이 사람이 내 머리를 쓰다듬어줘서 기분 좋았던 것도, 뒤에서 나를 껴안아줬을 때 내 마음이 무척 편안해졌던 것도, 전부 다 거짓이 될 테니까——전화가 걸려올 때마다 기뻐했던 것도, 두근거리는 마음으로 생일 선물을 골랐던 것도, 하나같이 전부 다 거짓이 될 테니까.

그러니까——나는 원조교제 따위는 한 적 없지만, 그런 관계였다고 생각하면 차라리 마음이 편할 것이다.

그쪽 시세는 나도 잘 모르는데, 아마 우리는 스무 번 정도는 몸을 섞었을 것이다(적은가?). 그걸 한 번에 2~3만 엔이라고 계산한다면 두 달 반 만에 50만 엔이다.

처음부터 그랬던 것이라고 하자. 우리 사이에는 아무런 감정도 없었고, 상대는 아내가 아닌 딴 여자의 육체를 원했을 뿐이다. 나는 돈을 원했고. 단지 그뿐이라면 일단 이 일은 잘 마무리되지 않을까.

"알았어……. 자, 받아."

그러면서 그 남자는 가방 속에서 꺼낸 은행 봉투를 테이블 위로 던졌다. 저렇게 거만한 태도는 지금까지 한 번도 못 봤었다.

"이거면 됐지?"

그는 화난 듯한 말투로 말했다. 그리고 잔에 남아 있던 맥주를 다 마시더니, 500ml 맥주병을 기울여 스스로 잔을 채웠다. 이 지경이 되었는데도 여전히 자신의 우위를 유지하고 싶은가 보다.

"세어볼게."

아마 ATM에서 뽑은 돈을 그대로 봉투에 넣어 왔을 테니까 굳이 세어볼 필요도 없다는 것은 알고 있었다. 하지만 일부러 천천히 돈을 세는 것이, 내가 할 수 있는 최고로 기분 나쁜 행동이니까. 오래오래 정성껏 했다.

"그래, 딱 50만 엔이네……. 그럼 마지막으로 이건 내가 사줄게. 그동안 고마웠어."

나는 그중 한 장을 뽑아 테이블 위에 올려놨다.

"웃기지 마!"

남자는 분노하면서 1만 엔짜리 지폐를 손으로 확 쳐냈다. 지폐가 바닥에 떨어졌지만, 나는 줍지 않았다.

"어쨌든 즐거울 때도 있었어. 자, 이제 아내분과 자식들을 잘 챙기도록 해."

그 말만 남기면서 나는 봉투를 가방에 넣고 자리에서 일어났다.

"루리……."

그 남자가 내 손을 잡으려고 했다. 그러나 나는 몸을 빙글 돌렸다. 그가 내 몸을 털끝 하나도 건드리지 못하게 했다.

"앞으로는 그렇게 내 이름을 부르지 말아줘. 만에 하나 어디선가 우연히 마주치더라도, 친하게 이름을 부르지는 마. 예의 바르게 '야자키 씨'라고 불러줘."

그로써 우리는 다시 남남이 된다──키스를 하고 한 침대에 들어갔는데도, 이제는 한낱 '모르는 사람'이 된다. "따뜻하게 하고 자"라든가, "같이 먹으니까 뭐든지 다 맛있다, 그렇지?"라고 말하면서 서로를 소중하게 여기던 시간도 분명히 존재했음에도 불구하고, 이 순간부터는 평범한 군중의 일원이 되는 것이다.

산다는 것은 그런 것일지도 모른다.

틀림없이 내 모습이 눈앞에서 사라지면, 저 남자는 1만 엔짜리 지폐를 주워서 그것으로 계산할 것이다. 그 후 밖으로 나와 아내에게 전화를 건다. "아, 갑자기 추가근무를 하게 돼서. 지금 집에 들어갈 거야" 하고 밝은 목소리로 이야기한다.

영원히 안녕――행복하게 잘 사시길.

* * *

"푸하아아아!"

나는 곧장 빌라의 우리 집으로 돌아와서 발포주 한 캔을 꿀꺽꿀꺽 마셨다. 그제야 겨우 긴장이 풀리는 것 같았다.

늦은 저녁밥을 준비했다. 냉장고 속에 있던 양상추와 햄으로 대충 샐러드를 만들고, 또 냉동 파스타를 전자레인지로 데웠다. 지갑이 두둑해졌으니까 중간에 편의점에 들러서 뭔가 사 와도 됐을 텐데, 왠지 그럴 기운이 나지 않았다. 밖에서 편의점 안을 봤을 때 하필이면 카운터에 있는 사람이 문제의 변태 아저씨였기 때문에 더더욱 그랬다.

그 아저씨는 머리가 살짝 벗겨진 쉰 살쯤 된 남자였는데, 전에 아르바이트생들한테 거만하게 지시를 내리는 장면을 본 적이 있으니까 아마도 사장님일 것이다. 첫인상만 보면 얌전하고 온화한 사람처럼 보이기도 하지만, 빌라 아래층에 살고 있는 마쓰다 아주머니의 이야기에 의하면 '물건을 훔친 여고생을 붙잡았을 때 경찰에 신고하지 않고, 그 대신 야한 사진을 찍게 해주는 조건으로 대충 넘어갔다'는 소문이 있다고 한다. 에이, 설마…… 하는 생각도 들었는데, 듣고 보니 확실히 그럴 것 같은 분위기가 엄청나게——아, 물론 남자는 그런 시선으로 보면 누구나 다 그렇게 보이지만.

TV를 틀어봤더니 여기선 또 판에 박힌 시끌벅적한 예능 프로그램밖에 안 하고 있었다. 아무래도 오늘은 그런 것이나 볼 기분이 아니라서 뉴스로 채널을 돌렸다. 정확히 메인 뉴스가 끝나고 스포츠 뉴스로 넘어간 타이밍이었다. 어쩔 수 없이 나는 전혀 관심도 없는 야구 경기 결과를 보면서 파스타를 먹었다.

그 후 침대 위에 던져놨던 가방을 끌어와 은행 봉투를 꺼냈다.

'와, 후쿠자와 유키치(일본의 사상가이자 1만 엔 지폐의 모델)의 수학여행이네.'

이렇게 많은 1만 엔 지폐를 보는 것은 오랜만이었다.

결별을 위한 보상금이라고나 할까, 원조교제 대금이라고나 할까. 뭐라고 부르든 상관없지만——이 녀석 덕분에 조금이나마 숨통이 트이는 것은 사실이었다.

지난달에 엄마한테 5만 엔을 빌려줬기 때문에 정말로 힘들었었다. 내가 파견 사원 월급으로 늘 빠듯한 생활을 한다는 것을 뻔히 알면서도, 엄마는 어떻게 그런 큰돈을 빌려달라고 부탁할 생각을 다 했을까. 아마도 또 남자한테 생활비를 빼앗겼거나, 무리해서 뭔가를 샀기 때문일 테지만. 그런 짓은 자기 소지금의 범위 내에서만 해줬으면 좋겠다.

실은 내가 마음을 독하게 먹고 돈을 안 빌려주면 그만이지만——이상하게도 나는 엄마에게는 쌀쌀맞게 굴 수가 없었다. 이 세상에 단둘뿐인 모녀이기 때문일까? 이유는 몰라도 저절로 엄마 말을 들어주게 되는 것이었다.

그래서 5만 엔을 빌려주기는 했는데, 돌려받을 수 있을 거라고 생각하진 않았다. 이 상황에서 그런 생각을 한다면 멍청이일 것이다. 물론 엄마가 복권 당첨이라도 되면 돈을 돌려줄지도 모르지만.

마음이 좀 복잡하기는 해도 이렇게 후쿠자와 유키치가 수학여행을 와줘서 나로선 정말 다행이었다. 아무리 낡은 빌라라도 월세는 내야 했고, 또 그동안 체납했던 연금도 어떻게든 해결해야 할 상황이었는데——역시 돈이 있으니까 좋구나…… 하고 진심으로 생각했다.

그 후 나는 목욕을 하고 얼굴에 이것저것 듬뿍 바른 뒤 일찌감치 잠을 자기로 했다. 다음 날 콜센터 일을 해야 하는데, 근무지가 좀 멀기 때문에 여기서 일찍 나가야 했다.

나는 불을 끄고 침대 속으로 들어갔다. 하지만 역시 금방 잠들지는 못했다. 원래 잠은 꽤 잘 자는 편인데, 아무래도 남자와 헤어진 직후에는 그게 안 되는 것 같았다.

30분 가까이 잠을 자려고 노력해보다가 결국 안 된다는 사실을 깨닫고 침대에서 빠져나왔다. 소주를 물에 좀 진하게 타서 준비해놓고, 수납장에서 예의 물건을 끄집어내서 침대 옆에 설치했다.

그것은 장난감 같은 가정용 플라네타륨──마치 영화처럼 별하늘을 방 천장에 투영해주는 장치였다. 지름이 15센티미터쯤 되는 플라스틱 공처럼 생긴 이 물건을 나는 무척 좋아했다.

방을 어둡게 해주고 스위치를 누르자 천장에 둥근 별하늘이 비춰졌다.

'아아. 역시 좋구나.'

익숙한 천장 풍경 위에 겹쳐진 은하, 무수히 흩어져 있는 별. 그것들을 보니까 진짜로 배 속 깊은 곳에서 한숨이 흘러나왔다. 약 12분에 한 번씩 회전하는 시스템인데, 덤으로 이

따금 별똥별이 떨어지는 서비스까지 있었다.

그걸 쳐다보면서 물 탄 소주를 마시고 있자니 왠지 모르게 울고 싶은 기분이 들었다. 남자와 헤어진 것은 상관없었다. 이건 그냥 평소의 내 나쁜 버릇이었다.

나는 어린 시절부터 이유 없이 우주를 사랑했다.

나는 결코 그럴 수 없다……는 것을 알면서도, 언젠가는 우주 비행사가 돼서 별바다를 날아갈 수 있을 것 같은 기분을 느꼈고, "여자애인데 신기하다"는 말을 들으면서도 동네 도서관에 가면 꼭 우주 도감이나 별자리 책만 읽었다.

정말로 무슨 이유인지는 몰라도──우주를 생각하면 어쩐지 그리운 느낌이 들었다.

"루리야, 그건 네가 우주 어딘가에서 온 에르메스 성인이라서 그런 거 아냐? 울트라 세븐한테 퇴치 당할지도 모르니까 조심해."

그러면서 나를 놀린 사람은 유야 씨였다.

그는 한마디로 말해 그 당시 우리 엄마의 애인이었다. 그는 우리 아빠가 될 뻔했지만 결국 엄마와 헤어지고 말았다. 하지만 한두 명이 아니었던 엄마의 애인 중에서는 유야 씨가 최고로 괜찮은 남자였다고 생각한다.

엄마가 반했을 정도니까 얼굴은 당연히 잘생겼고──성격은 싹싹하고 밝은데다가 다정했으며, 특히 나를 한 인간으로서 대해주는 것이 좋았다.

그 전까지 엄마가 사귀었던 애인들은 철저히 나를 엄마의 딸, 덤, 부록, 애물단지, 조심해서 다뤄야 하는 화약……처럼 여기는 인간들이었다. 하기야 그것은 몇 살 때의 나를 만났느냐에 따라 달라지는 문제이므로, 유야 씨는 아마 타이밍도 좋았을 것이다.

유야 씨와 엄마가 사귄 것은 내가 고등학교 2학년일 때였다.

'그거야말로 진짜 예민하고 골치 아픈 시기 아냐?'라고 생각할 수도 있다. 하지만 그것은 사람에 대한 좋고 싫음의 기준이 엄격해진다 뿐이지, 오히려 한번 마음의 문을 열어버린 상대는 유난히 잘 따르는 연령대이기도 하다.

유야 씨는 엄마보다 거의 띠동갑 수준으로 나이가 어렸지만 배려심이 넘치는 인간이었다.

내 앞에서는 절대로 야한 이야기나 천박한 이야기는 하지 않기로 마음먹은 것 같았고, 또 아무리 엄마가 권해도 우리 집에서 자고 가지도 않았다. 외로움을 잘 타는 엄마가 "대체 왜?" 하고 물어봤더니, 그는 "루리는 예민한 사춘기니까 배려를 해줘야지"라고 대답했다고 한다. 그 이야기를 들은 나는 의외로 신사적인 사람이구나……라고 생각했었다.

그대로 그가 우리 아버지가 되어줬더라면 무척 즐거웠을

16

텐데.

말로는 싫다고 했지만, 유야 씨가 나에게 붙여준 '에르메스'라는 별명도 실은 꽤 멋지다고 생각했다.

물론 유명한 명품 브랜드 이름은 아니었다.

그 당시 나는 콩나물처럼 키가 쑥쑥 자라서 티셔츠나 블라우스 사이즈가 M으로는 감당이 안 될 정도였다. 다행히 몸통 둘레 쪽은 문제가 없었지만, 전체 길이와 소매가 짧아서 보기 흉했다.

그래서 울며 겨자 먹기로 L 사이즈 옷을 입게 되었는데——어느 날 눈치 빠른 유야 씨가 그 사실을 알아내고 말았다.

"와, 루리. 너 L이구나? 나랑 거의 비슷하네."

"아니, 여자 L이랑 남자 L은 완전히 다르거든?"

나는 정색하고 대꾸했다. 그러나 유야 씨는 들은 척도 안 하면서 말했다.

"덩치도 거대하고 태도도 거만해. 그러니까 장래에는 뭔가 거창한 일을 저지를 것 같은데……? 좋아, 오늘부터 루리의 닉네임은 '에르메스'다. L 사이즈의 여자……를 동물적으로 표현하면 메스라고 하니까(일본어에서 L 발음은 '에르', 동물의 암컷은 '메스'라고 함). 너 앞으로 밖에 나가서 싸울 때에는 '에르메스 루리'라고 당당하게 이름을 대도록 해."

"뭐? 싫어."

"아니, 유래를 밝히지만 않으면 은근히 멋진 이름이야. 좀 고급이잖아."

"밖에 나가서 싸울 일도 없거든……? 그 이미지, 뭔가 구시대적인 깡패 같다고."

애초에 '닉네임'이라는 것 자체가 게임 오버. 진짜 구닥다리 감성이었다.

"난 멋있다고 생각하는데."

그렇게 말하면서 고개를 갸웃거리던 유야 씨. 그리고 얼마 후부터는 그를 만나지 못하게 되었다. 무슨 일이 있었는지는 몰라도 그가 엄마와 헤어져버렸기 때문이다.

그래서 나는 유야 씨의 이름을 한자로 어떻게 적는지조차 몰랐다.

내가 아는 것은 그가 기후현 출신이고, 과거에는 록 밴드 기타리스트를 목표로 했다는 것 정도밖에 없었다. 엄마에게 물어보면 이것저것 가르쳐줄지도 모르지만, 이제 와서 새삼스레 물어볼 수도 없었다.

'돌이켜 보니 많은 사람들과 헤어지면서 살아왔구나…….'

나는 빌라 천장에서 천천히 회전하고 있는 인공적인 은하를 바라보면서 그런 생각을 했다. 살짝 눈에 눈물이 맺혔다.

역시 산다는 것은 그런 것이리라.

* * *

남자랑 헤어져도 아침은 온다.

살기 위해서는 일해야 하고, 그러려면 만원 전철을 타고 회사에도 가야 한다. 집 안에 틀어박혀 우울해하는 것은 축복받은 사람들만의 특권이다.

특히 나는 파견 사원이므로 딱 일한 만큼만 돈을 벌 수 있다. 솔직히 말해 아르바이트생보다 아주 조금 나은 수준이었다. 물론 괜찮은 회사의 정직원이 되고 싶은 마음은 있는데, 그게 좀처럼 쉽지 않았다. 나는 고졸이고, 특별한 자격증을 가진 것도 아니니까——거기까지 가는 길이 너무 험난하기만 했다. 구인구직 사이트에서 찾아낸 회사에 연락해본적은 여러 번 있지만, 그때마다 빛의 속도로 '거절 메일'만 날아오고 전혀 진전이 없었다.

하지만 이렇게 고통 받는 사람은 나 혼자가 아니었다. 대학을 졸업하고 유학까지 다녀온 사람도 내 옆자리에서 같이 일하는 경우도 있으니까. 세상 살기가 참 힘들다.

게다가 정직원은 또 정직원 나름대로 고생하는 것 같기도 했다.

추가근무니 뭐니 하면서 죽어라 혹사당하기도 하고, 달성하기 어려운 목표량을 억지로 떠맡아서 괴로워하기도 하고.

그런 모습을 보면 도대체 누가 더 낫고 누가 더 손해인지 알 수 없었다. 일단 파견 회사가 중간에 존재해주기 때문에 우리들은 지나친 추가근무는 거부할 수 있고, 의외로 시간도 융통성 있게 쓸 수 있다. 그러나 미래에 대한 보장은 없으므로 항상 마음속에 은근한 불안감을 품고 있다. "다음 주부터는 출근 안 하셔도 돼요"라는 말을 언제 듣게 될지 모르는 것이다.

어쩐지 지금의 일본은 모든 부분이 임시변통으로 이루어진 것 같았다. 언 발에 오줌 누기 같은 짓을 몇 년이나, 또 몇 년이나 계속하는 바람에 모두들 지쳐버린 듯했다. 그러니까 예민해져서 남에게 시비를 걸거나, 인터넷상에 이상한 글을 올리고 재미있어하는 사람들이 늘어난 게 아닐까. 실제로 지금 나도 불만을 폭발시키고 싶었다. 오늘 파견되는 회사 측이 교통비를 내주지 않는 것에 대해서.

그 후 나는 회사에 도착해 간단한 설명을 듣고 일을 시작했다.

콜센터 업무란 것은 전화기 헤드셋을 쓰고 이야기하는 것은 똑같아도 구체적인 내용은 또 달랐다. TV 홈쇼핑 주문을 받는 것(다들 알다시피 "많은 상담원들이 대기 중입니다"라고 하는 것)처럼 이쪽에서 전화를 받는 업무가 있고, 반대로 영업이나 설문조사 등을 하려고 이쪽에서 전화를 거는 업무도 있었다. 어쩌다 보니 나는 전화를 받는 일을 자주 하는 편이었다.

어떤 일이든 그것을 하는 동안에는 아무 생각도 안 해도되고, 바쁠 때에는 그럭저럭 충족감도 느낄 수 있었다. 드문일이지만 '대응이 훌륭하다'는 고객의 칭찬이라도 받으면당연히 기쁘기도 했다.

솔직히 말하자면 나는 좀 더 나에게 맞는 직업을 갖고 싶다고 생각하는데——실은 그것이 어떤 직업인지 스스로도잘 몰랐다.

애초에 하고 싶은 일도 거의 없었고.

어린 시절에는 우주에 가보고 싶다는 생각을 했지만, 나처럼 머리 나쁜 인간이 우주 비행사가 된다는 것은 절대로불가능하므로 일찌감치 포기했다. 그 외에는——아, 그래.패션 디자이너가 되고 싶다고 생각했던 시기도 있었다.

그래서 고등학교를 졸업하면 패션 전문대학에 가려고 했지만, 우리 집은 경제적인 여유가 없어서 결국 그쪽은 단념했다. 그때 엄마가 고장 난 로봇처럼 자꾸만 "미안해……"라고 말해서 지겨워했던 기억이 난다.

차라리 내가 직접 일해서 학비를 벌어볼까? 그런 생각도해봤는데, 의지력이 약한 나에게는 그것도 불가능했다. 뭐,친구들과 놀러 다닌 것도 그 이유일 테지만.

그래도 뭐라도 해봐야지 하고 옷가게 직원으로 일한 적도 있었다. 그런데 그게 참 웃겼었다. 왜냐하면 스몰 사이즈 옷가게라서 나는 그 매장에 있는 옷들을 하나도 입을 수 없었으므로——그야말로 코미디였다.

그렇게 우여곡절 끝에 파견 사원으로 일하게 되어서 현재에 이르렀다.

정신 차려 보니 어느새 스물일곱 살이었다.

스스로도 믿을 수가 없는데…… 당당하게 말하긴 좀 그렇지만, 고등학교를 졸업한 이후로 뭔가를 제대로 했다는 실감이 전혀 느껴지지 않았다. 그저 하루하루 살아갈 뿐인데 엄청난 속도로 시간이 흘러가는 것 같았다. 덤으로 처자식이 있는 남자에게 속아 넘어갔으니——와, 정말 대단하다. 스물일곱 살.

* * *

퇴근하고 나서 역과 연결되어 있는 패션몰에 들렀다.

역시 주머니 사정이 좋아지니까 부티크나 편집숍에서 아이쇼핑을 하는 것이 즐거웠다. 마음만 먹으면 살 수 있다고 생각하니 저절로 흥이 났다.

그러다가 중간에 아주 멋진 귀걸이를 발견해서 살까 말까

고민했지만 결국 사지는 않았다. 이 타이밍에, 그것도 그 남자가 준 돈으로 물건을 산다면, 스스로 사기 당한 것을 기념하는 것이나 마찬가지라는 사실을 깨달았기 때문이다.

물건을 사더라도 일단 분위기가 좀 가라앉은 다음에 사자──그렇게 생각했더니 갑자기 냉정해져서, 카페에서 카페라테나 한 잔 마시고 집에 돌아가기로 했다.

그 후 집에서 가장 가까운 역에 도착했다. 밤늦게까지 영업하는 마트에 들러 장을 봤다.

그런데 덤벙거리는 나는 마트를 나왔을 때 뒤늦게 집에 소주가 없다는 사실을 기억해냈다. 어젯밤에 플라네타륨을 보면서, 조금 남아 있던 소주를 모조리 마셔버렸던 것이다.

'하는 수 없지. 편의점에서 사자.'

집 근처에 편의점이라고는 예의 변태 아저씨의 편의점밖에 없었지만, 이 상황에서 찬밥 더운밥 가릴 수는 없었다. 뭐, 편의점에 들어가기만 해도 옷이 홀라당 벗겨지는 것도 아니니까. 그냥 빨리 물건만 사고 나오자.

편의점에 도착해 안으로 들어갔더니 역시나 계산대에는 그 변태 아저씨가 있었다.

가게 안을 둘러보니 조그만 소녀 하나만 있었다. 다른 점원의 모습은 보이지 않았다. 언제 와도 점원이 적은 편인데, 이 가게 괜찮은 건가?

나는 술 진열대에서 종이팩 소주(아저씨 같은 선택이어도 이게 제일 가성비가 좋으니까), 종이팩 매실주를 골라 장바구니에 담았다. 또 덤으로 잡지 코너의 책을 집어 들기도 하고, 아이스크림 냉동고 안을 들여다보면서 신제품 아이스크림을 구경하기도 했다.

그때 문득 시선이 느껴져 고개를 들었다. 먼저 와 있던 손님인 소녀가 나를 쳐다보고 있었다. 그러나 눈이 마주치자마자 상대는 어색하게 나를 외면했다.

'어? 뭐야, 쟤는.'

평소에 나는 모르는 사람을 빤히 쳐다보는 짓은 안 하지만, 그 아이의 태도가 몹시 부자연스러워서 조금 신경 쓰였다.

그 아이는 피부가 하얗고 귀엽게 생긴 소녀였다.

나이는 아마 18~20세 정도일 것이다. 머리는 소년처럼 아주 짧게 잘랐는데, 그 헤어스타일이 제법 잘 어울렸지만 머리카락이 군데군데 자유롭게 뻗쳐 있었다. 저 머리는 혹시 일부러 세팅한 게 아니라 베게에 눌려서 저렇게 된 건가?

'남의 머리를 거울삼아 내 머리를 다듬어라'라는 속담은 없지만, 나도 모르게 갑자기 내 머리가 신경 쓰였다. 그래서 가게 안의 거울로 된 부분으로 내 머리를 살펴봤다. 늘 그렇듯이 특색이라곤 없는 쇼트보브 스타일은 건재했다. 차라리 머리를 좀 더 길러서 화려하게 히피 펌이라도 해볼까······?

그런 생각을 했을 때, 거울 속에서 이번에도 또 그 소녀가 이쪽을 힐끔힐끔 살펴보고 있는 것을 발견했다. 마치 나를 경계하는 것 같았다.

'근처에 사는 아이인가?'

화장기가 전혀 없는 얼굴이라 그렇게 추측했는데——다시 보니 그 아이의 옷차림이 독특했다. 물론 옷은 자기 마음대로 입어도 되지만, 아무리 그래도 민소매로 돌아다니는 사람도 있는 이 시기에 긴팔 블라우스 위에다 두꺼운 파커까지 걸치고 다니면 너무 덥지 않을까. 게다가 자세히 보니 그 아이의 쇼트부츠에는 털이 달려 있었다. 지금은 6월. 역시 저건 너무 심했다.

'좀 이상한 아이네.'

좀 더 진지하게 관찰해봤더니, 다소 더러워진 파카의 옷소매가 눈에 띄었다. 며칠은 입고 다닌 것 같았다.

'혹시······ 특별한 사정이 있는 아이인가?'

그렇게 생각한 순간, 나는 목이 콱 막히는 기분을 느꼈다. 그 소녀가 손에 들고 있던 빵을, 어깨에 걸친 하얀색 토트백에다 슬쩍 집어넣는 것이 보였기 때문이다.

본인은 성공했다고 생각할지도 모르지만. 괜히 나에게 신경 쓰는 바람에, 계산대에 있는 아저씨에게는 저절로 신경을 덜 쓰게 된 것 같았다. 완전히 다 보였을 거야. 방금 그거.

'하필이면 여자애가 이 가게에서 저러다니.'

같은 빌라에 사는 마쓰다 아주머니가 했던 이야기가 떠올랐다. 나는 뒷덜미가 서늘해졌다. 슬그머니 계산대 쪽을 봤더니, 편의점 아저씨는 정확히 그 소녀를 보고 있었다. 역시 완벽하게 들킨 것 같았다.

물론 도둑질은 나쁜 짓이다. 어딘가에서 들켜서 잡히는 것이 차라리 저 아이의 인생에 도움이 될지도 모른다. 하지만 여기서는 절대 안 된다——굳이 이 편의점에서 도둑질을 할 필요는 없잖아?

'이걸 어쩌면 좋지?'

그런 내 속마음도 모르고 그 소녀는 또다시 과자를 가방 속에 집어넣었다. 그 수법이 대담하다기보다는 어설펐다. 워낙 서툴러서 '혹시 잡히고 싶은 건가……?'라는 생각까지 들었다.

나는 잠깐 고민한 뒤 결심했다.

저 아이가 어떻게 되든 나하고는 상관없다. 본디 세상은 냉정한 것이다. 남의 일에 신경 쓸 이유가 없잖아. 빨리 계산이나 하고 여기서 나가자.

나는 계산대로 가서 장바구니를 그 위에 올려놨다.

"네, 손님. 어서 오세요."

아저씨는 형식적인 인사를 하면서도 힐끔힐끔 그 소녀의 움직임을 관찰하고 있었다.

그걸 아는지 모르는지, 갑자기 그 소녀가 출입구 쪽으로 향했다. 아저씨가 내 물건들을 계산하는 사이에 무작정 빠져나가기로 마음먹었나 보다. 정말 유치한 수법이었다.

"아, 잠시만 기다려주세요."

아니나 다를까. 아저씨는 계산하던 손을 멈추고 그 소녀를 쫓아가려고 했다.

"잠깐만, 거기 서!"

그렇게 소리를 지른 사람은 나였다.

나는 아저씨보다 더 빨리 출입구로 뛰어가, 가게 밖으로 나가려고 하는 소녀의 가방을 확 붙잡아 도로 안으로 끌고 들어왔다. 도둑질이란 것은 가게 밖으로 나간 순간 성립된다. 그러니까 좀 억지스럽긴 해도, 이 아이는 아직 도둑질을 한 것은 아니다.

"아저씨. 이것도 같이 계산해줘요."

나는 그 소녀의 토트백 속에서 빵과 과자를 꺼내어 내 장바구니에 넣었다.

"아, 저기요…… 손님."

아저씨는 난감한 표정을 지었다. 그러나 나는 강경한 태도로 그것을 무시했다.

"이 애는 내 사촌이에요. 원래 여기서 만나기로 했어요. 그런데 얘가 좀 얼빠진 구석이 있어서……. 가끔은 돈을 내기도 전에 실수로 상품을 자기 가방에 집어넣기도 하거든요. 분명히 말해두는데, 이거 도둑질 아니에요. 그냥 실수로 깜빡한 거예요."

아아, 이래 봤자 나한테는 하나도 도움이 안 되는데. 내가 무슨 짓을 하는 걸까.

"유카리. 더는 없지?"

아무렇게나 이름을 지어 불렀다. 그러자 그 소녀는 흠칫 몸을 떨었다. 그리고 두려워하는 눈빛으로 내 얼굴을 쳐다봤다.

"있으면 어서 꺼내봐. 돈을 내지 않으면 도둑이 되는 거니까!"

그 목소리를 듣고 겁먹었나 보다. 소녀는 겉옷 주머니에서 작은 플라스틱 상자에 든 물건을 꺼냈다. 여자 속옷이었다. 편의점에서는 뭐든지 다 파는구나.

"더 이상은 없지?"

내가 그렇게 말하자, 소녀는 고개를 끄덕거렸다. 그 얼굴이 좀 귀여웠기 때문에 나도 모르게 서비스를 해주게 되었다.

"더 필요한 것은 없어? 당장 가져오면 그것까지 사줄게."

그러자 소녀는 허둥지둥 간편식 코너로 갔다. 그리고 우유, 삶은 계란 2개 한 세트, 작은 샐러드를 가지고 돌아왔다. 틀림없이 배가 고픈 것이리라.

"손님, 정말로 괜찮으시겠어요?"

주인아저씨가 입을 삐죽거리면서 한마디 했다. 됐어요, 그건 당신이 상관할 바 아니에요. 그냥 최근에 임시 수입이 좀 있어서 내가 마음이 너그러워진 거니까. 아, 설마 당신이 좀 아쉬워서 그러는 거 아녜요?

계산을 마치고 편의점 밖으로 나왔다. 소녀는 입을 다문 채 내 뒤를 따라왔다. 나는 주차장 한쪽 끄트머리에 서서 즉시 방금 산 물건들을 나눠줬다.

"너 말이야……. 무슨 사정이 있는지는 몰라도, 이 가게에서는 도둑질은 안 하는 게 좋을 거야. 여기 주인아저씨는 소문이 좋지 않거든."

소녀의 물건을 건네주면서 일단 충고를 해줬다.

"아니, 실은 어느 가게에서든 도둑질은 하면 안 돼. 돈이 없으면 물건은 못 사는 거야. 알지?"

그런 것은 누구나 다 알 테지만, 잘난 척 설교하기도 싫었기 때문에 가볍게 농담조로 말해봤다.

"저…… 가, 감사합니다. 그, 그런데, 왜 사주신 거예요?"

소녀는 쭈뼛쭈뼛 말을 꺼냈다. 이렇게 마주 보니까 그 머리 꼭대기가 내 가슴 높이까지 오는 것 같았다. 아마도 여자애라면 이 정도 키가 제일 좋지 않을까.

"응? 아, 그냥 어쩌다 보니. 별생각 없이. 충동적으로 한번 해본 거야."

실제로 딱 그 정도 행동이었다. 굳이 이유를 덧붙인다면, 철저하게 이성적으로만 행동하는 것도 좀처럼 쉽지 않다는 것이리라.

"아무튼 비싼 것도 아니니까. 너무 신경 쓸 필요 없어."

그렇게 말하자, 소녀는 몇 번이나 꾸벅꾸벅 고개를 숙였다. 그때마다 머리에서 은근히 냄새가 났다.

"감사합니다……. 팬티, 못 입었거든요."

그렇게 말하면서 소녀는 그제야 겨우 살짝 웃었다.

"그 치마 밑에 아무것도 안 입었다고?"

"네, 그래서 내내 좀 불안했어요."

"그래. 그 기분은 이해가 간다."

고작 천 조각 하나여도, 그게 있느냐 없느냐는 엄청난 차이다.

"저기요…… 저, 유카리가 아니라. 쥐라예요."

소녀는 머뭇머뭇 이야기했다.

"쥐라? 오, 멋진데? 공룡이 나올 것 같아. 진짜 본명이야?"

"본명이에요. 사토 쥐라."

"아, 성은 평범하구나."

"저도 잘 모르겠는데요. 아버지가 공룡을 좋아해서 그런 이름을 붙였대요."

맙소사. 그런 어린애 같은 어른들이 세상에는 참 많단 말이지. 애니메이션이나 게임 캐릭터 이름을 그대로 붙여주는 것보다는 그나마 나은 걸지도 모르지만.

"자세한 사정은 묻지 않을게. 그런데 너, 지금 힘들지?"

나답지 않다는 것은 잘 알고 있었다. 그래도 나는 지갑 속에서 5천 엔 지폐를 하나 꺼내서 그 쥐라는 소녀의 손에 쥐여 줬다.

"이 정도 돈은 금방 다 써버릴 테지만."

"아, 아뇨…… 모르는 사람한테 돈을 받을 수는 없어요."

솔직히 말해 말투나 태도가 왠지 어수룩해 보여서 불안했는데, 의외로 상식은 있는 것 같았다. 그런 아이는 싫지 않았다.

"에이, 괜찮아, 괜찮아. 나는 야자키 루리라고 해. 자, 이제 모르는 사람 아니지?"

"루리 씨……라고요?"

"응. '에르메스 루리'라고 하면 이 동네에서는 좀 유명할걸?"

조금, 아니, 상당히 심한 허풍이었지만. 여기서는 당당한 태도가 중요했다.

"에르메스 루리…… 씨."

쥐라는 내 말을 진심으로 믿었는지, 은근히 두려워하는 눈빛으로 나를 쳐다봤다. 역시 튀는 별명이 있는 여자는 위험한 인물처럼 여겨지는 것 같은데? 유야 씨.

"자, 그럼 안녕."

나는 쥐라의 어깨를 툭툭 두드려주고 곧바로 헤어졌다.

* * *

그 아이와 재회한 것은 그로부터 3주쯤 지났을 때였다.

재회라고 할 정도로 거창한 이벤트는 아니었지만──일이 없는 날, 내가 역 앞에서 어슬렁어슬렁 걷고 있는데 갑자기 상대가 말을 건 것이었다.

"에르메스 씨! 에르메스 씨, 맞죠?"

설마 이름이 아니라 별명을 부를 줄이야.

그쪽을 돌아보니, 하늘색 반바지와 탁한 오렌지색 시폰 블라우스를 입은 소녀가 이쪽으로 뛰어오고 있었다. 저번에 비하면 훨씬 계절에 맞는 옷차림이었다.

"저번에는 정말 감사했습니다."

소녀는 그렇게 말하면서 고개를 숙였는데, 솔직히 말하자면 내 머릿속에는 그 아이에 관한 기억이 전혀 남아 있지 않왔었다. 3주일이라는 것은 긴 시간이고 나도 나름대로 바빴기 때문이다.

"저기요, 저 기억 안 나세요?"

"아, 혹시 편의점에서 만났던…… 쥐라 양?"

"네, 맞아요! 사토 쥐라입니다."

"응, 오랜만이네."

속으로 약간 귀찮아하면서 대꾸했는데, 쥐라는 당장이라도 내 손을 붙잡고 춤이라도 출 것처럼 행복해 보였다. 전체적으로 말쑥해진 것을 보면 적어도 이제는 목욕을 하고 옷을 갈아입을 수는 있는 생활을 하고 있는 것 같았다.

"정식으로 답례를 해야겠다는 생각을 쭉 했었는데…… 좀처럼 만날 수가 없어서."

"응? 됐어, 답례는 필요 없어."

툭 까놓고 말하자면 이 아이를 도와줬던 것은 나로서도 정말 예외적인 사건이었으므로, 새삼스레 답례니 뭐니 하는 소리를 들어도 오히려 마음이 불편해지기만 했다. 난 누구한테 감사받는 것에는 익숙하지 않단 말이야.

평소의 나는 한마디로 말해 차가운 여자였다.

지하철에서 나이 드신 분에게 자리를 양보하는 짓은 거의 안 하고, 눈이 불편한 사람이 점자 블록 위에 주차된 자전거 때문에 난처해하고 있어도 그냥 힐끗 보기만 할 뿐이지 아무엇도 안 한다. 편의점 모금함에 잔돈을 넣어본 적도 없고, 돌연 소나기가 내리는 바람에 물에 빠진 생쥐 꼴이 된 꼬마에게 우산을 씌워준 적도 없었다. 불쌍하다는 생각은 해도, 최초의 한 걸음을 내디딜 수가 없었다. 나 같은 인간이 아마 드물지도 않을 것이다.

"오늘은 쉬는 날이세요?"

"어, 뭐, 그렇지."

파견 일이 끊겼을 뿐인데 쉬는 날이라고 해도 되는지는 모르겠는데, 어쨌든 귀찮아서 그렇게 대답했다.

"저번에 그 일에 대해 답례를 하고 싶어요. 조만간 밥 사드릴게요. 아 참, 그때 빌린 돈도 갚아야 하는데…… 괜찮으시다면 휴대폰 번호 좀 가르쳐주실래요?"

그렇게 말하면서 쥐라가 꺼낸 것은 스마트폰이 아니었다. 요즘 시대에는 보기 드문 폴더폰이었다.

"아냐, 그런 거 신경 쓸 필요 없어."

나는 계속 미소를 유지하면서 부드럽게 그 요청을 거절했다.

자랑스럽게 할 말은 아니지만, 나는 열심히 사람을 사귀는 편은 아니었다. 파견 근무를 나간 곳에서 알게 된 사람과 연락처를 교환하는 일도 거의 없었고, 내가 먼저 누군가에게 LINE 메시지나 문자를 보내는 경우도 적었다. 물론 용건이 있을 때는 예외지만, 그렇다고 즐겁게 대화를 나누는 일은 거의 없는 타입이었다.

그래서 친구도 많지 않았다. 일단 관계를 이어나가고 있는 것은 고등학교 친구들 몇 명밖에 없는데, 그 친구들과도 반년에 한 번 만나면 잘 만나는 것이었다. 스물일곱은 다들 바쁘니까.

"아, 그래요…….."

내가 휴대폰 번호를 가르쳐주지 않았기 때문일까. 쥐라는 크게 상처 받은 표정을 지었다. 나는 나쁜 짓은 하나도 안 했는데. 왠지 엄청나게 양심에 찔렸다.

"저, 그럼 나중에 마음 내키면 전화해주세요."

그렇게 말하면서 쥐라는 어깨에 멘 가방 속에서 뭔가를 꺼냈다. 100엔 숍에서 팔 것 같은 얇은 플라스틱 명함 케이스였다. 거기서 카드 한 장을 뽑아 나에게 내밀었다.

앞면에 이름과 전화번호가 적혀 있고, 작은 분홍색 꽃 일러스트도 그려져 있는 카드였다.

딱 봐도 소녀다운 물건이었는데 자세히 보니까 인쇄가 아니라 손글씨였다. 명함을 뒤집어봤다. 유독 개성적인데 별로 귀엽진 않은 고양이 비슷한 생명체의 일러스트가 그려져 있었고, 또 '좋아하는 것 : 그림, 파스타, 쪼코렛'이라는 그다지 알고 싶지도 않은 정보가 기재되어 있었다. 특히 이 '쪼코렛'

은──아무리 봐도 일부러 이렇게 쓴 것 같았다.

"와. 수제 명함이네."

"아직 스무 장 정도밖에 없는데, 정말로 좋아하는 사람에게만 주는 거예요."

요즘 세상에서는 컴퓨터로 원하는 디자인의 명함을 간단히 만들 수 있고, 아마 인터넷을 통해 업자에게 부탁하면 싸게 제작할 수도 있을 텐데. 그걸 굳이 수제로 제작하다니, 무슨 특별한 의미라도 있는 걸까. 마치 중학생 같았다.

"그래, 그럼 받아둘게."

그것조차 거절하면 그냥 성격 나쁜 여자일 테니까. 나는 형식적으로 고마워하는 척하면서 그 명함을 가방의 속주머니에다 대충 집어넣었다.

"혹시 생각나면 전화주세요."

쥐라가 그렇게 말했을 때, 회색 자동차 한 대가 다가와 우리들 앞에 멈춰 서더니 가볍게 빵빵! 소리를 냈다.

"야, 너 왜 로터리 광장에서 안 기다리고 여기 있어? 찾아다녔잖아."

운전석에서 고개를 내민 것은 밝은 갈색으로 염색한 앞머리를 늘어뜨린 통통한 남자였다. 옷차림이나 헤어스타일은 젊은이처럼 꾸몄지만 아마 마흔 살 가까이 됐을 것이다. 목에 걸고 있는 엄청나게 굵은 실버 체인 목걸이가 참 무거워 보였다.

'쥐라의 남자 친구인가?'

나는 반사적으로 그런 생각을 했는데, 그 남자를 보자마자 쥐라의 표정이 딱딱하게 굳는 것이 느껴졌으므로 아마 남자 친구는 아닐 것이다. 그리고 사이좋은 친구도 아닌 듯했다.

"아, 죄송해요……. 우연히 아는 사람을 만나서요."

쥐라가 그렇게 말하자, 그 남자는 한순간 노려보는 것처럼 나를 쳐다봤다. 왜 내가 이런 눈총을 받아야 하는 걸까. 애초에 역 앞 로터리 광장과, 현재 우리가 서 있는 장소는 별로 멀리 떨어져 있지도 않은데. 당신도 광장에서 보였으니까 여기까지 온 거잖아.

그런 생각을 하면서 내가 그 남자를 똑같이 쏘아보자, 상대의 태도가 확 바뀌었다.

"아, 그렇구나. 어휴 미안합니다."

그 남자는 이제는 짜증날 정도로 저자세를 취하면서 불쾌하게도 알랑거리는 목소리로 그렇게 말했다. 내기해도 좋다. 틀림없이 이 남자는 돼먹지 못한 인간일 것이다.

"자, 빨리 타."

그 남자가 말했다. 쥐라는 조수석 쪽으로 이동해서 문을 열고 차에 올라탔다. 그러면서 힐끗 나를 보는 눈빛이 왠지 곤란해 보이기도 했고, 또 도움을 청하는 것처럼 보이기도 했지만――분명히 기분 탓일 것이다.

"그럼 이만 실례할게요."

그 남자는 싹싹하게 나를 보고 웃더니 차를 출발시켰다. 휴 하고 안도하면서 멀어져가는 차를 지켜봤는데, 차는 30미터쯤 가더니 신호등에 걸려 정차했다.

'아 뭐야, 귀찮게…… 빨리 가버리지.'

그쪽이 내가 가고 싶은 방향이었으므로 일부러 천천히 걸었다. 신호가 바뀌기 전에 자동차를 따라잡았다가 "어머, 또 만났네요!"란 상황이 연출되면 곤란하니까.

그렇게 생각하면서 걷고 있었는데――돌연 핸들을 붙잡고 있던 그 남자의 왼손이 조수석에 있는 쥐라 쪽으로 확 뻗어나가는 것이 보였다. 뒤에서는 자동차 좌석의 머리 받침대가 방해돼서 잘 안 보였지만, 아무리 봐도 쥐라의 얼굴을 때린 것 같은데…….

이어서 그 남자가 쥐라를 향해 머리를 돌리고, 그 왼손이 또 몇 번이나 움직이는 것이 보였다. 쥐라의 모습은 보이지 않았지만, 그래도 자기 몸을 지키려고 하는 그 손의 움직임은 내가 있는 곳에서도 보였다.

'뭐야, 역시 때리고 있잖아?!'

그렇게 확신한 순간, 내 가슴이 두근거리고 동시에 몸이 뜨거워졌다.

아까도 말했다시피 평소의 나는 차가운 여자였다. 하지만 나보다 어린 소녀가 남자한테 얻어맞는 장면을 보고도 그냥 지나치는 겁쟁이는 아니었다.

"이봐요, 지금 뭐 하는 거야?!"

그렇게 소리 지르면서 뛰어가려고 했는데, 그때 신호가 바뀌고 차가 달리기 시작했다. 나는 그 차의 뒤쪽 범퍼에 붙어 있는 트라이벌 타투(원시 부족의 문신에서 유래한 전통적인 문신) 같은 늑대 스티커를 노려보면서 계속 쫓아갔지만, 그 차는 그대로 왼쪽으로 돌아 떠나가 버렸다. 큰 소리를 질렀던 나만 그곳에 남아서 통행인들의 의아해하는 시선을 받게 되었다.

'어린 여자를 때리다니, 정말 몰상식한 쓰레기구나.'

나는 그 자리에 우두커니 선 채 울컥울컥 치미는 화를 삭이고 있었다.

물론 폭력은 뭐든지 결코 허용될 수 없지만, 특히 힘이 센 남자가 여자나 어린이를 때리거나 걷어차는 것은 가장 저질스러운 폭력일 것이다. 그런 멍청한 놈에게는 벌을 줘야 한다. 팔뚝이 통나무처럼 굵은 헤비급 권투 선수한테 여러 번 두들겨 맞는 벌을.

그런데 저 아이는 도대체 뭘까? 도둑질도 하고, 남자에게 맞기도 하다니——아마도 별로 행복하지 못한 삶을 살아가고 있을 것이다.

요즘은 행복을 느끼는 사람이 적은 시대이고, 나 자신도 삶이 순조롭다고 할 수는 없었다. 하지만 적어도 저 아이보다는 낫다……는 생각이 들었다.

저 아이에 관해 아는 것은 거의 없지만.

* * *

그 후 나는 역 앞 카페에 들어가 2층 자리에서 거리를 내려다보며 아이스라테를 마셨다. 내 나름대로 마음을 가라앉히기 위해서였다.

'불쾌한 장면을 봤어.'

아까 봤던 광경이 자꾸만 머릿속에서 되살아났다. 그 남자가 정말로 쥐라를 때렸을까? 몇 번이나 다시 생각해봤지만, 역시 그렇다는 결론밖에 안 나와서 나는 다소 우울해졌다.

나하고는 아무 상관도 없는 일이지만——본의 아니게 그런 장면을 목격했다는 것과, 나는 아무것도 못했다는 것이 자꾸만 생각나 저절로 씁쓸한 기분이 들었다. 도대체 왜 내가 이런 불쾌한 일을 당해야 하는 거지……? 그런 억울함도 적잖이 느껴졌다.

애초에 그 아이는 정체가 뭘까.

문득 예의 카드가 생각났다. 나는 내 가방의 주머니 속에서 카드를 끄집어냈다. 다시 살펴봐도 이름과 휴대폰 번호, 좋아하는 것에 관한 정보와 작은 일러스트 외에는 아무것도 안 적혀 있었다. 하지만 틀림없이 이 근처에 사는 아이일 것이다.

내가 사는 곳은 도쿄 변두리에 위치한 그저 그런 동네였다.

역 앞은 예외적으로 다소 번화한 편인데, 거기서 한 10분만 걸어가도 오래된 단독주택이나 연립주택이 눈에 띄었다. 뭔가 특징이 있는 것도 아니지만, 유명한 마트나 드러그스토어 같은 것들은 적당히 들어와 있으므로 사는 데 큰 불편함은 없었다. 아, 물론 서점이 망하고 휴대폰 대리점이 들어오거나, 주택가 한복판에 뜬금없이 본격적인 카레 전문점이 생겼다가 두 달도 못 버티고 개점휴업 상태가 되기도 하지만. 요즘에는 어디나 다 사정은 비슷비슷할 것이다.

'그나저나…… 정말로 귀엽지 않은 고양이구나.'

나는 쥐라에게서 받은 카드에 그려진 고양이 그림을 바라보면서 속으로 생각했다.

고양이는 그 자체로 귀여운 생물이니까 오히려 안 귀엽게 그리는 것도 어렵지 않을까? 하는 생각도 들었지만, 쥐라의 고양이는 진짜로 귀엽지가 않았다. 눈꼬리가 위로 올라간 눈이 얼굴의 4분의 3을 차지하고 있어서 무서울 정도였다.

물론 눈이란 것은 고양이의 얼굴에서 가장 눈에 띄는 부분이고, 매력 포인트이기도 하니까. 강조해서 그리고 싶은 심정도 이해가 갔다. 그러나 솔직히 말해서 좀 지나쳤다──이 정도면 고양이가 아니라 요괴라고 하는 편이 더 납득하기 쉬울 것 같았는데, 한쪽 눈과 귀 주변에 연한 무늬가 들어간 것을 보면 역시 이 생물은 고양이일 것이다.

'이거 혹시, 진짜 예술계……인가?'

귀엽게 그리려는 노력의 흔적이 전혀 없는 고양이 그림을 보면서 나는 그런 생각도 했다.

그러고 보니 처음 만났을 때 그 아이는 커다란 토트백을 가지고 있었는데, 그 안에는 작은 스케치북도 들어 있었던 것 같다. 실제로 그림 그리기를 좋아하는 것이리라.

그때 불현듯 중학교 시절에 옆 반이었던 아마미야가 생각 났다. 아니, 정확히 말하자면 아마미야가 그렸던 고양이 그림이 생각났다.

고양이는 이유는 몰라도 눈을 감고 있었다. 이 세상의 그 무엇도 보고 싶지 않다는 듯이 눈을 꼭 감고 있었는데── 그래도 입가에는 미처 감추지 못한 이빨이 살짝 튀어나와 있었던 것 같다.

어쩌면 그것은 죽은 고양이의 얼굴이었을지도 모른
다……는 생각도 들었다.

아마미야와 같은 반이 된 적은 없었다. 1학년 때에는 그
존재조차 몰랐고, 2학년 때에는 옆 반이 되어서 체육이나 가
정 합동 수업 시간에만 만났다.

대화를 해본 적도 거의 없었는데, 같은 학년인데도 묘하
게 어른스러운 분위기가 느껴졌었다. 그래서 초등학생의 연
장전을 하고 있었던 나로서는 좀 다가가기 어려운 존재였
다. 또 진짜인지 가짜인지는 몰라도 아마미야는 열세 살 때
이미 남자 경험을 해봤다는 소문도 있었다. 그것이 왠지 모
르게 신빙성 있게 들렸다.

게다가 콧대가 오뚝한 미인이었고 긴 머리카락도 아름다
웠다. 하나부터 열까지 같은 나이대의 아이들과는 전혀 달
랐다. 공부도 운동도 잘했고, 또 실제로 보거나 들은 적은 없
지만 바이올린도 켤 줄 안다고 했다.

그래서 옛날부터 열등감 덩어리였던 나에게는 그 사람이
너무나 눈부셔 보였다. 내가 아마미야보다 나은 점이 있다
면 키가 크다는 것(그때도 평균보다는 컸으니까)밖에 없었는
데, '여자는 몸집이 작은 편이 더 낫다'는 풍조가 있으므로
그 역시 반드시 '나은 점'이라고 할 수는 없을 것이다.

그런데 딱 한 번, 내가 아마미야에게 CD를 빌려준 적이

있었다.

아마 중학교 2학년 가을이었을 것이다. 나는 체육 수업을 마치고 교실에서 옷을 갈아입으면서 친구랑 어느 인기 그룹의 이야기를 하고 있었다.

나는 지금도 그 그룹의 팬인데, 그 시절에는 나보다 엄마가 더 열광적으로 좋아했었다. 돈 아깝다면서 대부분의 CD는 대여점에서 빌려 듣는 편이었는데(그것도 신작을 빌리는 것이 아니라, 대여료가 저렴한 구작이 될 때까지 끈질기게 기다렸다), 그 그룹은 유일하게 새 앨범이 나오면 얼른 구입했었다.

그래서 나는 그 새 앨범에 관한 이야기를 줄줄 늘어놓았다. 같이 옷을 갈아입던 친구에게.

그러다 보니 그 친구도 한번 들어보고 싶어졌는지 "하루만 빌려줄래?"란 말을 했다. 나는 내 주변에 그 그룹의 팬이 늘어났으면 좋겠다고 생각했으므로, 작전이 성공한 셈이었다.

그때 근처에서 옷을 갈아입던 아마미야가 좀 부끄러운지 머뭇거리면서 말했다——"나도 빌리고 싶은데"라고.

그 그룹은 결코 유치한 아이돌 그룹은 아니었지만, 바이올린을 연주한다는 아마미야의 이미지와는 다소 안 어울렸기 때문에 나는 내가 잘못 들었나? 하고 생각했다.

"저기, 있잖아. 괜찮다면 나에게도 빌려주지 않을래?"

아마미야가 다시 한번 그렇게 말했다. 나는 머릿속이 하얗게 변하는 것을 느꼈다. 그 대단한 아마미야가 이렇게 친근하게 나에게 말을 걸어준다는 것은 전혀 상상도 못 했기 때문인데…… 와, 중학교 시절의 나는 참 순수했었구나.

"역시 나는 다른 반이어서 안 돼?"

"아니, 그건, 아니야."

옆 반이긴 해도 모르는 사이도 아니고, 학교에는 매일매일 오니까 물건을 빌려줬다가 그대로 빼앗길 염려도 전혀 없었다. 아니, 애초에 상대는 아마미야인걸.

그래서 나는 기꺼이 약속했다. 먼저 약속한 친구에게 빌려준 다음에 아마미야에게도 빌려주겠다고.

"정말? 고마워. 즐겁게 기다릴게."

아마미야가 진짜 친구처럼 그렇게 말해줬으므로, 충동적으로 아마미야에게 제일 먼저 빌려주고 싶어졌다. 물론 순서는 잘 지켰지만.

그래서 아마미야가 그 앨범을 돌려줬을 때——하얀 메모지에 고맙다는 말을 적은 편지가 CD 봉지 안에 같이 들어 있었다. 직접 그린 고양이 일러스트에 "고마워. 감동했어"라는 짧은 문구만 곁들여져 있었는데, 그래도 정식으로 '루리에게'라고 받는 사람 이름이 적혀 있었다. 실제로 아마미야가 내 이름을 불러준 적은 없었지만 왠지 급격히 친해진 것 같아서 무척 기분이 좋았었다.

그 일러스트의 고양이가 '잠자는 듯한 고양이'였다.

아까도 설명했다시피 눈을 감은 채 이빨 끄트머리를 입 밖으로 살짝 내놓고 있는 고양이였다. 아마미야도 덧니가 눈에 띄는 아이였으니까, 어쩌면 그것은 자화상이었을지도 모른다.

돌이켜 보니 참 사소한 것이었는데도 나는 정말로 기뻐서 그 편지를 소중히 투명 카드 케이스 같은 것에다 집어넣고 잘 간직했었다. 실은 지금도 소중한 물건들을 보관하는 상자 속에 넣어놨을 정도이다.

그것을 계기로 진짜 친구가 되었으면 좋았을 텐데. 아쉽게도 그러지는 못했다.

아마미야 본인은 복도에서 우연히 마주치거나 하면 인사를 해줬지만——항상 그 주위에 있는 추종자 같은 친구들이 아마미야를 독점하고 있어서 자연스럽게 대화를 나눌 수가 없었던 것이다.

아마미야는 남자한테도 여자한테도 인기가 있었고, 선생님들도 아마미야를 높이 평가해서 학생회 선거에 나가보라고 끈질기게 권하기도 했다.

그처럼 내가 보기에는 화려하게 빛나는 중학교 시절을 보내고 있었는데——아마미야는 중학교 3학년 6월에 돌연 사라져버렸다. 근처에 있는 아파트 9층에서 뛰어내린 것이다.

자세한 이유는 몰랐다.

유서 같은 것도 없었다고 하고, 부모님과 싸우거나 남에게 괴롭힘을 당하지도 않았다.

들은 이야기에 의하면 아마미야는 저녁에 식사를 준비하고 있는 어머니에게 "도서관에 가서 책 반납하고 올게"라고 말하고 집을 나섰다고 한다. 그 태도가 너무나 자연스러웠으므로 어머니도 전혀 의심하지 않고 "그래, 빨리 갔다 와" 하고 아마미야를 떠나보냈다고 한다.

그래서 아마미야의 죽음은 수수께끼투성이였고 온갖 억측이 난무했다.

성적이 생각만큼 오르지 않아서 원하는 고등학교에 못 들어갈 것 같아서 그랬다느니, 아마미야를 질투하던 고등학교 선배가 그녀를 협박했다느니.

게다가 또 누군가는 반드시 그런 이야기를 꺼낼 거라고 생각했는데——실은 임신을 했었다는 소문까지도 돌았다. 그것을 누구에게도 상담하지 못하고 고뇌하다가, 결국 배 속의 아기와 함께 죽는 것을 선택했다는 것이다.

당연히 무책임한 소문에 불과했지만, 만에 하나 그것이 사실이라면 정말 말도 안 되는 일이었다. 그 시절의 나는 울면서 그런 생각을 했었다.

아기는 혼자서는 만들지도 못하는데, 왜 여자 혼자만 그렇게 커다란 짐을 짊어져야 하는 걸까. 애초에 성인이 돼서 결혼한 다음에는 모두에게 "축하해"라는 소리를 들을 만한 일이, 왜 미성년일 때에는 죽어야 할 정도로 심각한 고민거리가 되어버리는 걸까. 전혀 납득할 수 없었다.

내 생각에는 임신했다는 이야기도 누군가가 장난삼아 퍼뜨린 헛소문인 것 같았다. 만약에 정말로 임신했더라면, 아마미야는 오히려 삶을 선택할 인간이다……라는 생각이 들었기 때문이다.

그러니까 아마미야가 자살한 이유는 틀림없이 본인만 알고 있을 것이다.

문득 사는 것이 귀찮아졌거나, 나 같은 평범한 여자 중학생은 이해할 수 없는 철학적인 고민이 있었을지도 모른다. 모든 것을 알 수 없게 된 지금은 그냥 그렇게 결론지어도 되지 않을까? 하는 생각도 들었다.

하지만 아무리 그래도 '투신자살'이라는 끔찍한 방법은 선택하지 않았으면 좋았을 텐데.

장례식장 측의 사정인지 아니면 다른 이유가 있어서인지는 몰라도, 아마미야의 장례식에 참석할 수 있었던 것은 같은 반 학생들뿐이었다. 그래서 나는 장례식에는 가지 않았다. 그 때문인지 아마미야가 죽었다는 것은 지금도 별로 현실적으로 느껴지지 않는데, 들은 이야기로는 관 속에 들어가 있는 아마미야의 모습은 장례식에 간 학생들 중 누구도 보지 못했다고 한다.

왜냐하면 투신자살을 하는 바람에 그 아름다웠던 얼굴이 흉측하게 변했기 때문이라고 하는데——글쎄, 그런 것은 아마미야에게는 어울리지 않았다. 그 사람은 이 세상에서 사라지기 직전까지도 여전히 아름답고 귀여운 사람으로 존재해주기를 바랐다.

사족을 덧붙이자면, 아마미야의 장례식에서 조의문을 낭독한 남자 학생회장은 눈물을 줄줄 흘리면서 "아마미야의 몫까지 열심히 공부하면서 바르게 살아가겠습니다"라는 말로 장례식장 전체를 눈물바다로 만들었다고 하는데——그 말 그대로 나중에 최상위권 대학에 들어간 그는 스물한 살 때 여자 속옷을 대량으로 훔쳤다가 체포되고 말았다. 그 속옷은 커다란 쓰레기봉투를 네 개나 채울 정도였다고 한다. 인간이라는 생물은 머리와 마음, 또 몸이 다 따로따로 놀아서 참으로 답이 없는 존재인 것이다.

* * *

'긁어 부스럼'이라는 속담을 굳이 인용할 필요도 없겠지만, 귀찮은 일이나 위험해 보이는 인간하고는 처음부터 관계를 맺지 않는 것이 상책이다——아마 모두들 그런 생각을 하면서 살아가고 있을 텐데, 당연히 나도 그중 한 사람이었다.

돌이켜 보면 10대 시절이나 20대 초반에는 엄마나 친구들의 사건 사고에 본의 아니게 끼어들 수밖에 없어서 적잖은 피해를 보기도 했다. 그 외에도 처음 보는 남자가 귀찮게 달라붙기도 하고, 화장품 파는 사기꾼한테 잘못 걸릴 뻔하기도 하고, 친구라고 믿었던 사람에게 신용카드를 도용당하기도 하고——그런 일들을 경험하다 보니, 20대 중반이 넘었을 때에는 전보다 훨씬 더 신중해져서 '사건 사고의 냄새'에 민감해지게 되었다.

밤중에 귀가하다가 주정뱅이를 발견하면 절대로 가까이 가지 않으려고 하고, 때로는 경로 자체를 바꾸기도 한다. 또 지하철에서 승객들끼리 말다툼을 시작하면(사람이 많을 때에는 종종 발생하는 이벤트인데), 재빨리 다음 역에서 일단 내렸다가 다른 차량에 옮겨 타기도 한다.

역시 여자 혼자 이 험한 세상에서 살아가려면 무조건 조심해야 하는 것이다. 돌다리도 두들겨보고, 또 다른 사람들이 여러 명 건너가는 것을 확인하기 전까지는 나는 건너지 않는다……라는 자세로 살아가야 한다.

그러니까 내가 먼저 쥐라에게 연락할 마음 따위는 전혀 없었다.

도둑질하는 여자라는 것도 충분히 골치 아픈데, 심지어 여자를 때리는 은 목걸이 아저씨랑 같이 지내다니. 정말 말도 안 되는 이야기였다. 상종해봤자 이득이라곤 하나도 없을 것이다. 아니, 오히려 귀찮은 사건에 휘말릴 가능성이 더 높을 것 같았다.

하지만——그런 것과는 별개로 쥐라에게는 관심이 아예 없는 것도 아니었다.

상당히 예쁘기도 하고, 너무 어수룩한 점이 귀엽기도 하니까. 한 번쯤은 이야기를 해봐도 좋을지도 모른다.

그러나 내가 먼저 연락할 마음은 전혀 나지 않았다. 그런데도 또 어떤 운명의 장난 때문에 우리가 우연히 재회하게 되리란 것은 나도 예상하지 못했다.

그러고 보니 옛날에 '인기남이 되기 위한 지침서'인지 뭔지 하는 인터넷 기사가 있었는데, 거기에 '여자는 세 번 우연이 계속되면 운명이라고 느낀다'란 말이 적혀 있었다. 그러니까 우연을 가장하여 뜻밖의 장소에서 세 번 마주치도록 행동하면, 여자는 저절로 운명이라고 믿기 때문에 그 후에는 일이 순조롭게 풀린다……는 멍청한 기사였는데, 어쩌면 그게 아주 조금은 사실이었을지도 모른다. 세 번째로 쥐라와 마주쳤을 때에는 '이거 혹시 운명인가? 아니면 악연인가?'라는 생각이 내 머릿속에도 스쳤기 때문이다.

쥐라와 세 번째로 마주친 것은, 역 앞에서 우연히 만났던 그날 이후로 열흘쯤 지난 어느 더운 날 오후였다.

그날도 평일이었지만 나는 쉬는 날이라 오랜만에 동네에 있는 실내 수영장에 갔다.

그곳은 구의 공동시설이었다. 근처에 있는 청소 공장의 폐열을 이용해 1년 내내(겨울에는 당연히 온수) 운영되는, 심지어 가격도 저렴한 수영장이었다.

역시 현대의 20대 여성이라면 가끔은 운동도 해주면서 건강과 외모에도 신경을 써줘야 하는 것이다. 하지만 헬스장에서 본격적으로 운동하거나 요즘 유행하는 핫요가를 하려면 돈이 든다. 운동화 값만 드는 조깅도 나쁘진 않은데, 나는 원래 달리기를 안 좋아한다. 달리기 애호가에게는 미안하지만 그냥 묵묵히 달리기만 하는 것은 왠지 심심했다. 게다가 초등학생 때 숙제를 깜빡하고 안 해서 억지로 운동장 달리기를 해야 했던 것이 자꾸만 생각나기도 했다.

그러나 수영은 싫지 않았다. 아니, 오히려 좋아하는…… 무척 좋아하는 편이었다.

물속에 둥둥 떠서 몸의 체중을 느끼지 않게 되면, 정말로 우주 속에서 떠도는 기분이 들었다. 저절로 마음도 들떴다. 최대한 빠르게 헤엄치기도 하고, 느긋하게 천천히 헤엄치기도 하고, 때로는 고통스러울 정도로 오래 잠수하기도 하고. 그렇게 내 마음대로 움직이다 보면 어느새 온몸이 단련되는 아주 훌륭한 스포츠였다.

그래서 수영장에 갔다 오면 항상 녹초가 되어버렸다. 물속에서 나와 옷을 갈아입을 때에는 이미 기진맥진한 상태였다.

그날도 나는 완전히 지쳐버린 몸을 애써 움직여 자전거를 타고 집으로 돌아가고 있었다. 그런데 도중에 공원 근처에서 자판기 한 대를 발견했다. 평소 같으면 집에 돌아갈 때까지는 쉬지도 않는데, 그때는 유난히 목이 말라서 탄산음료 같은 것을 마시고 싶었다.

그래서 비타민이 들어간 탄산음료를 샀는데——게으름 피우지 말고 자전거에서 내렸으면 좋으련만, 나는 너무 귀찮은 나머지 안장에 걸터앉은 채 아래쪽 배출구에서 음료수를 꺼내려고 했다. 그러다 그만 균형을 잃어버렸다.

앗, 위험해——라고 생각했을 때에는 이미 나는 자전거와 함께 추하게 넘어지고 말았다. 상반신은 자판기를 부둥켜안고, 하반신은 쓰러진 자전거를 엉거주춤 받치고 있는 자세. 한마디로 참 꼴사나웠다.

"괜찮아요?!"

넘어진 것도 부끄러운데, 큰 소리를 지르며 뛰어오는 사람도 있어서 부끄러움 레벨이 한 단계 업그레이드됐다. 네, 정말 감사하지만, 조금만 더 작게 말씀해주시면 좋겠는데요──라는 생각을 하면서 고개를 들었는데. 놀랍게도 그 목소리의 주인공은 쥐라였다.

"에르메스 씨!"

넘어진 사람이 나라는 사실을 눈치채자, 쥐라의 목소리는 한층 더 커졌다.

"아, 쥐라 양…… 어, 또 만났네."

"괜찮으세요? 어디 안 다쳤어요?"

"괜찮으니까 그렇게 큰 소리로 말하지 말아줘."

나는 아프다기보다는 부끄러워서 울고 싶은 심정으로 쥐라에게 말했다.

"저, 그런데 눈이 빨개요. 아픈 거 아니에요?"

일단 수경은 썼었지만, 그렇게 오래 수영을 했으니 눈이 빨개지는 것도 당연했다. 그러고 보니 풍경이 오색 빛깔로 보이기도 하고.

"아니, 울어서 그런 거 아니야……. 수영장에 다녀와서 그래."

나는 간신히 몸을 일으키고 그렇게 말했는데, 그때 돌연 오른쪽 발목이 욱신거렸다.

                    * * *

　아무리 내가 냉정한 인간이어도, 이 상황에서 쥐라를 설
득해 즉시 헤어지는 것은 불가능했다. 우리는 공원 벤치에
나란히 앉았다. 그리고 큰 희생을 치르고 구매한 탄산음료
를 마셨다.

　"그런데 쥐라 양. 신기하게도 너랑은 자주 만나게 되네."

　살짝 삔 것 같은 발목을 얼음으로 식혀주면서 나는 그렇
게 이야기했다. 그 얼음은 쥐라가 편의점에서 사왔는데, 그
곳은 예의 변태 아저씨의 가게였다. 미수에 그치긴 했어도
도둑질을 하려고 했던 가게에 태연하게 다시 찾아가다니.
그 무신경함이 제법 놀라웠다.

　"아, 그건 하느님이 제 소원을 들어주셔서 그런 거예요."

　쥐라는 나와 나란히 벤치에 앉아 아이스크림콘을 할짝할
짝 먹으면서 대답했다. 그 옆에는 전에도 봤던 하얀색 토트
백이 있었다.

　"저는 그동안 쭈욱 에르메스 씨를 만나고 싶다고 생각했
거든요."

　"그래……? 왜?"

　"왜냐하면 에르메스 씨는 저한테 정말 친절하게 대해줬으
니까요. 빵이랑 삶은 계란도 사줬고. 아, 또 팬티도요."

"응, 그래. 빵이랑 팬티 말이지."

어째서 처음 만났을 때 팬티를 안 입고 있었을까. 그 이유를 물어보고 싶기도 했지만, 역시 그건 관뒀다. 어떤 이유든지 간에 틀림없이 좋지는 않을 테니까.

"그래서 저는 에르메스 씨를 만나서 고맙다는 인사를 하고 싶다고 쭈욱 생각했어요. 그런 것은 '좋은 소원'이니까. 하느님이 꼭 들어주시는 거예요."

"아하. 그렇구나."

참 태평한 이야기를 하는구나……라고 생각했지만, 굳이 부정할 이유도 없었다. 그것은 단순히 심술부리는 짓이니까.

"그때는 정말 감사했습니다. 당신 덕분에 다행히 경찰서에 끌려가지 않았어요."

쥐라는 일어나서 나를 향해 돌아서더니, 아이스크림을 손에 든 채 고개를 꾸벅 숙였다. 오늘은 밑에는 민트색 반바지를 입었고, 위에는 사이키델릭(환각같이 강렬하고 비현실적인 것)이란 말로밖에 표현할 수 없는 화려한 무늬의 티셔츠를 걸치고 있었다. 다소 사이즈가 커 보였지만 그래도 꽤 귀여운 모습이었다.

"그러고 보니…… 저번에 차에 타고 있었던 남자 말인데. 누구야? 혹시 너희 아버지야?"

"아니에요. 그 사람은 구레 아저씨예요."

"구레 아저씨?"

하긴, 아무리 봐도 구린 아저씨처럼 보이긴 했다.

"사실 본명은 고구레라고 하는데요. 모두들 구레 아저씨나 구레라고 불러요."

"응, 그런데 그 사람이 너를……."

때리지 않았니? 하고 물어보려고 했는데, 쥐라가 느닷없이 큰 소리를 냈으므로 나는 반사적으로 입을 다물어버렸다.

"아, 맞다! 에르메스 씨, 제가 그린 그림 좀 보실래요? 어, 저기. 저번에 드렸던 카드에도 그림 그리는 것을 좋아한다고 적어놨는데. 아시죠?"

"그 외에도 파스타와 쪼코렛을 좋아한다고 적혀 있었지."

"네, 파스타 좋아해요. 쪼코렛도 좋아해요."

그렇게 말하면서 기묘하게 춤추는 듯한 율동을 했다. 자기 나름대로 기쁨을 표현하는 것이리라.

"아, 그러고 보니 이걸 안 물어봤네. 쥐라 양. 너는 몇 살이니?"

"저는 20세입니다."

'스물'이라고 대충 말하지 않고 '20세'라고 착실하게 말했다.

'이 아이…… 혹시……?'

존댓말 같은 것도 사용하고 있고, 대화 시간 자체가 짧았기 때문에 지금까지는 생각도 안 해봤는데. 이렇게 대화를 해보니 조금 이상한 느낌이 들었다——혹시 이 아이는 약간 정신연령이 낮은 편이 아닐까?

"네, 그럼 제 그림을 봐주세요. 자, 이거, 잠깐만 들어주세요."

그러더니 쥐라는 내 손에 아이스크림을 들려주고 토트백 속에서 스케치북을 끄집어냈다. 좀 작은 크기의 A4 스케치북이었다.

"짜안!"

쥐라가 표지를 넘기자마자 불쑥 예의 고양이 얼굴이 튀어나왔다. 카드에 그린 것보다 몇 배나 더 컸는데, 확대 복사를 한 것처럼 똑같은 화풍의 그림이었다. 전체는 연한 회색 색연필로 칠해져 있었는데 특징적인 커다란 눈은 노란색이었다. 한쪽 눈 주위와 한쪽 귀에는 연갈색 얼룩이 있었다.

'이건…… 뭘까.'

틀림없이 똑같은 고양이 얼굴을 여러 장 그리면서 일종의 패턴이 굳어진 것이리라. 많이 그려본 듯한 느낌도 들었다.

그 후 쥐라는 종이를 한 장씩 넘겼는데, 반쯤 봤을 때 나는 생각했다.

'역시…… 이 아이는 조금 어리구나.'

쥐라는 겉모습은 확실히 스무 살처럼 보였지만, 아무래도 그 영혼은 훨씬 더 어린아이에 가까운 것 같았다. 특히 그림만 보면 전부 다 여덟 살쯤 된 어린이가 그린 것처럼 보였다.

그것도 잘 그리는 사람이 일부러 엉망으로 그리는 '매력 있게 못난 그림'과는 전혀 달랐다. 그런 그림에서는 도저히 감출 수 없는 실력자의 흔적이 묻어나는데, 쥐라의 그림에는 그런 요소가 하나도 없었다. 오히려 진짜 못 그린 그림이었다.

그럼에도 불구하고. 그림에 관해선 일자무식인 나조차도 알 수 있는 흡인력 같은 것이 느껴졌다. 못 그린 그림인데도 저절로 보게 되는 것이다.

"쥐라 양. 재미있는 그림을 그리는구나."

그리고 마침내 그 녀석이 불쑥 눈앞에 나타났을 때, 나는 무의식중에 "앗" 하고 큰 소리를 냈다.

그것은 크기가 제각각인 딸기 다섯 개가 아무렇게나 그려져 있는 단순한 그림이었다. 그런데 나에게는 그 딸기가 우주의 행성처럼 보였다.

우주 공간 어딘가에 서서 뒤를 돌아봤을 때, 이 딸기와 똑같은 크기의 행성들 다섯 개가 똑같은 위치에서 보일 것만 같았다.

"이거 진짜 잘 그렸죠? 나도 마음에 들어."

점점 나를 대하는 데 익숙해진 걸까. 쥐라의 말투도 어느

새 편해졌다.

"그림을 어디서 정식으로 배운 거야?"

내 질문에 쥐라는 눈을 동그랗게 떴다.

"그림은 배워야 하는 건가요? 그냥 자기 마음대로 그리면 된다고 선생님이 말씀하셨는데."

"선생님? 학교 선생님?"

"네. 친구반 사사키 선생님."

아아, 역시——그건 아마도 특수 학급일 것이다.

포용력이 부족한 내가 좀 곤혹스러워하고 있는데, 갑자기 쥐라의 토트백 안에서 휴대폰 벨소리가 우렁차게 울려 퍼졌다. 그 순간 쥐라의 얼굴이 굳어졌다. 허둥지둥 휴대폰을 꺼내더니 통화 버튼을 눌렀다.

"여보세요. 네, 쥐라입니다. 지금 산책 중이에요."

눈에 띄게 주눅이 든 말투로 이야기하고 있었다. 상대는 저번에 봤던 '구레 아저씨'인 듯했다. 안 그래도 음량이 큰데, 그 남자가 호통치듯이 이야기를 해서 소리가 다 들렸다.

"어슬렁어슬렁 돌아다니지 말라고 했잖아! 너 또 도망치면 어떻게 되는지, 알지?"

"네, 알아요. 다시는 안 도망칠게요."

"흥, 어차피 도망쳐봤자 금방 알 수 있지만."

역시 예전에 편의점에서 마주쳤을 때에는 저 남자에게서

도망쳤었던 건가——목에 굵직한 실버 체인 목걸이를 걸고 있던 남자의 얼굴이 떠오르자, 나는 몹시 불쾌해졌다.

"5시부터 일해야 하는 거 알지? 알면 빨리 돌아와."

그 남자는 그렇게 말하고 전화를 끊었는데, 그 소리조차도 뭔가를 짓밟는 것처럼 크게 들렸다.

'쥐라 양······.'

휴대폰을 가방 속에 도로 집어넣는 쥐라를 보면서 나는 당장은 아무 말도 하지 못했다.

"구레 아저씨는 화가 나면 무섭거든요. 일해야 하니까 이만 갈게요."

고작 짧은 전화 한 통이 쥐라의 귀여운 웃음을 빼앗아버렸다.

"저기, 싫으면 대답 안 해줘도 되는데······ 쥐라 양. 넌 무슨 일을 하고 있니?"

내가 물어보자, 쥐라는 조용히 잠시 생각에 잠겼다. 그런데 말로는 잘 표현하기 어려웠는지 직접 행동으로 대답했다.

"남자의 거시기를, 이렇게······ 또 이렇게 하기도 하고······."

무슨 원통 같은 것을 위아래로 움직이기도 하고, 또 그 위에서 입을 벌리고 머리를 위아래로 움직이기도 하고. 그런 동작을 본 나는 현기증을 느꼈다. 당연히 수영을 하느라 지쳐서 그런 것은 아니었다.

이 아이는——아마도 성적 착취를 당하고 있을 것이다.

"그 고구레 아저씨란 사람이 너에게 그런 짓을 시킨 거야?"

이때 나는 이미 위험한 사건의 냄새를 감지하고 있었지만, 아무것도 묻지 않고 가만히 있을 수는 없었다.

"어쩔 수 없어요. 나는 '빚 담보'라서."

"뭐라고……? 빚이라니, 누구의 빚인데?"

"아버지랑, 어머니."

미쳤구나……라는 말이 하마터면 입 밖으로 튀어나올 뻔했다. 너희 부모는 딸을 팔아넘기고 도대체 뭐 하는 건데?

"아버지와 어머니는 뭐 하셔? 근처에 살아?"

"잘 몰라요. 전혀 만나지도 못했고."

그렇게 말하면서 쥐라는 스케치북과 휴대폰을 집어넣은 토트백을 어깨에 멨다.

"에르메스 씨, 다음에 또 만나면 좋겠네요."

"아니, 잠깐만."

나는 전에 받았던 카드를 꺼내 그 번호로 전화를 걸었다. 이번에도 또 시끄럽게 벨소리가 울려 퍼졌다. 다시 가방에서 휴대폰을 꺼낸 쥐라는 착신 램프가 반짝거리는 것을 보고 기분 좋게 웃었다.

"네, 여보세요. 쥐라입니다."

눈앞에서 걸려온 전화를 굳이 왜 받니.

"에르메스 씨예요?"

"네네, 맞습니다."

나도 참 솔직하게 응답했다.

"친구가 되어줄래요?"

그 얼굴이 너무나 천진난만해서, 차가운 여자인 나조차도 가슴이 꽉 막히는 기분이었다.

"음, 그래요. 친구가 됩시다."

쥐라는 내 말에 만족스럽게 고개를 끄덕였다. 그리고 갑자기 "안녕~" 하고 말하더니 전화를 끊었다.

"꼭 저장해놓을게요. 그 정도는 나도 할 수 있어요."

"응, 잘 부탁해."

"아, 에르메스 씨라고 해도 되죠? 아니면 루리 씨라고 저장하는 게 좋을까요?"

"네 마음대로 해도 돼."

"그럼 에르메스 씨로 할래요…… 미국인 같아서 멋있으니까."

그 말만 하고 나서 쥐라는 공원 출구로 향했다. 나는 그 뒷모습을 바라보면서 저절로 생각하지 않을 수 없었다──도둑질하는 것을 발견했을 때 차라리 그대로 경찰서에 데려가는 것이 훨씬 더 나았을 텐데……라고.

그렇게 생각한 순간, 텔레파시가 통한 것도 아닐 텐데

쥐라가 돌연 뒤를 돌아보더니 나를 향해 힘차게 손을 흔들었다.

* * *

그날 밤, 나는 우리 집의 작은 욕조 안에서 쥐라를 생각하고 있었다. 낮에는 정신없이 수영을 하고 밤에는 오랫동안 욕조에 들어가 있다니. 하루 종일 물에 잠겨 있는 날이구나.

실은 공원에서 쥐라와 헤어진 후 집으로 돌아오자마자 쓰러져 두 시간쯤 푹 잤으니까, 그 전의 기억은 어느 정도 흐려지긴 했지만.

'어쩐지…… 신기한 아이야.'

방수 케이스에 집어넣은 MP3 플레이어로, 내가 좋아하는 그 그룹의 노래를 들으면서 나는 회상해봤다. 그다지 많지도 않은 쥐라의 추억을.

이윽고 그 아이가 부모의 '빚 담보'로서 아마도 유흥업소에서 일하는 것을 강요당하고 있으리란 사실에까지 생각이 미치자, 몹시 불쾌한 기분이 들었다.

다행히 나는 그런 세계와는 무관하게 살아올 수 있었지만. 나라면 도저히 못할 짓이라고 생각한다. 여름 지하철 같은 데서도 낯선 남자의 팔뚝이 직접 내 팔에 조금만 닿아도 비명을 지르고 싶어질 정도인데. 아무리 돈을 위해서라지만 그보다 더한 일을 한다는 것은 상상할 수 없었다.

틀림없이 그런 일을 하고 있는 사람들은 자기 마음을 심하게 마취시켰을 것이다.

물론 일을 한다면 어떤 업종이든 간에 다소나마 그런 부분이 있을 테지만, 그쪽 직업은 특히 평균보다 몇 배나 더 강한 마취가 필요할 것 같았다. 적어도 나라면 그럴 것이다.

그런데도 이 세상에는 "여자는 좋겠어, 여자라는 이유만으로 돈 받고 팔 것이 있잖아?"라고 지껄여대는 남자들이 널려 있으니 기막힐 노릇이다. 특히 "닳는 것도 아니잖아?"라고 말하는 녀석은 진짜 쓰레기이다. 눈에 보이지는 않아도 분명히 닳는 것이다. 틀림없이 많은 것들이.

'역시 그 아이는…… 그때 체포되는 게 나았을 거야.'

그렇게 생각하자 가슴이 따끔하게 아팠지만, 돌이켜 보니 쥐라가 도둑질을 한 곳은 그 변태 아저씨의 편의점이었으니까 역시 내가 끼어들지 않았으면 무슨 일이 벌어졌을지 모른다. 소문대로 사무실에서 야한 사진을 억지로 찍혔을 수도 있고, 어쩌면 그보다 더 위험한 사태가 발생했을 가능성도 없지는 않을 것이다. 아무튼 그때 그 아이는 팬티를 안 입고 있었으니까.

'그나저나 그 그림은 굉장했어.'

나는 욕조에서 나왔다. 욕실 의자에 걸터앉아 스펀지로 몸을 문지르며 생각에 잠겼다.

쥐라의 스케치북 속에 있었던 딸기 그림——그 그림은 정말로 신비로웠다.

그 그림을 봤을 때, 순간적으로 내 머릿속에 떠오른 것은 우주 공간에 둥둥 떠 있는 다섯 개의 행성의 모습이었다. 아니, 거기 그려진 것은 딸기였지만, 그 크기와 배치가 아무리 봐도 그런 느낌이 들었다. 실제로 우주 어딘가에 가보면 행성들이 그 그림과 비슷한 형태로 보이는 장소가 있지 않을까? 하는 생각이 들 정도였다.

'그 애를 다시 만나고 싶어.'

그 그림에 관해 이것저것 생각해보다가——욕실에서 나올 무렵에는 나는 그런 생각을 하게 되었다. 그런데 그 직후에 마치 텔레파시가 통한 것처럼 쥐라한테 전화가 와서 깜짝 놀랐다.

그때 나는 상당히 자유분방한 차림새였다. 꼼꼼하게 커튼을 쳐놔서 아무도 이 안은 못 보니까 가볍게 팬티 하나만 걸치고 상반신은 다 드러내고 있었다. 따끈따끈하게 데워진 등과 다리를 선풍기 바람으로 식혀주면서 "흐아아, 천국이다" 하고 중얼거리고 있었는데, 그때 테이블 위에 놔둔 휴대폰이 울렸다. 나는 축축한 머리카락이 화면에 닿지 않도록

66

휴대폰을 귀에서 좀 멀리 떼고 전화를 받았다.

"여보세요, 에르메스 씨? 좋은 밤이에요."

쥐라의 들뜬 목소리가 들려왔다.

"와, 당장 전화해준 거야?"

침대 옆에 놓아둔 시계를 봤더니 9시가 좀 넘은 시각이었다.

"웬일이야?"

"지금 일이 하나 끝나서 차로 돌아가는 중인데요. 걷다 보니 왠지 에르메스 씨의 목소리가 듣고 싶어져서."

그렇게 기분 좋은 말을 해줘서 고맙긴 한데, '일이 하나 끝났다'는 부분이 더 마음에 걸렸다. 아까 낮에 쥐라가 보여줬던 노골적인 동작이 저절로 생각나는 것이었다.

"방으로 돌아가면 전화를 하기 어려워지거든요."

"그래……? 응, 고마워."

이야기를 하면서 나는 생각했다. 쥐라가 하는 일은 이른바 '출장 성매매'일지도 모른다고.

나는 그쪽 분야를 자세히 알지는 못하지만, 그 정도는 소문으로 들어서 알고 있었다. 손님이 전화를 걸어 여자를 호텔이나 자택으로 부르는 타입의 성매매. 평소에는 대기실 같은 방에서 대기하다가, 손님이 생기면 가게 직원이 차로 데려갔다가 데려온다고 한다. 방금 쥐라가 했던 말과 조합

해보면 대충 내 예상이 맞을 것이다.

"에르메스 씨는 뭐 하고 있었어요?"

"난 지금 목욕하고 나와서 몸을 식히는 중이야."

"아, 진짜다. 와, 가슴 크네요."

한순간 깜짝 놀랐다. 혹시 내가 휴대폰 화면의 이상한 버튼을 눌러 영상통화라도 하고 있는 건가……? 하고 진지하게 생각했다. 스마트폰은 편리하지만, 그런 쓸데없는 기능도 부가되어 있어 방심할 수 없었다.

하지만 화면을 봐도 평범한 통화 모드였다. 애초에 쥐라의 휴대폰은 그런 기능에 대응하지 못하는 구식 폴더폰일 것이다.

"저기, 내가 옷을 안 입고 있는 거 어떻게 알았어?"

"사실 난 초능력이 있거든요. 아주 멀리 있는 것이 가끔 보이기도 해요."

"거짓말."

나도 모르게 왼팔로 가슴을 가리면서 말했다. 그러자 쥐라는 웃었다.

"후후후, 농담이에요, 농담."

"어휴, 겁주지 마."

쥐라가 말하면 그런 농담도 진담처럼 들린단 말이야.

"그런데 에르메스 씨, 맛있는 햄버그스테이크. 관심 없어요?"

"맛있는 햄버그스테이크? 당연히 관심 있지."

"실은 ××에 엄청나게 맛있는 햄버그스테이크 가게가 있는데. 에르메스 씨도 알아요?"

××는 내가 사는 곳에서 지하철로 네 정거장 떨어져 있는 동네인데, 이 노선에서는 비교적 큰 번화가였다.

"글쎄, 어디지? 난 ××에는 별로 가본 적이 없어서."

"내일 낮에 같이 가지 않을래요? 그 맛있는 햄버그스테이크를 에르메스 씨도 먹었으면 좋겠는데. 저번에 도와준 답례로 이번에는 내가 쏠게요."

"미안. 내일은 낮부터 일해야 해."

나는 여전히 콜센터에서 일하고 있었는데, 그곳의 근무 시간은 오후 1시부터 밤 9시까지였다. 2교대 근무의 후반조인데, 압도적으로 오후에 걸려오는 전화가 많기 때문에 나는 거의 고정적으로 후반조를 맡았다.

"그래요오……? 밤에는 내가 시간이 없는데에."

쥐라의 근무 형태가 어떤지는 몰라도, 그런 종류의 직업은 아무래도 밤에 바쁠 것이다.

"그래도 누가 밥을 사준다면 무조건 가야지……. 저기, 다음 주 수요일은 어때? 우리 회사 쉬는 날이니까."

내가 그렇게 제안하자, 쥐라의 목소리가 확 밝아졌다.

"수요일? 네, 그럼 그날 낮에는 일하러 안 갈게요."

"쥐라 양. 너 낮에도 일하니?"

"가끔 그래요."

맙소사, 너무 근면 성실한 것도 생각해볼 문제이다. 이런 경우에는.

"자세한 약속은 그때 가서 다시 정하자."

"알았어요. 또 전화할게요. 아, 에르메스 씨가 먼저 전화해 줘도 돼요."

"알았어, 내가 걸게."

"저, 그런 뜻이 아니라…… 에르메스 씨도 마음 내킬 때에는 나에게 전화를 걸어달라는 뜻이에요. 그러면 난 무척 행복해질 거예요."

쥐라가 또 귀여운 말을 아무렇지도 않게 했다.

* * *

우리는 그렇게 이야기했던 대로 수요일 오후에 ××에서 만났다.

약속 장소는 역의 동쪽 개찰구. 약속 시간은 1시 정각. 점심시간에는 가게에 손님이 많을 테니까 일부러 그 시간을 살짝 피한 것이다.

내가 그곳에 갔더니 쥐라가 먼저 와 있었다.

쥐라는 핑크색 바탕의 체크무늬 3단 프릴 스커트와 흰색 무릎 양말, 흰색 반팔 블라우스, 거기에 또 핑크색 체크무늬 조끼를 입고 있었다. TV에서 흔히 볼 수 있는 다인원 여자 아이돌 그룹을 연상시키는 스타일이었다. 편의점에서 처음 만났을 때의 옷차림을 생각해보면 마치 다른 사람처럼 느껴졌는데, 어깨에는 늘 애용하는 토트백을 메고 있는 것은 변함없었다. 이렇게 보니까 가방이 더러워진 것이 눈에 띄었다.

'어라……? 어쩐지 이전과는 분위기가 달라진 것 같은데.'

나를 발견하고 열심히 양손을 흔드는 쥐라. 나도 손을 흔들어주면서 그런 생각을 했다. 입고 있는 옷이 문제가 아니라, 왠지 묘하게 얼굴이 밋밋하고 납작한 느낌이 들었다.

이쪽으로 뛰어온 쥐라의 얼굴을 가까이에서 봤을 때 나는 그 이유를 알아챘다. 그게 쥐라의 취향인지는 몰라도 얼굴에 파운데이션만 발랐던 것이다.

"와. 오늘은 화장을 했네?"

그동안 맨 얼굴의 쥐라만 봤기 때문에 다소 신선한 느낌이 들었지만, 뭔가 좀 어중간하다고나 할까. 화장을 하다 말고 나온 것 같기도 했다. 물론 파운데이션만 바르고 끝낸다고 문제 될 것은 없지만, 립스틱이나 블러셔라도 좀 발라주면 훨씬 나아질 것 같은데.

"평소에는 화장은 안 하지만…… 오늘은 진짜 깜짝 놀랄 만큼 안색이 안 좋아서."

"어, 정말?"

내가 그것을 눈치채지 못한 것은 저 두꺼운 파운데이션의 효과일지도 모른다. 하긴, 그러고 보니 약간 피곤한 것처럼 보이기도 했다.

"혹시 몸이 안 좋니? 오늘은 그냥 헤어질까?"

"네? 아뇨, 난 괜찮아요. 가끔 배가 좀 아픈 것뿐이에요."

"아, 혹시 손님이 오신 거야?"

내 질문에 쥐라는 의아하다는 듯이 고개를 갸웃거렸다.

"달마다 하는 그거 말이야. 어, 알지? 그분이 오시면 방석을 꺼내서 깔아드리잖아? 그래서 손님인 거야."

이런 비유 표현은 엄마가 쓰던 것이다. 생리대를 '방석'이라고 표현하는 것이 참 구시대적이라는 생각도 들었지만, 우리 집에서는 그런 비유가 자연스럽게 사용됐었다. 솔직하게 생리라고 말하는 것보다는 더 유머러스한 느낌이 들어서 나도 싫지는 않았다.

"그 표현 재미있네요. 앞으로는 나도 그렇게 말해야지."

쥐라는 웃으면서 말했지만──불쌍하게도 쥐라는 그것이 심한 타입인 듯했다.

나에게 오는 손님은 언제나 가볍게 찾아와 가볍게 떠나는 타입이었다. 이른바 생리통이라는 것이 거의 없었다. 비유하자면 딱 예의를 차릴 정도로만 차를 마시고 얼른 돌아가는 산뜻한 손님이었다.

하지만 손님들 중에는 불쑥 찾아온 주제에 호화로운 접대를 요구하고, 심지어 잠까지 자고 가는 뻔뻔한 친척 같은 타입의 손님도 있었다. 이것은 타고난 체질의 문제일 테지만, 어쨌든 나도 같은 여자로서 안타까움을 느꼈다. 내가 꽤 오래전에 다녔던 직장에서는, 그렇게 손님이 오면 꼼짝도 못할 정도로 심한 타격을 입는 진짜 중증인 사람도 있었다. 그 사람이 결근한다고 전화로 연락할 때에는 거의 죽어가는 상태였다. 정말로 집중치료실에서 전화를 거는 것처럼 느껴질 정도였다.

일단 그렇게까지 심각한 수준은 아닌 것 같았지만, 쥐라도 어지간히 생리통이 심한 타입처럼 보였다.

병은 아니어도 여자만 이렇게 고생을 해야 한다는 것이 참 부조리하다는 생각이 들었다. 계속 이런 고통을 겪다가도 언젠가는 '내가 여자라서 다행이다'라고 생각하는 날이 과연 찾아올까?

"저기, 그런데 무리할 필요는 없으니까……. 힘들면 언제든지 말해, 알았지?"

"난 정말로 괜찮아요. 가끔씩 좀 아팠다가 잠시 후에는 또 괜찮아지니까. 별것 아니에요."

내 말에 쥐라는 밝은 목소리로 대답했다. 아무래도 생리통은 사람마다 다 다르니까, 나로서는 "그래?"라고 말할 수밖에 없었다.

"모처럼 첫 데이트를 하게 되었는데 분위기를 망쳐서 미안해요. 에르메스 씨는 신경 쓰지 말아요."

"첫…… 데이트?"

잠깐만, 여자들끼리 놀러 가는데 보통은 데이트라고는 안 하지 않나?

"글쎄요. 시간을 정해서 어딘가에서 만나는 것을 데이트라고 하지 않나요?"

아니, 그건 그냥 약속을 잡은 거지——라고 생각했지만, 하긴, 뭐든지 상관없나.

그 후 쥐라는 본인이 말했듯이 특별히 이상한 모습을 보여주지는 않았다. 어쩌면 아파도 참고 있는 걸지도 모르지만, 나는 "괜찮아?"라고 묻지 않았다. 병은 아니니까 지나치게 신경 쓰는 것도 오히려 실례일 것이다.

미리 정해둔 대로 우리는 쥐라의 추천 맛집으로 가서 햄버그스테이크를 먹었다. 그곳은 유명한 체인점이라 나도 당연히 알고 있는 곳이었지만, 애써 나한테 그 음식을 먹여주려고 하는 쥐라에게 굳이 그런 말을 하지는 않았다. 게다가 쥐라가 한턱내는 거니까. 여기서는 정신없이 맛있게 먹어야 한다. 오히려 그것이 예의이다.

"전에 통화했을 때 쥐라 양은 지바현 출신이라고 했었지…… 정확히 지바현의 어디야?"

칸막이 좌석에 마주 보고 앉아, 이 음식점의 최고 추천 메뉴라는 '하와이안 데리야끼 햄버그스테이크'라는 국적 불명의 햄버그스테이크를 먹으면서 나는 그런 질문을 던졌다.

실은 첫 번째 통화 이후로 쥐라는 날마다 나에게 전화를 했다. 틀림없이 일하다가 틈틈이 전화하는 것일 텐데, 내가 먼저 전화할 필요가 전혀 없을 정도였다.

화제는 주로 그날 있었던 일이나 TV 프로그램이었다. 그러나 가끔은 서로에 관한 이야기를 하기도 했다. 우리는 이제 막 알게 된 사이이므로, 서로의 주변적인 정보부터 차근차근 알아가려고 하는 화제가 많아질 수밖에 없었다.

그래서 나는 쥐라가 지바현 출신이고 부모님이 소규모 극단 비슷한 것을 운영했다……는 것까지는 이미 알고 있었다. 그 외에도 중학교에는 거의 안 갔다, 만난 적도 없는 남동생이 있는 듯하다, 뭐 그런 뒷부분이 궁금해지는 이야기도 몇 개 들었는데, 그쪽에 깊이 파고드는 것은 시간이 좀 더 지난 다음에 시도하는 편이 나을 것이다.

"내가 태어난 곳은 기사라즈시라고 하는데요. 여기저기 이사를 다녀서 잘 몰라요. 저기, 출신이라는 것은 태어난 장소를 말하는 거잖아요?"

"음, 아마도?"

"그런데 태어난 다음 날에는 다른 현으로 이사를 가서 거기서 쭉 살았다면, 그건 어디 출신이 되는 걸까요? 그런 사람도 실제로 있을 거라고 생각해요."

의외로 골치 아픈 문제를 제기하는구나. 그런데 확실히 그런 경우에는 어디 출신이라고 해야 할지 궁금했다.

"나도 잘 모르겠지만…… 음, 그래. 그렇게 생각하면 태어난 장소는 별로 의미가 없는 것 같네. 그보다는 어디서 자랐느냐가 중요한가?"

그것도 중요하지 않다는 느낌이 들었지만, 일단 그렇게 이야기를 끝냈다. 내가 생각해도 참 시시한 질문을 했던 것 같다.

"에르메스 씨. 나는…… 산이 보이는 곳에서 살고 싶어요."

쥐라가 햄버그스테이크를 캐러멜처럼 작게 썰면서 화제를 바꿨다.

"눈앞에 커다란 산이 떡! 하니 자리 잡고 있으면 멋질 것 같지 않아요? 그 산들 사이로 태양이 고개를 쏙 내밀거나 밑으로 가라앉는 거…… 그건 틀림없이 아름다울 거예요."

아침 해와 저녁 해가 똑같은 장소에서 나왔다 들어갔다 하지는 않을 테지만, 여기서 그 사실을 지적하는 것은 센스 없는 짓이었다.

"산…… 그래, 산도 좋을지도 몰라."

나도 태어나서 지금까지 간토 평야에서 벗어나본 적이 없으므로 쥐라의 말은 이해가 갔다. 맞아, 산이 보이는 마을은 멋질 것 같아.

"나는 별이 아름답게 보이는 곳에서 살고 싶어."

"별이요?"

내가 무심코 중얼거린 한마디에 쥐라가 반가운 표정을 지었다.

"응…… 사실 나는 별을 정말 좋아하거든. 어린 시절부터 그랬어."

그러고 보니 그 사실을 남에게 이야기하는 것은 고등학교 시절 이후로 처음이었다. '낭만적인 소녀 감성'으로 치부당할 것 같았고, 그걸로 놀림을 받기도 싫어서 그랬지만. 솔직히 말하자면 그런 이야기를 할 수 있는 친구가 없었던 것이다.

하지만 쥐라에게는 이야기해도 되겠다는 생각이 들었다.

복잡한 사연이 있어 보였지만 왠지 여동생 같아서 귀엽기도 하고, 아직까지는 순수하다는 인상만 받았다. 점점 친해지다가 어느새 순수하지 않은 이야기를 엉겁결에 하게 되더라도, 그것도 또 나름대로 재미있을 것 같았다.

"나도 별을 엄청 좋아하는데! 아, 맞다. 에르메스 씨, 별똥별 본 적 있어요? 나는 본 적 있어요. 어릴 때."

"나도 본 적 있어."

그런 것으로 경쟁해봤자 소용없는데도 나와 쥐라는 각자가 본 별똥별 이야기를 번갈아 늘어놓았다. 그건 틀림없이 꿈 이야기와 마찬가지로 아무리 설명해봤자 그 아름다움이나, 그것을 봤을 때의 기쁨을 완벽하게 전달하는 것은 불가능할 텐데——그래도 이야기하지 않을 수 없었다. 특별히 "나도 아름다운 것을 본 적 있어!"라고 주장하고 싶은 것은 아니었어도.

"절대로 불가능할 테지만…… 딱 한 번만이라도 좋으니까, 내 눈으로 직접 안드로메다은하를 보고 싶어."

너무나 좋아하는 별 이야기가 나오자 활기가 넘쳐서 무의식중에 그런 말을 해버렸다.

실은 이것이야말로 나의 가장 큰 비밀——어린 시절부터 쭉 진지하게 빌었던 소원이다.

우주선 창문 너머로 봐도 되고, 우주복의 어항 같은 헬멧 너머로 봐도 된다. 그저 내 눈으로 직접 저 우주 공간에서 빛나는 안드로메다은하를 볼 수만 있다면, 그 직후에 죽어도 나는 후회하지 않을 것이다.

아마도 나와 같은 꿈을 가진 사람은 당연히 있을 거라고
생각한다.

실제로 고성능 망원경을 이용하면 뿌옇게 흐려진 그 모습
은 볼 수 있다고 한다. 하지만 그것은 사진으로 알려진 모습
과는 전혀 달라서 하나도 아름답지 않다. 지구에서는 그 정
도가 한계인 것이다.

그래서 대부분의 사람들은 '안 되는 것은 안 되는 거다'
하고 포기하고 적당히 그 소망과 타협할 것이다. 나처럼 가
정용 플라네타륨을 사보기도 하고, 허블 우주 망원경으로
촬영한 별 사진집을 구입하기도 하고, 커다란 TV로 DVD
영상을 재생시키기도 하고——뭐, 그런 방법밖에 없으니까
어쩔 수 없는 것이다. 오로지 선택받은 사람들만 우주에 갈
수 있으므로.

부끄럽지만 나는 절대로 안드로메다은하를 볼 수 없다는
것이 너무 속상하고 슬퍼서, 도저히 못 참고 울어본 적도 있
었다.

그토록 아름다운 것을 나는 절대로 볼 수 없다.

그것이 존재한다는 것만 배웠지, 나는 절대로 거기에 손
댈 수 없다.

하다못해 같은 지구상에 존재하기만 해도, 어떻게든 노력
해서 직접 볼 기회가 아예 없지는 않을 텐데. 아무리 그래도

250만 광년이라는 것은 절망적인 거리였다. 그렇다면 차라리 그 존재 자체도 모르는 것이 더 행복했을 텐데.

"안드로메다……. 그거, 별 이름이던가요?"

조용히 한탄하던 나에게 쥐라가 질문을 던졌다.

"안드로메다는 수많은 별들이 모여서 만들어진 은하야. 옛날에는 안드로메다성운이란 이름으로 더 많이 알려져 있었는데, 실제로는 그게 은하래."

"으음? 은하랑 성운은 뭐가 다른데요?"

은하는 별들의 집합체이고 성운은 가스의 집합체이다…… 라고 말하는 것은 쉽지만, 그걸 어디서부터 설명해줘야 쥐라가 잘 이해할 수 있을까.

"어? 쥐라 양. 괜찮아?"

내가 설명하려고 고개를 들었을 때, 쥐라가 손으로 배를 누르고 있는 것을 발견하고 반사적으로 그렇게 물었다.

"조금 아프긴 한데, 괜찮아요. 진짜로. 금방 나을 거예요."

그러면서 쥐라는 옆에 놔뒀던 토트백으로 손을 뻗더니 예의 스케치북을 꺼냈다.

"이건 전에도 보여드렸는데…… 이 고양이 이름은 '안도'라고 해요."

쥐라가 보여준 것은 명함에도 실려 있는 그 눈이 커다란 고양이 그림이었다. 언제 봐도 귀엽지 않은 모습이었다.

"안도라고……? 그 고양이, 일본인이야?"

나는 쥐라가 고통스러운 표정을 짓고 있는 것을 보면서도, 능숙하게 화제를 전환하지 못하고 엉뚱한 질문을 해버렸다.

"저, 우리 아버지 친구 중에, 눈이 엄청나게 커다란 안도 아저씨가 있어서…… 내가 그린 고양이 그림을 보고, 아버지가 '이거 뭐야? 안도야?'라고 말했거든요. 그다음부터는…… 농담으로 안도라고 부르게 되어서."

주기적으로 고통이 밀려오는 것 같았다. 그때마다 쥐라가 얼굴을 찡그렸다.

"안도랑 안드로메다. 비슷하잖아요?"

그런데도 억지로 웃으려고 했다. 그 모습이 애처로워 보였다.

"저기, 쥐라 양. 정말로 생리통 맞아? 혹시 다른 병이 있는 거 아니야?"

나도 모르게 테이블 위에 있는 쥐라의 왼손을 잡으면서 말했다. 쥐라의 맥박은 꽤 빠르게 뛰고 있었다.

"아니, 아녜요. 이건 손님이에요……. 그냥 오랜만이라, 마음껏 날뛰고 있는 거예요."

"오랜만이라고……? 그럼 최근에는 안 했어?"

"난 항상 그래요. 반년 정도 없기도 하고, 또 끝났나 싶으면 금방 다시 시작하기도 하고."

어쩐지 불길한 예감이 들었다.

"저번에는 언제 했어?"

"아마도, 벚꽃이 피었을 때."

그게 4월 초를 의미한다면, 무려 두 달 동안, 아니, 세 달 동안이나 안 했다는 뜻이다.

"아야!"

갑자기 심한 고통을 느꼈나 보다. 쥐라는 붙잡고 있던 내 손을 뿌리치고 양팔로 자기 배를 끌어안았다. 몸을 기역자로 구부리면서 웅크렸다. 순식간에 이마에 땀방울이 송골송골 맺혔다.

"쥐라 양, 정신 차려."

나는 벌떡 일어나 쥐라 옆으로 이동하려다가 비로소 눈치 챘다——프릴 스커트 밑으로 뻗어 나온 쥐라의 다리를 타고 끈적끈적한 피가 흐르고 있다는 사실을.

그 피는 흰색 무릎 양말에도 스며들어 마치 빨간 잎맥처럼 뻗어 있었다. 그 핏줄기의 끝부분이 빠른 속도로 길어지고 있었다.

'피가 엄청나게 많이 나오고 있어.'

그것을 깨달은 순간, 나는 머릿속이 새하얗게 변해버렸다. 정말로 아무것도 생각하지 못할 지경이었다. 하지만 여기서 내가 정신을 잃을 수는 없었다.

"저기요, 죄송하지만 구급차…… 구급차 좀 불러주세요."

나는 가까이 있는 웨이터에게 큰 소리로 말했다.

* * *

구급차는 약 10분 후에 도착했다. 쥐라는 들것에 몸을 고정당한 채 식당 밖으로 실려 나갔는데, 그러는 동안에도 몸을 뒤틀며 괴로워했다.

"언니분이세요?"

구급대원 아저씨의 질문에 나는 고개를 흔들었다.

"아뇨, 친구입니다."

"그럼 이분 가족의 연락처는 혹시 모르십니까?"

"저, 실은…… 바로 얼마 전에 알게 된 사이라서, 아무것도 몰라요."

"그런가요."

구급대원은 부자연스러울 정도로 힘차게 고개를 끄덕거렸는데, 그건 아마도 답답해서 혀라도 차고 싶은 심정을 얼굴이나 태도로 드러내지 않으려고 일부러 그런 것이리라. 이해는 갔다. 현장에 같이 있는데도 나는 아무런 도움도 안 되니까.

"동행해주실 수 있겠습니까?"

"네, 물론이죠."

쥐라가 안으로 실려 들어간 후, 나는 내 짐과 쥐라의 짐을 챙겨 구급차에 올라탔다. 구급차는 요란한 사이렌 소리를 내면서 달리기 시작하더니 근처의 간선 도로로 들어갔다.

"쥐라 양, 정신 차려."

달리 해줄 수 있는 일이 없어서, 나는 그저 쥐라의 발치에 있는 의자에 앉아 똑같은 말만 되풀이할 수밖에 없었다. 당연히 처음 타보는 구급차 안을 구경할 여유도 없었다. 다만 위쪽의 일부분만 투명하게 되어 있는 유리창 너머로 도시의 풍경이 보였는데, 그것이 너무나 일상적이라 왠지 모르게 서글퍼졌다. 여기서 쥐라가 이토록 고통스러워하고 있는데 그것을 아무도 모른다는 현실 때문에, 화가 나면서도 슬픈 듯한 느낌이 들었던 것이다.

잠시 후 구급대원이 나에게 쥐라의 이름과 나이 등을 물어봤다. 나는 아는 것만 대답했는데, 상대의 마지막 질문에는 나도 모르게 말문이 막혀버렸다.

"혹시 이분, 임신하셨나요?"

"아뇨, 그런 이야기는 못 들었는데요……. 하지만 생리는 하는 것 같으니까, 그건 아닐 거라고 생각해요."

내가 그렇게 대답하자 구급대원은 또다시 힘차게 고개를

끄덕거렸다. 그리고 이렇게 되기 전에는 어떤 상태였느냐고 물어봤다.

"일정한 시간 간격으로 둔한 통증이 느껴진다고 했어요. 그러다가 시간이 좀 지나면 통증이 사라지고요. 그런데 또 시간이 지나면 다시 아프고."

그렇게 소리 내어 대답했을 때, 어리석은 내 머리에도 문득 떠오르는 것이 있었다──그건 혹시 '진통'이 아닐까?

이마에 땀이 송골송골 맺힌 채 괴로워하는 쥐라의 모습을 보면서 나는 생각했다. 그럴 가능성은 충분히 있다고.

쥐라가 일하는 곳이 과연 어떤 식으로 여자의 건강을 관리해주고 있는지는 몰라도, 어차피 본인에게 다 맡겨버렸을 게 뻔했다. 그런 업계는 만사가 주먹구구식이므로 성병 검사라도 해주면 그나마 나은 거라는 이야기를 들은 적이 있었다.

'아아, 정말…… 말도 안 되는 짓이야.'

아직 쥐라가 임신했다고 단정할 수는 없었지만, 그래도 전에 봤던 그 굵직한 실버 체인 목걸이를 목에 건 남자의 얼굴이 떠오르자 나는 머리끝까지 화가 났다. 한 번밖에 못 봐서 그런지 그놈의 얼굴은 한없이 천박하고 추악하게 내 머릿속에서 재생됐는데, 실은 그게 정답일 것이다. 틀림없이 실제 인성도 그럴 테니까.

구급차가 도착한 곳은 대형 종합병원이었다. 응급실 입구 앞에 설치된 간판에는 외과, 내과, 소아과 틈에 섞여 산부인 과라는 글자도 있었다.

그 후 쥐라는 응급실로 운반됐고, 나는 구급대원과 똑같 은 질문을 하는 여성 간호사에게 대답해준 다음에 복도로 쫓겨나게 되었다.

'어쩌다 일이 이렇게 됐을까.'

나는 근처의 자판기에서 뽑은 페트병 차를 그 자리에서 거의 절반이나 꿀꺽꿀꺽 마시면서 생각에 잠겼다. 쥐라가 쓰러져버린 원인을 생각하는 것이 아니었다. 이 소중한 휴 일에 이런 사건에 휘말려버린 자신의 불운함을 한탄했을 뿐 이다.

'설마…… 죽지는 않겠지?'

쥐라의 다리를 타고 붉은 잎맥처럼 뻗어나갔던 피의 양을 떠올리자, 내 팔뚝과 목덜미가 서늘해지는 기분이 들었다. 대체로 여자는 피를 무서워하지 않는다고 하지만(매달 봐서 익숙해졌으니까……?), 그것도 정도가 있다. 아무리 그래도 목 숨을 위협할 정도는 되지 않았으면 좋겠다.

나는 응급실과 가장 가까운 곳에 있는 벤치에 앉아 시간 이 지나가기를 기다렸다. 그러다가 문에 '휴대전화 사용 금지'라고 적혀 있는 것을 보고 황급히 내 휴대폰 전원을 껐다.

'쥐라의 휴대폰은 어쩌지?'

아마도 토트백 속에는 전에 봤던 그 구식 폴더폰이 들어 있을 것이다.

남의 가방을 무단으로 뒤지는 것은 아무래도 좀 그렇지……라고 생각했는데, 그 순간 마치 내 생각을 수신한 것처럼 갑자기 쥐라의 휴대폰 벨이 울리기 시작했다.

당황하여 토트백 속을 들여다봤다. 늘 가지고 다니는 스케치북과 비닐 필통, 자질구레한 소지품을 넣어둔 듯한 주머니, 캔디 봉지. 그것들 사이에서 로즈핑크 컬러의 구식 폴더폰의 착신 램프가 깜빡거리고 있었다. 음량도 상당히 컸다.

나는 폴더폰을 꺼내어 펼쳐봤다. 작은 화면에는 '구레 아저씨'란 글자가 표시되어 있었다. 그 굵은 은 목걸이 아저씨가 전화를 건 것이다.

차라리 통화가 가능한 곳으로 나가서, 쥐라에게 무슨 일이 일어났는지 가르쳐주는 게 나을지도 모른다……고 한순간 생각했지만, 요란하게 계속 울려 퍼지는 착신음 때문에 초조해진 나는 충동적으로 버튼을 길게 눌러 전원을 꺼버렸다. 그 남자와 직접 이야기하는 것도 내키지 않았다.

그때 응급실 문이 열리더니 나와 비슷한 나이의 간호사가 고개를 내밀었다. 나는 거의 반사적으로 재빨리 일어나 문

쪽으로 다가갔다.

"여기서는 휴대폰 전원은 꺼주세요."

목소리는 친절했지만 말투는 엄격했다. 나는 내 휴대폰이 아니라고 대꾸하고 싶었지만, 그럴 만한 상황도 아니었으므로 순순히 "죄송합니다"라고만 대답했다.

"지금은 좀 진정됐습니다. 하지만 이제부터 본격적인 처치를 해야 해요."

간호사가 담담하게 이야기했다.

"그 아이는…… 어디가 아픈 건가요?"

내 질문에 간호사는 미간을 찌푸리며 대답했다.

"저는 그런 것은 말할 수 없습니다. 당신은 가족이 아니시잖아요?"

나는 한낱 지인에 불과하다. 보호자도 아니고, 신원 보증인도 아니다. 고로 말해줄 수 있는 것과 없는 것이 있다는 것도 당연히 이해가 갔다.

"그런데 수술을 할 필요가 있어서요. 가족분과 빨리 연락을 취해야 하는데…… 정말 아무것도 모르세요?"

"수술이라고요?"

아무래도 약 먹고 푹 자면 낫는다……는 상태는 아닌 듯했다.

"지금 대화를 할 수 있는 상태인가요? 그러면 그 아이에게 직접 물어보는 것이 더 빠를 텐데요."

말해줄 수 있는 것과 없는 것이 있다는 것은 나도 마찬가지였다──쥐라가 여자도 거침없이 때리는 남자 밑에서 성적 착취를 당하고 있다는 사실을, 그냥 통행인A 수준인 내가 쉽게 남에게 이야기해도 되는 걸까.

"알겠습니다. 조금만 더 기다려주세요."

간호사는 그렇게 말하고 일단 응급실 안으로 다시 들어갔다가, 약 2분 후 돌아왔다.

"그분의 짐은 가지고 계시죠? 잠깐 이리 와주실 수 있을까요?"

안내를 받아 안으로 들어갔다. 쥐라는 여러 겹의 커튼 안쪽에 있는 침대에 누워 있었다.

"쥐라 양!"

입에는 산소마스크를 쓰고, 팔에는 튜브가 달린 링거를 꽂고 있는 쥐라. 그 모습을 본 나는 무의식중에 큰 소리로 외쳤다. 위에는 하얀 블라우스를 입고 있는 것 같았지만, 가슴 아래쪽은 흰색 시트가 덮여 있어서 어떤 상태인지 알 수 없었다. 다만 침대의 하반신 부분에는 두꺼운 비닐이 깔려 있었다.

"에르메스 씨."

파운데이션이 지워져 얼룩덜룩해진 얼굴로 나를 보면서

쥐라는 애써 미소를 지었다.

"모처럼 즐겁게 놀고 있었는데…… 미안해요."

"아냐, 그게 뭐가 중요해. 그나저나 넌 괜찮은 거야?"

나는 쪼그려 앉아 얼굴을 가까이 대고 물어봤다. 쥐라가
손을 내밀었다. 나는 그 손을 붙잡았다.

"에르메스 씨…… 내 배 속에, 아기가 있었대요."

부서질 듯한 그 한마디에 나는 목구멍이 콱 막히는 듯한
기분을 느꼈다──아아, 역시 그랬구나.

"전혀 눈치를 못 챘는데…… 내가 엄마가 됐나 봐요."

지금 그 태아는 어떻게 되었는지. 물어보기가 좀 무서웠다.

"하지만 잘 크지 못하고 나와 버렸대요. 그런데 이상한 데
걸리는 바람에, 지금부터 마취를 해서 의사 선생님이 꺼내
주실 거래요."

담담한 말투로 말한 뒤. 쥐라의 커다란 눈동자에서 눈물
이 흘러나왔다. 또르르 소리가 날 정도로 굵은 그 눈물방울
은 무슨 빛을 반사했는지 하얗게 빛나는 것처럼 보였다.

"불쌍하다. 아기."

"응."

나는 그저 고개를 끄덕이면서 쥐라의 땀으로 축축해진
손을 꼭 붙잡아줄 수밖에 없었다──그러는 너도 충분히 불
쌍해.

"누구 아이였는지, 알아?"

과거형으로 물어보는 나는 잔혹한 인간이었다.

"으음……."

쥐라는 입술을 살짝 삐죽이면서 생각하는 척을 했다. 그러나 틀림없이 본인도 모를 것이다. 내 추측대로 쥐라가 하는 일이 '출장 성매매'라면, 원칙적으로는 성행위는 금지되어 있을 것이다. 하지만 그것은 어디까지나 표면적인 규칙일 뿐이므로 빠져나갈 구멍은 얼마든지 있다.

문득 누군가의 말이 내 머릿속에 떠올랐다. 내가 종종 방문하는 바 '저쪽을 보는'의 주인인 로코 씨가 언젠가 웃으면서 했던 말인데──"그런 일에 관해서는 남자들은 얼마든지 지혜를 짜내거든. 그거 말고는 생각할 것이 없냐? 하고 물어보고 싶을 정도야."

나도 진심으로 동감했다.

"괜찮아. 모르면 그냥 몰라도 돼……. 다만 이런 일이 생겼다는 것을 털어놓고 상담할 수 있는 상대가 있는지 궁금해서."

"아, 맞다. 그러고 보니 구레 아저씨에게 전화해야 하는데…… 수술을 하려면 서류에 사인을 해야 한다니까. 에르메스 씨, 그 가방 좀 줘요."

그렇게 말하면서 쥐라는 몸을 일으키려고 했지만, 아랫배에 힘을 준 순간 고통스러운 것처럼 얼굴을 찡그렸다.

"자, 잠깐만! 뭐 하는 거야? 뭔데, 뭘 주면 돼? 휴대폰?"

"응. 휴대폰을 안 보면 전화번호를 모르는걸."

나는 가방 속에서 폴더폰을 꺼내 쥐라의 손에 쥐여 줬다.

"어, 역시…… 현재 네 보호자는 그 구레 아저씨라는 사람
이야?"

본인의 말을 믿는다면 쥐라는 이미 성인이니까, 이 경우
에는 신원 보증인이라고 하는 편이 좋을지도 모른다.

"아버지도 어머니도 어디 있는지 모르고…… 그러니까 곤
란한 일이 있을 때에는 뭐든지 구레 아저씨에게 말하게 되
어 있어. 의지할 만한 사람이야. 구레 아저씨는."

쥐라는 그런 말을 하면서 미소를 지었다. 그러나 나는 이
해할 수 없었다. 넌 그놈에게 실컷 착취를 당하고 있잖아.

"하지만 그 사람은 너에게 심한 짓을 하지 않아? 얼마 전
에도 전화하면서 소리를 질렀고, 심지어 그 전에는 차 안에
서 너를 때렸잖아. 내가 봤어."

그렇게 말하자, 잠시 동안 쥐라의 시선이 허공을 맴돌았다.

"있잖아. 그 남자가 어떤 사람인지 나는 잘 모르지만……
같이 있어서 좋은 사람은 아닐 거야. 안 그래?"

어떤 사정 때문에 그 남자 밑에서 일하게 되었는지, 그것
조차도 나는 잘 모르지만──그래도 이대로 있으면 쥐라는

점점 더 불쌍해질 것만 같았다.

"하지만 구례 아저씨는 좋은 사람이에요."

쥐라는 뜻밖의 말을 중얼거렸다.

"물론 화낼 때에는 무섭지만, 평소에는 좋은 사람이니까. 어쩌다 이상한 손님을 만났을 때에는 구해주기도 하고, 도 넛도 사다주고…… 나를 보고 귀엽다고 해주기도 하고."

거울이 없어서 확인은 못 했지만, 그 말을 들은 내 눈은 한껏 동그래졌을 것이다. 도대체 누구 때문에 구급차를 타 게 되었는지 이 아이는 모르는 것이다.

"저기, 있잖아. 쥐라 양……."

내가 그렇게 입을 열었을 때 간호사가 커튼을 치우면서 등장했다. 손에는 서류철을 들고 있었다.

"이야기하시는데 방해해서 죄송합니다만, 몇 가지 여쭤볼 것이 있어서요."

아, 그렇구나. 통행인A나 마찬가지인 내가 나설 기회는 여기서 끝인가 보다.

'하긴, 나하고는 상관없는 일이지.'

그 시점에서 나는 평소의 냉정함을 되찾고 쥐라의 토트백 을 간호사에게 넘겨줬다. 일단 나는 내 나름대로의 역할은 다했다.

"건강해지면 다시 전화해줘. 오늘 다 못했던 것은 다음에 또 어딘가에서 하자."

그렇게 말하면서 손을 붙잡자, 쥐라는 몇 번이나 "미안"이라고 말했다.

"아, 실례지만. 혹시 모르니까 성함과 전화번호를 가르쳐 주실 수 없을까요?"

응급실에서 나가려는 나를 불러 세우더니 그렇게 물어보는 간호사. 아마도 서류를 작성하는 데 필요한 것이리라.

나는 간호사가 내민 서류에 내 주소와 전화번호를 적어 간호사에게 건네줬다.

그 후 병원 밖으로 나왔더니 바깥은 여전히 밝아서——지난 한 시간 사이에 일어난 사건이 전부 다 악몽처럼 느껴졌다.

* * *

병원을 떠나 곧장 집으로 돌아갈 수도 있었지만——오늘이 수요일이란 것을 떠올린 나는 긴시초로 향했다. 이대로 6시까지 시간을 때우면 '저쪽을 보는'의 레이디스 데이에 갈수 있겠다고 생각했으므로.

오랜만에 가는 거니까 빈손으로 갈 수는 없었다. 그래서역 근처에서 로코 씨가 좋아하는 쿠키를 샀다. 손님이 바에 가는데 선물을 가져간다는 것도 웃기는 이야기지만, 가져가고 싶은 걸 어쩌겠나. 아무튼 로코 씨는 내가 마음을 터놓은 몇 안 되는 사람들 중 한 명이니까.

'저쪽을 보는'은 긴시초역에서 좀 걸어가면 나오는 요코카와라는 지역에 있는 조그만 바였다.

정확히 긴시초역과 도쿄 스카이트리역의 중간에 있어서, 어느 역에서 출발하더라도 비슷한 거리를 이동해야 한다는 것이 편리하기도 하고 불편하기도 했다. 어느 복합건물의 2층에 있는 가게인데, 그 내부도 카운터에 열 명쯤 앉으면 자리가 꽉 차버릴 정도로 비좁았지만, 일단 적응하면 그 좁은 공간이 안락하게 느껴졌다.

나는 긴시초역에서부터 아직도 열기가 남아 있는 길을 걸어 '저쪽을 보는'에 도착했다.

익숙한 흰색 문에는 "오늘은 레이디스 데이입니다. 남자 손님은 다음에 와주세요"라고 적힌 간판이 걸려 있었다. 한 구석에는 〈무민〉에 나오는 캐릭터 뇨로뇨로(꿈틀꿈틀)의 일러스트가 그려져 있는데 그 옆 말풍선에는 "미안"이라는 대사가 센스 있게 곁들여져 있었다.

"안녕하세요."

그렇게 말하면서 문을 열자, 카운터 안에서 부엌일을 하던 로코 씨가 "어서 오세요"라고 말하면서 고개를 들었다.

테가 와인색인 안경을 쓰고 있었는데 그 렌즈가 워낙 두꺼워서, 본디 커다란 눈이 작게 축소되어 보였다. 가슴팍에 자잘한 프릴이 달린 고딕풍 검은색 새틴 블라우스와, 물결치는 긴 머리카락은 신비로운 분위기를 자아내고 있었지만 문제의 안경 때문에 다소 촌스러워 보이는 것이 안타까웠는데——오늘은 그래도 상관없었다.

"아, 루리곤. 왔어?"

로코 씨는 나를 괴수처럼 불렀다.

"오랜만이네……? 저번에 왔던 것은 아마 대정봉환(1867년에 일본의 에도 막부가 일왕에게 국가 통치권을 돌려준 사건) 때였지?"

"상상을 초월할 정도로 옛날이네요. 뭐, 대충 두 달 전이었죠."

좀 이른 시간에 와서 그런가, 손님이 하나도 없는 것은 물론이거니와 아직 개점 준비조차 덜 끝난 것 같았다. 하지만 이 가게에서는 사소한 일에는 그다지 신경 쓸 필요도 없다……는 말을 들었다.

"그래그래, 그때 너 날씬한 근육남 애인이 생겨서 엄청나게 들떠 있었잖아? 어때, 계속 잘 사귀고 있어?"

"어, 그게…… 그놈은 애 딸린 유부남이었어요. 진짜 열 받지 않아요?"

"우와. 그래서 어떻게 했어?"

"당연히 헤어졌죠. 불륜 따위는 하고 싶지도 않으니까."

"헤어지자마자 우리 가게에 오다니, 그 단순함도 참 루리곤답다. 너의 그런 점은 더더욱 발전시켜주고 싶어."

"뭐예요? 선생님도 아니고."

나는 그런 이야기를 하면서 선물로 가져온 쿠키 상자를 건네줬다.

"오, 사회생활이 뭔지 잘 아는구나. 그런데 이런 점은, 좀 더 발전시킬 필요가 있을지도 몰라."

"이미 충분히 발전했어요."

두 달 만인데도 나와 로코 씨는 평소와 다름없이 대화를 나눴다. 아까 쥐라의 사건이 너무 심각했었기 때문에 나는 이 분위기에 진심으로 안도했다.

"루리곤, 우선 뭐로 시작할래? 더우니까 맥주는 어때?"

로코 씨는 카운터 안에 놓아둔 소형 냉장고에서 맥주 500ml 한 병을 꺼냈다. 뚜껑을 따고 그 내용물을 술잔 두 개에 나눠 담았다. 나는 카운터 한가운데 자리에 앉았다.

"자, 건배."

잔을 서로 가볍게 부딪친 뒤, 단숨에 절반 정도 꿀꺽 마셨다. 그 순간 눈앞이 환해지는 느낌이 들었다.

"역시 여름에는 맥주가 최고야."

그렇게 말하면서 로코 씨는 안경을 벗고 손수건으로 이마와 코를 꾹 눌렀다. 아무리 에어컨을 틀었어도 개점 준비를 하느라 땀이 났나 보다.

그 얼굴을 보자 저절로 내 가슴이 살짝 두근거렸다. 로코 씨는 안경을 벗으면 내 중학교 동급생이었던 아마미야와 정말 비슷했다.

아니, 외모만 보면 발레리나처럼 가냘팠던 아마미야와 글래머인 로코 씨는 그렇게까지 닮은 부분은 없었다. 공통점을 꼽자면 긴 머리카락과, 쌍꺼풀 있는 커다란 눈이지만——그보다도 말투나 몸짓에서 느껴지는 분위기가 똑같았다.

내가 긴시초의 편집숍에서 일하던 시절에 가게의 선배가 나를 처음 여기로 데려와줬는데, 그때 나는 진심으로 놀랐다. 만약에 아마미야가 열네 살이라는 나이로 생을 마감하지 않았더라면 아마도 이런 어른이 되지 않았을까……라는 생각이 들 정도였다.

하지만 로코 씨는 40대 후반이 거의 다 되었다고 하니까 아마미야보다 먼저 이 세상에 존재하고 있었던 것이 확실하다. 고로 엄밀히 말하자면 아마미야가 로코 씨를 닮은 것……이라고 해야 할지도 모르지만, 자잘한 문제는 따지지 말자.

"어, 요새는 어때요?"

나는 당장 떠오르는 화제가 없어서 일단 아저씨 같은 대사로 운을 뗐다.

"아, 그게 말이지. '그저 그래요'라고 말하고 싶지만. 솔직히 말해 점점 힘들어지고 있어. 원래 장소가 별로 좋지도 않았는데, 밖에서 술 마시는 사람도 줄어들었는걸."

두 개의 역에서 비슷하게 떨어져 있다는 것은, 어느 역에서도 손님이 이쪽으로 유입되기 어렵다는 뜻이기도 하다.

"뭐, 그래도 당장 망할 정도는 아니니까. 루리곤, 너도 더 자주 와줘. 꼭 레이디스 데이가 아니어도 괜찮잖아? 평소에는 한껏 차려입은 내 모습을 볼 수 있다고."

나는 손으로 꼽을 수 있을 정도밖에 못 봤지만, 평소에 로코 씨는 안경이 아니라 콘택트렌즈를 착용하고 특별히 신경 쓴 옷을 입고 있었다. 가슴을 끌어 모아 가슴골을 강조하는 것은 기본이고, 또 입가에는 마릴린 먼로 같은 점까지 그려 넣었다.

하지만 그것은 남자 고객을 위한 일종의 서비스이므로 레이디스 데이에는 오늘처럼 적당히 편하게 입었다. 그러는 것이 오히려 손님들을 편안하게 해줄 수 있으니까.

애초에 레이디스 데이라는 것은 보통은 여자 고객에게만 가격을 할인해주거나 특별한 서비스를 제공해주는 것을 가리키는 경우가 많은데, 이 가게는 달랐다. 매달 첫째 주와 셋째 주 수요일에만 남자 고객 방문을 사절하고 여자 고객만 받는 것이다.

남자라는 생물은 본능적으로 여자를 쫓아다니고 싶어 하는 모양이다. 아무리 나이가 들고 또 아내까지 있어도 여자에게 괜히 집적거리는 사람이 너무 많았다. 특히 술을 마시는 곳에서는 더 말할 것도 없을 정도였다.

물론 그런 것을 기대하거나 좋아하는 사람도 있으니까 전부 다 싸잡아서 나쁘다고 할 수는 없을지도 모른다. 그러나 여자도 느긋하게 술을 즐기고 싶을 때가 있다. 술잔을 기울이면서 혼자 사색에 잠기고 싶을 때가 있는 것이다.

그런 때 누가 말을 걸면 정말로 귀찮았다.

그런데도 상대를 배려해 부드럽게 거절하지 않으면 어처구니없게도 공격을 당하기도 한다. "이런 곳에 여자 혼자 왔으면, 그쪽도 그만큼 기대한다는 거 아냐?"라는 말을 듣기라도 하면 그 자리에서 분노를 폭발시키고 싶어진다. 이 세상의 모든 것이 남자들 기준에 맞춰 움직인다고 착각하지 마.

나보다 몇 배나 더 섹시하고 꾸준히 미인 노선만 걸었던 젊은 시절의 로코 씨는 그런 풍조에는 완전히 질려버린 것 같았다. 그래서 자신의 가게를 차릴 때에는 한 달에 두 번만이라도 '남자 금지'인 날을 만들기로 결심했다. 그것이 레이디스 데이였다.

사업적인 면에서 보자면 역시 여자는 남자만큼 술을 많이 마시진 않으므로 수익이 높진 않다고 한다. 그런데도 이 제도를 유지하고 있는 것은, 여자가 남자의 시선에 신경 안 쓰고 즐길 수 있는 장소가 필요하다고 진심으로 생각하고 있기 때문이었다.

내가 보기에는 레이디스 데이는 대체로 호평인 듯했다.

단골손님이 많은 것 같았고, 그렇게 모인 사람들은 모두들 즐겁게 술을 마셨다. 개중에는 투정을 부리는 사람도 있지만, 그런 경우에는 로코 씨가 능숙하게 화제를 돌려 다른 방향으로 분위기를 확 띄워줬다. 참 훌륭한 배려였다.

레이디스 데이에 편안하게 술을 마시고 있는 손님들을 보면 내 마음도 절로 즐거워졌다. 그만큼 하루하루의 일상생활에서 큰 스트레스를 받고 있다는 뜻이리라.

실은 그것도 당연했다.

'여자는 이래야 한다'라는 시대착오적인 가치관을 강요당하기도 하고, 은근히 남자를 치켜세워주길 기대하는 분위기도 있고, 남들한테 제멋대로 외모의 우열을 평가당하기도 하고, 여자는 도움이 안 된다는 소리를 대놓고 듣기도 하고——정말이지 귀찮기 짝이 없었다. 심지어 같은 여자들끼리의 비평도 엄격했다. 예를 들어 나 같은 경우에는 "여자가

키가 그렇게 크면 좀 힘들지 않아?"란 말을 듣거나(내가 원해서 이렇게 커진 것도 아닌데), 발 사이즈가 엄청나다고 남들이 놀라워하는 것도 일상다반사였다. 특히 얼굴이나 몸매에 관해서는 오히려 동성이 더 엄격하기도 했다.

물론 남자도 비슷한 문제로 고생하고 있을 테고, 또 반대로 남자이기 때문에 괴로운 일도 분명히 있을 것이다. 틀림없이 "여자만 힘들다고 생각하지 마! 남자도 날마다 스트레스가 장난 아니야!"라고 반론하고 싶을 것이다. 그것은 나도 나름대로 이해한다고 생각한다. 이 세상에서 아무런 스트레스 없이 살아간다는 것은 그 누구도 불가능하니까.

그러니까 적어도 술을 마실 때에는 그렇게 귀찮은 것들에게서 해방되고 싶었다. 억지로 남의 술을 따라주거나 음식을 나눠주고 싶지 않은 때도 당연히 있는 것이다.

"아, 그래. 그 날씬한 근육남 이야기나 좀 해봐. 도대체 뭐가 어떻게 된 거야?"

로코 씨는 맥주 한 병을 더 따서 내 술잔을 채워주면서 그렇게 물어봤다.

"네?! 어휴, 됐어요. 그 이야기는."

나는 그 기억을 떠올리고 싶지도 않았지만, 로코 씨에게는 그런 것은 안 통했다.

"에이, 그렇게 섭섭한 소리 하지 마, 형씨……. 나는 망해버린 남의 연애 이야기가 그렇게 좋더라."

"로코 씨. 성격 참 나쁘네요."

"응, 몸매는 올록볼록해서 참 좋지만!"

우리는 그런 바보 같은 대화를 나누면서 웃었다. 그 후 나는 어쩔 수 없이 자신의 망해버린 연애의 전말을 이야기해 줬다. 그 사람에게 처자식이 있다는 사실을 알게 되어서, 결국 50만 엔을 받고 모든 것을 끝내기로 했다……는 대목에서 로코 씨는 팔짱을 끼고 고개를 끄덕거렸다.

"그 정도면 타당한 결말인 것 같네……. 개인적으로는 좀 더 비싸게 불러도 됐을 거라고 생각하지만."

"뭐, 그걸 눈치채지 못했던 나도 좀 어리석었다고 생각하니까요……. 금액 때문에 다툰다면 쓸데없이 이야기가 길어질 것 같아서요. 나는 한시라도 빨리 리셋을 하고 싶었어요."

"그렇구나……. 하긴, 루리곤이 그렇게 말한다면 주변 사람들이 이러쿵저러쿵 떠들 필요도 없지. 좋아, 그 50만 엔은 화끈하게 써버려."

"네, 나도 그러려고 했는데요. 막상 쓰려고 하니까 그게 잘 안 되더라고요. 미련이 있어서가 아니라, 돈은 소중하니까요."

"아, 그러다가 그 돈은 어느새 생활비가 되어 사라져버리는 거지? 왠지 슬프다……. 정말 시적인 정취도 뭣도 없네."

"원래 그런 거죠, 뭐."

내가 그렇게 말하자, 로코 씨는 카운터 안에서 어깨를 으쓱했다.

로코 씨는 옛날부터 시를 좋아하는 것 같았다. 가게 구석에 놔둔 조그만 책꽂이에는 시집이 몇 권이나 꽂혀 있었다. 이 가게의 이름인 '저쪽을 보는'은 가네코 어쩌고라는 시인이 지은 〈물개〉라는 시에서 따온 것이라고 한다.

나도 딱 한 번 읽어봤다. 그것은 물개가 쓴 형식의 시인데, 마지막에 가서는 "나는 물개를 싫어하지만, 내가 물개라는 것도 사실이다. 고로 나는 '저쪽을 보는 물개'이다"라고 말하면서 끝났을 것이다.

그것은 요컨대 무리 속에 녹아들지 못하는 이단자라는 뜻일지도 모른다. 그런데 왠지 모르게 로코 씨의 이미지와 잘 어울렸다. 물론 아마미야와도.

"그런데 진짜 어이없지 않아요? 아내가 있는데도 다른 여자에게 집적거리다니, 도대체 왜 그러는 걸까요?"

이래서 남자는 답이 없다니까……라고 내가 말을 이으려고 하는 것을 눈치챘는지, 로코 씨가 선수 쳐서 이야기했다.

"꼭 남자만 그런 것도 아니잖아? 남편이 있어도 다른 남자에게 관심 가지는 여자도 있고…… 더 심한 경우에는, 자기도 결혼한 유부녀인 주제에 남의 남편을 뻔뻔하게 빼앗아

가기도 하니까."

그것은 그다지 드문 일도 아니었다. 이 레이디스 데이의 단골손님들 중에서도 그런 자신의 상황을 즐겁게 이야기하는 사람도 있었다.

"그건 남자냐 여자냐 하는 차원의 문제가 아니라, 인간이니까 어쩔 수 없는 것이 아닐까?"

"아, '미쓰오(일본의 시인이자 서예가. 『인간이니까』라는 시집 발표)' 말이죠?"

나는 나름대로 맞장구를 쳐본 건데, 로코 씨는 그걸 개그라고 생각했는지 깔깔 웃음을 터뜨렸다. 그 후 "그게 아니잖아" 하고 손등으로 내 어깻죽지를 툭 쳤다.

"어, 뭐랄까······ 인간은 참 신기한 생물이지. 사랑이란 무엇이고 생명이란 무엇인지 철학적으로 고찰하는 머리가 있으면서, 또 동시에 일단 섹스를 하고 싶다, 기분 좋은 일을 하고 싶다는 본능 같은 것도 지니고 있으니까."

아직 바깥은 완전히 어두워지지도 않았는데 로코 씨는 과격한 이야기를 꺼냈다.

"그런 것 때문에 실패한 인간은 썩어날 정도로 많잖아? 정치가나 학자나 기타 등등······ 평소에는 훌륭한 일을 하고 있을 테지만, 일시적인 충동을 못 이기고 창피를 당하는걸."

그런 이야기는 거의 날마다 들었다. 우리 중학교의 학생

105

회장도 엄청나게 노력해서 최상위권 명문대에 들어갔는데도 여자 속옷을 대량으로 훔치는 바람에 체포됐었다. 그 후 그가 어떻게 됐는지는 몰라도, 신문에 이름까지 실렸으니까 그대로 대학에 남아 있기는 어려웠을 것이다.

"하지만 길을 잘못 들지 않는 사람들도 얼마든지 있잖아요?"

내 말에 로코 씨는 손가락으로 자기 턱을 붙잡는 포즈를 취하면서 대답했다.

"그야 물론 있지. 모든 사람들이 본능에 몸을 맡기고 살아간다면 큰일 날 거야. 하지만 인간은 그런 생물이라는 것에 대해서는, 너도 반대하지는 않잖아?"

"뭐, 그건 그렇죠……."

나도 건강한 성인이므로 어느 정도의 욕구는 있었다.

"아무리 고매한 사상을 가진 사람이라도 사적으로는 본능에 휘둘리고 있을 거야. 그것을 능숙하게 컨트롤할 수 있으면 아주 좋을 텐데……. 안타깝게도 인간은 순애와 동시에 쾌락도 추구하는 생물이거든. 그래서 나는 말이지, 로미오는 틀림없이 줄리엣에게 펠라티오를 시켰을 거라고 생각해. 오예, 오예, 하고 신음하면서…… 참 슬픈 사랑이지 않아?"

마시던 맥주를 뿜을 뻔했다.

"로코 씨, 오늘은 너무 폭주하는 거 아니에요? 아직 7시도 안 됐잖아요."

"그래? 난 항상 이런데."

로코 씨는 태연한 얼굴로 그렇게 말했다.

"그런데 골치 아프게도 인간에게는 또 하나의 제어하기 어려운 감정이 있거든…… 그것이 인간을 본능적으로 행동하게 만드는 거야."

왠지 이야기가 어렵고 복잡해지는 것 같은데……라고 생각했지만, 관심은 있었다.

"그게 뭔데요? 제어하기 어려운 감정이라니."

"그건…… 어, 뭐라고 표현하면 좋을까……. 말하자면, 강아지 마음 같은 거야."

"강아지 마음이라고요?"

처음 듣는 말이었다. 그런 용어가 심리학 서적에라도 실려 있는 걸까?

"꼭 섹스를 하지 않더라도, 그냥 아무나 좋으니까 누군가와 붙어 있고 싶은 심정이라고나 할까. 누가 내 머리를 쓰다듬어줬으면 좋겠고, 딱 달라붙어서 자고 싶고…… 왜, 그런 기분 있잖아?"

"네? 저기요, 보통은 아무나 좋을 리가 없잖아요?"

나는 특히 생전 처음 보는 사람과의 신체적 접촉에는 저항감을 느꼈다. 오히려 기분 나쁘기만 하지 않나?

"그게 위험한 게 아닐까……? 먼저 신체적인 접촉을 해버리면, 그 후 생겨난 감정을 애정이라고 믿게 되는 거지."

그 말을 들은 순간, 어린 시절의 어떤 풍경이 불쑥 내 머릿속에 선명하게 되살아났다.

그것은 분명히 잊어버리고 싶은 기억 중 하나였다. 실제로 늘 내 마음속 깊은 곳에 묻어두고 살았었다. 떠올리기만 해도 온몸에 소름이 돋으면서 비명을 지르고 싶어질 정도였다. 그러니까 이대로 다른 기억들 속에 뒤섞여 사라지기를 끈질기게 기다리든가, 아니면 차라리 웃어넘길 만한 에피소드로 만들어버리는 수밖에 없다고 생각했었다.

그런데 '강아지 마음'이라는 불쌍한 단어와 그 의미가 나를 완전히 침몰시켰다.

그렇다. 그때 나는──진짜 강아지였다. 누군가가 일시적인 변덕으로 나를 예뻐해주는 것을 '사랑받는다'고 착각해서, 그를 찾아 헤맸었다. 겨우 일곱 살밖에 안 됐는데도 나는 그 사람이 나를 사랑해준다고 믿었었다.

이제 와서 돌이켜 보면 그놈은 그냥 변태였다.

* * *

철들었을 무렵에 나는 사이타마현에 있는 커다란 아파트

에 살았었다.

먼 옛날의 기억 속에는 우리 엄마의 모습과 더불어 아빠로 추정되는 남자의 모습도 있었다. 그러니까 그 아파트에서 살던 시절에는 우리 집도 부모님이 두 분 다 있는 평범한 가정이었을지도 모른다.

그 아빠로 추정되는 남자에 관해서는 즐거웠던 기억밖에 없었다.

그는 테이블 앞에 같이 앉아 밥을 먹기도 했고, 세일러 문 인형을 나에게 선물해주기도 했고, 또 귀엽게 율동을 하면서 〈주먹 산의 너구리〉를 불러주기도 했고, 목말을 태워주기도 했으니까——틀림없이 다정한 사람이었을 것이다.

그런데 이유는 몰라도 그 사람의 얼굴이 생각나지 않았다.

워낙 깡말라서 흰 오픈칼라 셔츠가 너무 커 보였다든가, 연갈색 점퍼를 입고 있었다든가, 빨간 담뱃갑에 든 담배를 피웠다든가, 뭐 그런 단편적인 기억들은 있었지만 오직 얼굴만은 기억이 나지 않았다. 억지로 떠올려보려고 하면 황당하게도 TV에서 본 배우의 얼굴이 떠올랐으므로 차라리 그냥 기억하지 못하는 편이 더 나을지도 모른다.

그 사람은 어느 순간 사라져버렸다.

한참 후에야 아빠는 다른 여자를 사귀었다……고 엄마가 가르쳐줬지만, 그게 사실인지 아닌지는 확인할 방법이 없었다. 그 후 엄마의 자유분방한 삶을 직접 본 딸의 입장으로서는 오히려 엄마가 처음에 바람을 피운 게 아닐까? 하는 의문도 들었는데, 그것은 악의적인 추측일지도 모른다.

다만 딱 하나 말할 수 있는 것은, 아빠로 추정되는 남자의 모습은 어느새 보이지 않게 되었다……는 것이다. 이별의 말 한마디 들은 기억이 없고, 건강하게 잘 살라는 말을 들은 기억도 없다. 아마도 그 아빠 같은 인물은 훌쩍 집을 나가서 그대로 돌아오지 않게 된 것이리라.

내 머릿속에 또렷한 기억이 남게 된 것은 근처의 어린이집에 다니기 시작했을 무렵부터였다. 아마도 네 살 후반이나 다섯 살 정도였을 것이다. 그때 같이 놀았던 친구들의 이름도 몇 명은 기억이 났고, 얼굴이 생각나는 아이들도 많았다.

그때 이미 우리 집은 모자가정이었다.

엄마는 동네에 있는 마트 캐셔로 일하고 있었으므로, 나는 어린이집에 있을 때를 제외하면 대체로 혼자 지내는 시간이 많았다. 그래서 어린 시절부터 비디오 사용법을 익혀, 똑같은 디즈니 비디오테이프를 몇 번이나 돌려 보기도 했다.

어린이집에 다니던 시절에는 낮잠 시간이 너무너무 싫었지만 그래도 저녁까지는 선생님이나 친구들과 함께 지낼 수 있었다. 그러나 초등학교에 입학한 다음부터는 나 혼자 지내는 시간이 늘어났다.

엄마가 초등 돌봄교실의 존재를 몰랐기 때문에 신청을 하지 않았던 것이다. 엄마의 어린 시절에는 그런 제도가 일반적이지는 않았으니까 그것도 어쩔 수 없는 일이었을지도 모르지만, 어쨌든 그런 무신경한 부모가 있으면 자식은 고생할 수밖에 없다.

다행히 우리가 살고 있었던 아파트는 그 지방에서도 손꼽힐 정도로 거대한 아파트 단지였다. 자동차가 다니는 도로만 건너지 않으면 비교적 안전하게 지낼 수 있었다. 크고 작은 여러 공원들이 곳곳에 있었고, 빵집도 서점도 장난감 가게도 전부 다 단지 내에 있었다.

초등학교 수업을 마치고 돌아오면 나는 단지 안에서 이리저리 뛰어다니면서 시간을 보냈다. 저학년 때에는 오전에 수업이 끝나버리기 때문에 남아도는 시간을 주체하지 못할 정도였다.

나는 주로 초등 돌봄교실에 다니지 않는 동네 동급생들과 같이 놀았는데, 이윽고 그중 몇 명은 수영이나 영어 학원에 다니게 되면서 점점 같이 놀 상대를 찾지 못하는 경우가 늘어났다. 그런 때에는 공원에 있는 유치원 아이와 같이 놀거나 상급생들의 놀이에 끼기도 했지만, 그래 봤자 임시 구원투수 같은 존재였으므로 그 아이들이 항상 나를 자기들 그룹에 끼워주는 것은 아니었다.

자연스럽게 나는 아파트 단지 내에 있는 서점에 다니게 되었다. 아파트 건물 1층에 가게를 낸 개인 서점이었는데 책의 종류도 많지는 않았지만, 책을 훼손시키지만 않으면 그냥 거기서 읽는 것도 허락해줬으므로 편안하게 있을 수 있는 장소였다.

나는 초등학교 1학년 겨울에 그곳에서 아키라를 만났다——이제 와서는 그 이름조차 떠올리기 싫지만.

* * *

이상하게도 내 친구들 중에는 어린 시절부터 아무런 문제도 없는 가정에서 자랐다는 친구가 드물었다. 물어보면 "글쎄, 그럭저럭 평범한 편인가?"라고 대답하지만, 실제로는 부모님이 이혼을 하셨거나, 아버지가 알코올 중독자이거나, 어머니가 불륜을 해서 가정이 파괴됐다거나, 집이 찢어지게 가난하다거나 하는 친구들이 대부분이었다. 틀림없이 나 자신의 가정이 그랬기 때문에 그게 당연한 것이라고 생각해서, 자연스럽게 그런 아이들과 친해지게 된 것이리라.

그래서 가끔 '아무런 문제도 없이 살아온 듯한 사람'을 만나서 가볍게 우리 집 이야기를 해보면, 상대가 기겁을 하기도 했다. 물론 대놓고 "불쌍하다!"고 말하는 사람은 없었다.

그러나 노골적으로 자신과는 다른 종류의 인간을 보는 듯한 눈빛으로 나를 본다든가, 대충 입으로만 안타까워하는 시늉을 하는 것이다. 그런 사람에게는 아마도 한부모 가정이나 가난한 가정이란 것은 어지간히 파격적인 존재일 것이다.

그런 사람은 나로서도 좀 거북하기 때문에 자연스럽게 거리를 두게 되었고——그래서 아무래도 친구들 중에 비슷한 사람이 점점 늘어났다.

나는 나와 비슷하게 어두운 배경이 있는 친구를 좋아했다.

어린 시절에 누가 더 가난했는지 경쟁하기도 하고, 한부모 가정의 자식의 고충을 서로 털어놓기도 하고, 부모님의 재혼 상대(또는 애인)와 어떤 식으로 타협하면서 살아왔는지도 이야기하고. 그런 것은 우리들만의 전유물이었다. 그런 친구와 이야기를 나눌 때에는 나는 정말로 마음이 편안했다.

그에 비해……라고 말하는 것은 좀 심술궂은 표현일지도 모르지만, 삶의 어두운 면이나 고생을 전혀 모르고 자란 사람들은 대체로 냉정할 때가 있어서 거북했다. 물론 우리 집이 그런 가정이라는 것을 모를 테니까 어쩔 수 없는 일이긴 해도, "어떤 사정이 있어도 자식을 버리고 집을 나가는 부모는 부모 자격도 없어"라든가 "불륜을 해서 가정을 망가뜨린다고? 인간쓰레기잖아"라는 식으로 태연하게 규탄을 하는 것이다.

확실히 그 말은 옳다. 어떤 변명도 할 수 없다. 나도 그렇게 생각하지만, 그런 말의 강경함과 차가움이 내 신경을 건드렸다──아무리 자격이 없고 인간쓰레기인 부모라도, 그 자식에게는 단 하나뿐인 부모이다. 그런 부모라도 자식은 사랑할 수밖에 없는 것이다. 누구나 자기 부모가 '부모 자격도 없다'는 식으로 욕먹는 것은 싫어한다. 그런 기본적인 사실도 모르면서 어쩜 저렇게 잘난 척 떠들어대는 걸까.

애초에 자기 자신도 언제 그쪽 부류의 인간이 되어버릴지도 모르는데, 잘도 무신경하게 남을 단죄하는구나 하는 생각이 들었다. 내일은 내가 그 불행의 주인공이 될지도 모른다……는 생각은 눈곱만큼도 안 하면서 살다니, 대체 얼마나 태평한 성격인 걸까.

그러니까 무심코 그런 말을 하는 사람을 만나면 나는 좀 삐뚤어진 생각을 하게 된다. "결국 당신은 '귀여운 자식을 울리는 부모는 최악의 인간이다!'라고 말하고 싶은 거지? 아, 그래, 알았어. 당신은 착하고 좋은 사람이야. 그건 잘 알았으니까 이제 입 다물어"라고 쏘아붙이고 싶어진다. '나는 착한 인간이다'라는 자랑은 딴 데 가서 해.

그리고 이런 말도 덧붙이고 싶어진다──정상적으로 살아가는 것처럼 보이는 가정에서 성장한 사람들도 전부 다 정상적인 인간이 되는 것은 아니라고.

그런 사람들은 대체로 착하고 선량하지만, 개중에는 쓰레기도 있다. 유감스럽게도 아키라도 그런 인간이었다.

적어도 아키라의 가정은 정상적이었을 것이다.

같은 아파트 단지에 살기는 해도, 그의 아버지는 유명한 신문사 직원이었고 그의 형도 특별한 수재들만 있는 고등학교에 다닌다고 했다. 그래서 아파트 서점의 주인아저씨도 다른 아이들은 편하게 이름만 부르거나 애칭을 불렀지만, 아키라는 예외적으로 정중하게 '아키라 군'이라고 불렀다.

아키라를 만난 것은 내가 초등학교 1학년일 때였다.

아파트 단지 내에 있는 서점에서 내가 책을 읽고 있었는데, 그때 내 손이 닿지 않는 곳에 있는 책을 그가 꺼내준 것이 아마도 대화의 계기가 되었을 것이다.

그때 아키라는 중학교 1학년이었다. 내가 보기에는 굳이 따지자면 어른이라고 분류될 만한 사람이었다.

차이나칼라 교복도 멋있어 보였고, 소매 밖으로 살짝 나온 와이셔츠의 하얀색도 근사했다. 항상 손에 들고 다니는 검은색 책가방도 새것이라 반짝반짝했고, 신고 있는 가죽 구두도 반짝반짝했다. 아무리 봐도 정상적인 좋은 집 자식이었다. 만나본 적은 없지만 틀림없이 어머니도 바른 사람일 것이다.

아키라 자체는 같은 나이 또래의 친구들 중에서는 몸집

이 작은 편이었을 것이다. 머리가 큰 데다가 눈도 크고 귀도 커서 왠지 모르게 우주인 같은 분위기가 은근히 느껴지기도 했는데, 또 아주 잘생긴 것도 아니라 오히려 친근감이 있었다. 게다가 몸도 말라서 교복이 헐렁해 보였으니——그야말로 아이에서 어른으로 넘어가기 시작한 체형이었다.

아키라는 착했다.

내가 공원에서 혼자 놀고 있는 모습을 발견하면 반드시 싱글싱글 웃으면서 나에게 말을 걸어줬고, 학원에 가기 전까지 시간이 있을 때에는 벤치에 앉아 내 이야기를 들어주기도 했다. 그때마다 학교에서 일어난 일이나 전날 본 TV 프로그램 이야기밖에 안 했지만, 평소에 대화를 나눌 상대가 적었던 나는 속사포처럼 말을 쏟아냈다. 파트타임으로 일하고 집안일까지 하느라 늘 바빴던 엄마는 집에서는 "피곤해"라는 말밖에 안 했으므로 나도 가슴속에 울분이 쌓여 있었던 것이리라. 이제 와서 생각해보면 초등학교 1학년생의 이야기는 중학생에게는 하나도 재미가 없었을 텐데, 아키라는 그래도 뭐든지 재미있다는 듯이 들어줬다.

또 편의점에서 어묵을 사준 적도 있었고, 크리스마스 선물을 해준 적도 있었다. 100엔 숍에서 팔 것 같은 조그만 종이접기 세트였지만——나를 위해 일부러 사줬다는 그 사실만으로도 나는 뛸 듯이 기뻤다. 더구나 아키라는 언제 만

날 수 있을지 모르는 나를 위해서 그 종이접기 세트를 쭉 책가방 속에 집어넣어 들고 다니기까지 했다. 그 다정함을 생각해본다면, 외로운 아이였던 내가 그를 좋아하게 되는 것도 당연했다.

별일 없었다면 분명히 아키라는 그대로 내 마음속에서 어린 시절의 반짝반짝 빛나는 추억의 인물로 남아 있게 되었을 것이다.

그것은 첫사랑은 아니었을지도 모르지만, 일단 형제가 없었던 나는 이런 오빠가 있으면 좋겠다……고 생각했었다. 아키라는 나를 꼬박꼬박 '루리 양'이라고 정중하게 불렀는데, 언젠가는 편하게 이름을 불러줄 정도로 친해지면 좋겠다는 생각도 했었다.

그러나 내가 아직 초등학교 1학년이었던 그해 2월에—— 그 사건이 일어나고 말았다.

아키라가 인적 없는 공원 화장실 뒤쪽으로 나를 데리고 가더니 다짜고짜 끌어안고 키스를 한 것이다.

그것도 뺨에 가볍게 뽀뽀하는 귀여운 짓이 아니었다. 정확히 입술을 맞대더니 거기서 혀를 쑥 내밀어 내 위아래 치아 사이로 집어넣고, 그렇게 내 입안으로 침입해서 작은 혀를 마구 핥아대는 딥키스였다.

나는 도망치려고 했지만 아키라에게 양어깨를 꽉 붙잡히

는 바람에 꼼짝도 할 수 없었다. 그래도 필사적으로 몸을 비틀었는데, 그때 아키라는 갑자기 얼굴을 떼더니 들어본 적도 없는 낮은 목소리로 "얌전히 있어"라고 말했다.

아키라가 나에게 그런 난폭한 말투로 말한 것은 처음이었다. 나는 무섭다기보다는, 아키라 오빠가 화가 났구나……라고 생각했다.

그래, 얼마든지 바보라고 욕해도 좋은데──나는 아키라가 화내는 것이 싫었다. 아키라가 나 때문에 불쾌해져서 얼굴을 찌푸리거나 싫증을 내는 것이 싫었다.

그래서 나는 아키라의 미적지근한 혀를 받아들일 수밖에 없었다. 머리가 멍해지는 것을 느끼면서 나도 똑같이 그의 혀를 핥았다.

이윽고 아키라가 옷 위로 내 몸을 문지르기 시작했다. 그러다가 치마 속으로도 그 손이 들어왔는데, 그날 내가 두꺼운 타이츠를 입고 있었던 것이 천만다행이었다. 그 타이츠는 배꼽이 가려질 정도로 밑위가 길었으므로, 그 안으로 손을 어떻게 집어넣으면 좋을지 아키라는 잘 모르는 것 같았다.

아마도 아키라는 형이 몰래 숨겨놓은 자극적인 책이라도 찾아내서 이성의 육체에 강한 관심을 가지게 된 것이리라. 중학교 1학년이니까 빠른 건지 느린 건지는 몰라도, 어쨌든 그중 일부분만이라도 체험해보고 싶어서 몸이 근질근질했을 것이다(그러니까 그가 조금만 더 성숙한 어른이었더라면 분명히 키스로는 끝나지 않았을 것이다).

그때 다른 아이들의 목소리가 들렸다. 아키라는 펄쩍 뛰듯이 나한테서 떨어졌다. 나는 무슨 일이 일어났는지 여전히 이해하지 못한 채, 내 입술 주변에 지저분하게 묻은 타액을 점퍼 소매로 닦았다.

"이거 아무한테도 말하면 안 돼."

아키라는 평소의 착한 얼굴로 돌아와 내 뺨을 손가락으로 쓰다듬었다. 나는 그저 고개만 끄덕일 수밖에 없었다.

이런 이야기를 들으면 대부분의 사람들은 눈살을 찌푸릴 것이다.

아무리 봐도 그는 어린이를 노리는 완벽한 변태일 테니까. 다정하게 대해준 것도 어차피 그런 목적 때문이었을 것이다……라고 생각할 것이 틀림없다.

물론 나도 시간이 지나자 거기까지 생각이 미쳤는데──그러기 위해서는 약 1년 반의 시간이 필요했다. 그렇게 생각하게 되기 전까지는, 특히 그 사건 직후에는 기막히게도 나는 아키라에게 사랑받고 있다는 착각에 빠져서 오히려 내가 적극적으로 그를 원했었다.

제발 부탁이니 누가 말 좀 해줬으면 좋겠다. 어린애였으니까 그것도 어쩔 수 없다……고.

왜냐하면 당시 나는 키스의 의미조차 이해하지 못하는 나였기 때문이다.

TV 드라마나 영화에서 키스하는 장면을 봐도, 서로 입술을 맞붙이는 행위의 의미를 전혀 이해하지 못했다. 귀여운 아기의 뺨에 뽀뽀하고 싶어지는 감정은 이해가 갔지만, 도대체 왜 어른들끼리는 입술을 맞대는 걸까. 그런 짓을 한다고 뭐가 되는 걸까. 그런 행위가 어째서 하나의 스토리를 '해피엔드'로 끝맺어주는 의미를 지니는 걸까.

그런데 아키라의 혀가 입안에 들어와서 내 머리가 멍해지는 감각을 느꼈을 때, 나는 키스의 의미를 조금이나마 알게 된 것 같았다. 서로 손을 잡거나 뺨에 뽀뽀하는 것보다도 좀 더 직접적이고, 좀 더 강렬한 감각이 있어서——그 행위가 특별한 것임을 이해할 수 있었다. 고작 일곱 살 난 어린아이인데도 그런 것을 이해할 수 있는 회로가 제대로 갖춰져 있는 것이었다.

"자, 그럼. 조심해서 잘 가."

아무것도 모르는 척 나와 거리를 두면서 그렇게 말한 뒤, 아키라는 거북한 표정을 짓더니 그대로 부리나케 걸어 가버렸다. 홀로 남겨진 나는 방금 나 자신에게 일어난 사건의 의미를 생각해봤다. 어린애 나름대로 머리를 굴려서.

그 순간 곧바로 모든 것을 깨닫지는 못했지만——그때 나는 적어도 내가 아키라에게 사랑받고 있으며, 서로 입술을 맞대고 혀를 얽음으로써 특별한 존재가 되었다는 생각을 했다. 나와 아키라는 예전보다 지금 훨씬 더 가까운 사이가 된 것이다.

즉, 그것은 보이지 않는 우대권을 받은 듯한 상황이었다. 다음에 만났을 때에는 그가 나에게 더더욱 다정하게 대해줄 것이다……라고, 나는 혼자서 결론을 내렸다.

그러나 내가 그 우대권을 사용할 기회는 없었다. 그도 양심에 찔리기는 했는지, 그날 이후로 아키라는 내 앞에 나타나지 않게 되었던 것이다. 자신이 한 짓을 내가 남에게 말한다면 엄청난 소동이 일어날 것이다──틀림없이 그런 생각이 들었기 때문에 나를 피하기 시작한 것이리라. 아니, 어쩌면 그냥 나에 대한 볼일은 다 봤던 걸지도 모르고.

그동안에는 일주일에 두세 번은 만났는데 이제는 전혀 그의 모습을 볼 수가 없게 되었다. 물론 예의 서점에 찾아가 봐도 그는 없었다.

어리석은 나는 그 후 며칠이나 아키라를 찾아서 아파트 단지 내를 이리저리 돌아다녔다. 그가 살고 있는 집 주소는커녕 정확한 성조차 몰랐으므로 결국 우연한 만남을 기대할 수밖에 없었던 것이다.

그때 내 가슴속에 있었던 것은 분명히 로코 씨가 말한 '강아지 마음'이었을 것이다.

아키라의 진정한 속마음 따위는 알 수 없었는데도 '그렇게 다정하게 대해줬으니까 아키라 오빠는 나를 좋아하는 걸 거야' '나를 귀여워하고 있을 거야'라고──그러니까, 그가 좀 더 나에게 다정하게 대해줬으면 좋겠다고 생각하면서 아키라를 찾아다녔다. 내 머리를 쓰다듬어줄 다정한 사람을 원했고, 그걸 위해서라면 다시 한번 그의 혀를 핥아줄 수도 있다고…… 심지어 그런 생각까지 하게 되었다. 틀림없이 나는 '성냥팔이 소녀'처럼 실제로 존재하지도 않는 환상의 난로를 찾아 헤매고 있었던 것이리라.

마침내 아키라를 발견한 것은 그로부터 약 1년 반이나 되는 시간이 흐른 뒤였다.

초등학교 저학년과 중학생은 평소의 시간표가 다르니까, 일부러 같은 마트나 상점만 이용하지 않는다면 계속 마주치지 않을 수 있다. 특히 자전거 같은 것을 사용한다면 얼마든지 나를 피해 도망칠 수 있었을 것이다.

오랜만에 본 아키라는 자전거를 타고 친구들 여러 명과 같이 있었다. 우연히 딱 마주친 장소가 아파트의 어느 동과 동 사이의 외길이었으므로 그는 도망칠 곳이 없었다. 그런 이유 때문일까? 눈이 마주친 순간, 그쪽이 먼저 나에게 말을 걸었다.

"아, 오랜만이네……? 어, 루리 양. 맞지?"

아키라는 코 밑에 거무스름하게 수염이 자라나기 시작한, 왠지 지저분해 보이는 인간이 되어 있었다. 이전의 상쾌한 인상은 어디론가 사라져버리고 묘하게 끈적끈적한 분위기가 감돌았다. 헐렁했던 교복도 이제는 몸에 착 달라붙을 정도로 꽉 끼게 되었다.

"어때, 학교생활은 재미있어?"

그런 아저씨 같은 대사를 던지더니 아키라는 커다란 눈을 노골적으로 굴리면서 나를 머리부터 발끝까지 유심히 훑듯이 살펴봤다. 이어서 무심코 그런 것인지, 아니면 일부러 장난을 친 것인지는 몰라도 자기 입술을 혀끝으로 슬쩍 핥았다.

그걸 본 순간, 나는 온몸에 소름이 돋는 것을 느꼈다. 분명히 나도 그를 만나지 않는 동안에 성장한 것이리라.

별안간 나는 깨달았다. 그와 키스한 것이 소름 끼치는 행위였다는 사실을.

나는 갑자기 아키라가 무서워졌다. 그대로 빙글 돌아 뛰기 시작했다. 뒤에서 아키라와 같이 있던 소년들이 웃는 소리가 들려왔다.

"뭐야? 쟤가 너를 무서워하나 본데?"

"야! 설마 너, 무슨 짓 한 거 아니지?"

그래, 그 설마가 사실이야……라고 큰 소리로 대꾸해주고 싶었지만, 나는 멈춰 설 수가 없었다. 그러기는커녕 그 질문에 대답하는 아키라의 목소리가 내 귀에 들려오는 바람에 저도 모르게 비명을 지를 뻔했다.

"아니야, 이 멍청아……. 저 애는 옛날부터 나를 좋아했으니까. 부끄러워서 저러는 거야."

야, 너. 진짜 죽는다.

* * *

"왜 그래? 루리곤……. 왜 묘한 표정으로 가만히 있어?"

그렇게 로코 씨가 나에게 말을 걸었다. 나는 고개를 들었다.

"아뇨, 그냥…… '강아지 마음'이란 것에 관해 생각을 좀 해봤어요."

"어머, 그래? 아, 그런데 조언을 하나 해줄게. 과거의 괴로운 일은 함부로 떠올리면 안 돼. 그런 것은 아무런 도움도 안 되니까. 과거란 것은 입 밖에 내지만 않으면 없는 거나 마찬가지야. 어차피 이제는 이 세상 어디에도 존재하지 않는 거라고."

마치 내 마음속을 투시한 것처럼 로코 씨가 그런 말을

했다.

"역시 로코 씨는 굉장해요. 네, 실은 정말로 부끄러웠던 과거의 일을 떠올렸어요. 그래서 진심으로 과거의 나는 바보였구나…… 하고 생각했죠."

"과거라니, 얼마나 오래된 과거인데?"

"초등학교 1학년 때 일이에요."

"뭐야, 그건 루리곤이 인간이 되기 전의 일이잖아? 어떤 일을 떠올렸는지는 몰라도, 그런 거 신경 써봤자 소용없어. 그 시절에는 뇌의 주름도 일일이 셀 수 있을 정도로밖에 없었을 테고, 실제로 할 수 있는 일에도 한계가 있었을 테니까. 그저 신난 원숭이처럼 끽끽거리고 있었겠지, 뭐."

아무리 그래도 원시인 수준으로 오래된 일은 아니었지만, 로코 씨의 말이 맞았다.

나는 항상 강했던 것도 아니고, 항상 신중했던 것도 아니다. 한심할 정도로 약했던 적도 있었고, 자기 자신을 스스로 때리고 싶을 정도로 나약하게 굴었던 적도 있었다. 아키라에 관한 기억은 그중 하나에 불과했다.

그는 어느새 아파트 단지 안에서는 볼 수 없게 되었는데——틀림없이 지금쯤은 정상적인 인간인 척하면서, 어딘가에서 아내와 자식에게 둘러싸여 살아가고 있을 것이다. 자신이 중학교 시절에 근처에 사는 초등학생을 성적으로 학대했던 것(그런 행위를 한낱 장난으로 치부해버리는 인간은 진짜로 머릿속 어딘가가 맛이 간 것이리라)은 철저히 숨긴 채, 남의 행동을 속 편하게 단죄하려고 할 것이다. 그리고 자신은 정상적인 인간이라는 식으로 자기 최면을 걸면서, 일이 잘 안 풀리는 사람들보다 자기가 잘났음을 증명하려고 할 것이다.

사실 그런 녀석은 어떻게 되든 상관없지만——나도 모르게 한숨이 나오는 것은, 어린 시절 나 자신의 어리석음 때문이었다.

도대체 왜 그렇게 무방비했던 걸까. 도대체 왜 흑심을 애정이라고 착각한 걸까.

그것은 그 무렵의 내가 '강아지 마음'을 가지고 있었기 때문이리라. 외로움과 나약함이 나를 어리석게 만들었던 것이다. 아무리 어렸어도, 그때 나는 조금 더 경계심을 가져도 됐을 것이다.

그렇게 생각했을 때 나는 문득 쥐라를 떠올렸다.

가여운 쥐라——역시나 어린애 같은 부분이 많이 남아 있는 그 아이는 부모의 '빚 담보'가 되어서, 그 굵은 실버 체인 목걸이를 목에 건 남자에게 지배당하면서 몸을 파는 일을 하고 있었다. 그러다가 결국 임신까지 했고, 겨우 몇 시간 전에 유산을 해버렸다.

그런데도 그 아이는 이렇게 말했다……. 구레 아저씨는

좋은 사람이라고.

어쩌면 그것은 쥐라의 '강아지 마음'일지도 모른다. 아니면 그 외에는 의지할 만한 사람이 없으니까, 그렇게 생각함으로써 현재 상황을 어떻게든 납득하려고 하는 걸지도 모른다.

어쨌거나 이대로 그냥 내버려두면 쥐라는 점점 더 깊은 구렁텅이에 빠질 것이다. 이 세상의 한없이 어두운 저 밑바닥으로 떨어져서 다시는 위로 떠오르지 못하게 될 것이다.

하지만 나는 아무것도 해줄 수 없다.

조금 덩치가 큰 L 사이즈의 여자일지는 몰라도, 그런 조폭 같은 남자에게 대들 정도로 힘이 세지도 않았고——특히 무서워서 견딜 수가 없었다. 잘못 얽혔다가는 나한테도 불똥이 튀리라는 것은 불 보듯 뻔했다.

'쥐라 양, 미안해.'

나는 로코 씨가 만들어준 하이볼(위스키와 소다수를 섞은 칵테일)을 홀짝홀짝 마시면서 속으로 중얼거렸다. 그와 동시에 쥐라가 그린 그림을 떠올렸다. 마치 행성들이 늘어서 있는 듯한 딸기 그림. 그 순간 가슴이 답답해졌다.

그림을 잘 모르는 내가 이런 말을 할 자격은 없을지도 모르지만, 분명히 쥐라는 그림에 재능이 있었다. 아니, 정확히 말하자면 그림을 잘 모르는 나조차도 눈치챌 정도로 특별한 재능이 그 아이에게는 있었다.

이것은 한낱 공상이지만——어쩌면 쥐라에게는 우주가 보이는 걸지도 모른다. 예전에 쥐라는 농담하듯이 "사실 난 초능력이 있거든요. 아주 멀리 있는 것이 가끔 보이기도 해요"라고 말했는데, 어쩌면 그 이야기는 반쯤은 사실이었을지도 모른다. 혹시 그 아이는 우주의 기적 같은 것을 일반인보다 더 예민하게 느끼고 있는 게 아닐까. 아니, 어쩌면 그 아이 자체가 우주와 연결되어 있는 것일지도 모른다.

에이, 그건 현실적으로 말도 안 되는 일이지…… 하고 스스로도 피식 웃고 싶어질 정도로 허황된 공상이었지만, 그것을 전적으로 부정하는 것도 불가능했다. 왠지 쥐라라면 그런 것을 해내도 이상하진 않을 거라는 느낌도 들었다.

"로코 씨…… 저, 실은. 내가 좀 이상한 아이를 알게 되었거든요."

마침 화제가 떨어졌으므로 나는 쥐라에 관한 이야기를 꺼냈다.

"그래? 어떤 아이인데?"

"그게 말이죠. 진짜 황당해요. 실은 오늘 우리가 처음으로 같이 외출을 했거든요. 그런데 걔가 갑자기 구급차에 실려가게 되어서."

"뭐? 그게 무슨 소리야."

"음, 그러니까. 아마도 유산을 한 것 같아요."

웃으면서 이야기를 듣고 있던 로코 씨의 얼굴이 그 한마디에 확 굳어졌다.

"좀 더 이해하기 쉽게 설명해줄래?"

그 말을 들은 나는 잠시 생각해보다가 결론을 내렸다. 첫 만남부터 차근차근 이야기하기로. 결국 그것이 제일 빠른 길일 것이다.

로코 씨도 맥주에서 하이볼로 넘어와서 흥미진진하게 내 이야기에 귀를 기울였다. 이따금 인상을 쓰고 머리를 좌우로 흔들기도 하고, 입술을 불만스럽게 삐죽 내밀기도 하면서.

이것저것 많은 일들이 있었던 것 같은데 막상 이야기해보니 10분도 안 걸렸다. 내 이야기가 끝날 때까지 기다렸다가 로코 씨가 확인하듯이 질문을 던졌다.

"어, 요컨대 그 쥐라라는 아이는 지금도 병원에 있다는 거지?"

"아마도 그럴 거예요. 수술을 한 직후에는 돌아다니지 못할 테니까."

"꼭 그런 것도 아니야. 상황에 따라서는 금방 퇴원할 수 있기도 해."

그때 흘렸던 피의 양을 생각해보면 도저히 그런 상태는 아닐 것 같다는 생각이 들었지만, 이런 것은 경우에 따라 다를지도 모른다.

"아무튼 그 애가 걱정된다. 몸이 괜찮아지면 또 이상한 일을 시키려고 할 거 아냐?"

지금 이 상태라면 아마도 그렇게 될 것이다. 예의 굵은 실버 체인 목걸이는 쥐라를 철저히 상품으로만 보는 것 같았으니까.

"그런데…… 한심한 이야기지만, 저는 아무것도 해줄 수가 없어요."

"물론 뒷일을 생각해보면 그렇긴 한데…… 차라리 납치해보지 그래?"

"네? 납치를 하라고요?"

로코 씨가 얼마나 진지하게 그런 말을 하는 것인지 알 수가 없었다.

"뭐, 어쨌든 외출은 할 수 있다면서? 그 애가 건강해지면 어딘가에서 만나서 얼른 도망쳐버리는 거야. 아, 그 애를 적당한 곳으로 데려다주는 것도 하나의 방법이고."

그건 역시 경찰서일까.

"응, 그렇긴 한데. 그 애가 이미 성인이라면 경찰서에 데려갈 일은 아닐지도 몰라. 하지만 그 외에도 보호센터 같은 곳이 있지 않을까?"

당장 그게 어디인지 떠오르진 않았지만, 인터넷으로 검색해보면 적당한 곳을 찾을 수 있을지도 모른다. 무리하게 혹사당하다가 건강을 해친 여성이 국내에 쥐라 하나만 있는 것은 아닐 테니까.

"제삼자나 마찬가지인 내가 참견할 일은 아닐지도 모르지만, 그 아이는 어떻게든 해주는 편이 좋을 것 같아……. 본인이 원해서 그런 일을 하는 게 아니잖아? 그건 누가 뭐래도 착취야."

로코 씨는 분개한 듯한 어조로 말했는데, 아쉽게도 이 이야기는 어중간한 형태로 끝나고 말았다. 손님 여러 명이 한꺼번에 들어왔기 때문이다.

평소에 영업을 할 때에는 반드시 다른 여성이 한두 명쯤은 더 도와주러 오는데, 레이디스 데이는 로코 씨의 취미 같은 것이므로 카운터 안에 있는 사람은 그녀밖에 없었다. 보통은 혼자여도 충분히 손님을 맞이할 수 있는데 오늘은 유난히 손님이 많이 들어오기 시작했다.

"이야기하는 도중이었는데 미안. 그런데 루리곤, 가능하다면 네가 어떻게 좀 해줘……. 그런 아이가 불행해지는 모습은 가능한 한 보고 싶지 않아. 저기, 여차하면 여기로 데려와도 돼."

분위기 파악을 하고 자리에서 일어난 나에게 로코 씨가 소곤소곤 그렇게 말했다.

"음, 네……. 무엇을 할 수 있을지 생각해볼게요."

평소의 나 같으면, 이렇게 남에게 일을 다 맡겨버리는 태도에 반발할 테지만. 상대가 로코 씨라면 그럴 수는 없었다. 게다가 로코 씨는 이곳으로 데려와도 된다는 말까지 해줬다. 결코 무책임한 것은 아니었다.

"네, 그럼 다음에 또 올게요."

평소와는 달리 북적북적해진 '저쪽을 보는'에서 나는 좀 우울한 기분으로 빠져나왔다.

나는 눅눅한 공기에 휩싸여 도쿄 스카이트리 역까지 걸어갔다.

긴시초에서도 우리 집으로 갈 수 있지만, 왠지 모르게 밤하늘을 배경으로 푸르게 빛나는 거대한 탑을 바라보면서 걷고 싶은 기분이었다. 안 그러면 나는 틀림없이 고개조차 제대로 들지 않고 내 발끝만 보면서 걸었을 것이다.

'강아지 마음이란, 말이지……..'

나도 모르게 과거의 부끄러운 사건을 떠올리기도 하고, 내 안에 있는 나약한 부분을 곱씹어보기도 하면서 나는 걸음을 옮겼다. 게다가 쥐라를 위해 아무것도 해줄 수 없는 나 자신의 한심함과, 어린 시절에 억지로 당했던 키스의 역겨움도 되살아나서 기분이 정말로 안 좋았다.

'차라리 고양이로 태어났으면 마음이 훨씬 더 편했을 텐

데.'

나는 쥐라가 그린 고양이 그림을 떠올리면서 그런 생각을 했다. 유난히 눈이 큰 고양이.

고양이가 되고 싶다고 생각하는 것은 오늘날에는 약간 진부한 짓이지만——귀찮은 인간 세상에서 살아가는 존재로서는 역시 고양이의 삶을 동경하지 않을 수 없었다. 틀림없이 그 아이들은 또 그 아이들 나름대로 고생도 하고 있을 테지만, 그래도 원할 때 원하는 만큼 자고, 가끔은 느긋하게 산책도 하고, 양지바른 곳에서 편하게 쉬기도 하는 모습을 볼 때에는 진심으로 그게 부러워졌다.

게다가 그 아이들에게는 과거도 미래도 없었다.

과거의 괴로웠던 사건을 떠올리고 한탄할 일도 없고, 내일 이후의 자기 신세를 염려할 일도 없고, 오로지 지금 이 순간을 살아가고 있는 것이다(어쩌면 언젠가 위대한 동물학자가 '그 아이들도 인간과 마찬가지로 과거 때문에 괴로워하고 미래에 대한 불안감을 품고 있다'는 사실을 발견할지도 모르지만, 그것이 증명될 때까지는 그렇게 생각해도 되지 않을까?).

만약에 고양이가 될 수 있다면 나는 지구가 아니라 다른 별의 고양이가 되고 싶었다. 아니, 그보다는 우주를 자유롭게 떠돌아다니는 고양이가 좋을 것이다. 그렇게 돼서 우주의 무중력 공간 속을 둥둥 떠다니면서 안드로메다은하를 바라볼 수 있다면 얼마나 행복할까.

'그러고 보니 그 그림 속의 고양이 이름이 안도라고 했었나?'

구급차에 실려 가는 사태가 벌어지기 직전에 쥐라가 그런 말을 했던 것이 기억났다. 한자로 쓴다면 어엿한 일본인 이름일 테지만, 그 발음은 자연스럽게 안드로메다를 연상시켰다. 어쩌면 그 고양이는 안드로메다에서 온 걸지도 모른다……고 생각하니, 아무 근거도 없는데도 괜히 기분이 좀 좋아졌다. 그래 봤자 공상에 불과하지만.

그때 가방 속에서 휴대폰이 딱 한 번 진동했다. 그러고 보니 '저쪽을 보는'에 들어가기 전에 휴대폰을 매너 모드로 바꿨었다.

뭐, 어차피 광고 문자일 테지. 그런 생각을 하면서 나는 휴대폰을 꺼냈다. 잠금 화면에는 역시나 짧은 문자가 왔다는 사실을 알려주는 글씨가 표시되어 있었는데——발신자는 놀랍게도 쥐라였다.

'쥐라 양?!'

나는 그 자리에 멈춰 서서 허둥지둥 휴대폰 잠금을 풀고 짧은 문자를 읽었다.

[전화하면 혼나니까 문자 보내요. 오늘은 정말 미안했어.]

이미 처치는 끝난 걸까——차라리 이쪽에서 전화를 걸어

볼까? 하는 생각도 들었지만, 분명히 지금 쥐라는 병실에 있을 것이다.

[쥐라 양, 괜찮아?]

나는 즉시 답장했다.

[머리가 좀 멍한데. 하지만 괜찮아요.]

문장 끝에 무슨 기호가 붙어 있었다. 아마 쥐라가 이모티콘을 사용한 것 같았다. 하지만 내 스마트폰에서는 그 이모티콘이 표시되지 않았다.

내가 [몸은 괜찮아? 의사 선생님은 뭐라고 하셔?]라는 문장을 적고 있었는데, 그보다 먼저 쥐라의 다음 메시지가 날아왔다.

[에르메스 씨. 지금 울적하죠?]

화면에 표시된 짧은 문장. 내 손이 저절로 멈췄다.

[난 알아요. 지금 에르메스 씨는 울적해.]

이게 도대체 무슨 일일까. 실제로 지금 내 마음속은 울적함으로 가득 차 있었지만——멀리 떨어져 있는 쥐라가 그걸 어떻게 알았을까?

나는 쓰다 만 문장을 지우고 다른 문장을 전송했다.

[왜 그렇게 생각해?]

약 1분이 흐른 뒤에 답장이 날아왔다.

[내가 울적하니까.]

겨우 일곱 글자밖에 안 되는 그 문장이 예상외로 깊게 나를 찔렀다.

내가 울적하니까——어째서 자기가 울적하면 나도 울적할 것이라고 생각한 걸까. 쥐라는.

[다음에는 언제 만날 수 있어요?]

나도 모르게 넋을 잃고 있었는데 또다시 쥐라의 메시지가 나에게 날아왔다.

[쥐라 양. 네가 건강해지면 금방 만날 수 있어.]

내가 그런 내용을 보내자 즉시 답장이 왔다.

[에르메스 씨의 품에 꽉 안기고 싶어.]

다시 말해 꽉 안아달라는 뜻인가.

[응. 다음에 만나면 꽉 안아줄게.]

약간 부끄러워하면서 그렇게 답장했다.

[좋다. 그럼 약소칸 거예요. 꼭 나를 꽉 안아주세요.]

'약소칸'이 아니야, '약속한'이지…… 하고 무심코 웃었다. 그 순간 저절로 내 뺨을 타고 눈물이 흘러내렸다.

어느새 나는 울고 있었다——쥐라의 메시지를 읽으면서 눈물을 글썽이고 있었다.

[약속했으니까. 나는 이제 울적하지 않아. 에르메스 씨는 어때요?]

[나도, 이제는 울적하지 않아.]

그 말에는 아주 약간의 거짓도 섞여 있지 않아서——정말로 내 마음은, 가슴이 아플 정도로 설레고 있었다.

* * *

그 후 쥐라와의 연락이 끊겨버렸다.

몇 번이나 문자를 보내봤지만 답장이 오지 않았고, 기회를 봐서 전화를 해봐도 전혀 연결이 되지 않았다.

'무슨 일이 있는 건가?'

쥐라가 실려 갔던 병원에도 가봤는데, 쥐라는 딱 하룻밤만 입원하고서 다음 날에는 퇴원했다고 한다. 물론 몸 상태에 관한 자세한 이야기는 친족도 아닌 나에게는 가르쳐주지 않았다.

"그럼 하다못해 그 아이의 신원 보증인의 연락처라도 알고 싶은데요."

즉, 예의 구레 아저씨라는 남자의 전화번호를 알아내려고 한 것이다. 그러나 접수처의 여직원은 안타까워하는 표정으로 "규정상 가르쳐드릴 수 없습니다"라는 말만 되풀이했다.

그래서 결국 나는 쥐라가 나에게 연락해주기를 기다리는 수밖에 없었다.

이윽고 사흘이 지나고, 일주일이 지나고, 열흘이 지났다.

그러는 동안에도 계절은 어느새 여름빛이 완연해졌다. 햇빛은 날이 갈수록 강해졌다.

'그 아이는 어떻게 지내고 있을까.'

언제부터인가 나는 일하는 도중에도 틈틈이, 또 집에서 쉴 때에도 쥐라를 생각하게 되었다. 예전에 그 아이가 나에게 보냈던 문자를 읽고 '꼭 안아준다는 약속은 지키지 못했구나' 하면서 미안함을 느끼기도 했다. 도무지 마음이 안정되지 않았다.

'쥐라 양을 만나고 싶어.'

이윽고 나는 솔직하게 그런 생각을 하게 되었는데──쥐라의 주장에 의하면, 그런 것은 '좋은 소원'이기 때문에 굳이 신사나 절에 찾아가서 소원을 빌지 않아도 하느님이 알아서 이루어주신다고 한다. 아니, 어쩌면 그것은 쥐라와 나 사이의 악연 때문일지도 모르지만, 어쨌든 나는 쥐라와 함께 햄버그스테이크를 먹으러 갔던 그날로부터 딱 2주일 후에 쥐라와 다시 만나게 되었다.

그때 나는 집에서 좀 멀리 떨어진 대형 종합 생활용품점에 자전거를 타고 갔다가 돌아오는 길이었다. 몇 개 망가진 커튼 핀과 스테인리스 싱크대 쓰레기통을 사는 것이 주된 목적이었는데, 그 외에도 욕실용 곰팡이 제거제와 줄눈 청소 솔 같은 것도 구입해서 모조리 자전거 앞의 바구니에 집어넣고, 쨍쨍 내리쬐는 햇볕 아래에서 자전거를 타고 달리고 있었다.

넓은 간선 도로에서 중학교 근처의 좁은 길로 들어갔다가 조금 쇠퇴한 상점가로 나왔을 때. 뒤에서 온 자동차가 나를 추월했다.

'쥐라 양!'

나는 그 자동차의 조수석에 쥐라가 앉아 있는 것을 발견했다. 차도 전에 본 적 있는 회색 자동차였다. 뒤쪽 범퍼 근처에 붙여놓은 트라이벌 타투 같은 늑대 스티커는 잊어버리고 싶어도 잊을 수 없었다.

자동차는 그대로 상점가를 뚫고 지나갔는데, 나는 망설임 없이 그 뒤를 쫓아갔다. 오늘은 자전거를 타고 있다는 사실에 대해 하느님께 감사하고 싶을 정도였다.

'그런데 쥐라가 저기 타고 있다는 것은, 역시 그 녀석이 운전하고 있다는 뜻이겠지.'

솔직히 말하자면 그 구례 아저씨라는 남자는 거북했다. 조금이라도 자기 비위에 거슬리는 일이 생기면 벌컥 화를 낼 것 같은 위험한 분위기가 온몸에서 풍겨 나오고 있었다. 그러니까 가능한 한 그런 사람과는 얽히지 않고 살아가고 싶다……는 생각이 자연스럽게 드는 타입이었다. 운 좋게 저 자동차를 따라잡더라도 그놈 앞에서 쥐라와 대화하기는 어렵지 않을까.

그런데——역시나 좋은 소원은 가만히 있어도 저절로 하느님이 이루어주시나 보다.

이윽고 회색 자동차는 다른 간선 도로로 나가기 직전에 편의점 주차장에 들어가서 맨 끝의 가장자리에 주차했다. 땀투성이가 된 내가 그 차를 따라잡았을 때에는, 마침 구레 아저씨가 운전석에서 빠져나오더니 조수석의 쥐라에게 위압적인 말투로 무슨 말을 하고 나서 허둥지둥 편의점으로 들어가고 있었다.

나는 그 주차장 한구석에다 자전거를 세워놓고 몸을 작게 움츠린 채 자동차로 다가갔다. 냉방 때문인지 자동차는 시동이 걸려 있는 상태였다. 아마도 그 남자는 금방 돌아오려는 것 같았다.

내가 조수석 창문을 두드리자, 차창 너머에 있는 쥐라가 당장이라도 울음을 터뜨릴 듯한 표정을 지었다.

"에르메스 씨! 다행이에요…… 다시 만나서!"

쥐라는 창문을 내리고 왼손을 나에게 내밀었다. 나는 그 손을 잡고 재회의 악수를 했다.

"도대체 어떻게 된 거야? 내가 몇 번이나 전화도 하고 문자도 보냈는데. 그런데 전혀 연락이 안 돼서 놀랐어."

"휴대폰을 빼앗겼어요."

그렇군. 유일한 접점인 그 기계가 사라졌다면 도저히 어쩔 방법이 없었을 것이다.

"난 바보니까. 에르메스 씨의 전화번호가 뭐였는지 기억이 안 나서……. 게다가 외출도 금지당해서. 직접 찾으러 갈 수도 없었어요."

그렇게 말하는 동안에도 쥐라는 굵은 눈물방울을 뚝뚝 흘리고 있었다.

"그래도 다행이다……. 역시 내가 에르메스 씨를 만나고 싶다고 소원을 빌면, 하느님이 꼭 들어주시네요."

"그건 아마도 좋은 소원이라서 그런 거 아냐?"

쥐라의 뺨을 타고 흐르는 눈물을 손가락으로 닦아주면서 나는 그렇게 이야기했다.

"그런데 우는 것은 좀 과하지 않아? 쥐라 양. 네가 울면 나까지 울고 싶어진단 말이야."

내가 그렇게 말하자, 쥐라는 고개를 좌우로 마구 흔들었다.

"아니, 전혀 과한 게 아니에요……. 난 지금부터 멀리 떠나거든요."

"멀리……? 어디로?"

"몰라요. 하지만 자동차로 두 시간쯤 걸리는 곳에 있는 도시라고 들었어요. 나는 거기 있는 가게에서 일하게 될 거예요."

"뭐?"

자동차로 두 시간. 상당히 먼 거리였다.

"사실 지금도 구레 아저씨가 갑자기 배가 아파져서. 그래서 잠깐 편의점 화장실을 빌리고, 덤으로 음료수도 사 온다고 했거든요……. 틀림없이 하느님이 마지막으로 나와 에르메스 씨를 만나게 해준 거예요."

"마지막이라니. 그런 말 하면 안 돼."

쥐라의 이야기를 들어보니 확실히 그 말이 옳다는 느낌도 들었지만——그렇다면 이 만남을 끝으로 나는 쥐라와 만나지 못하게 된다는 뜻이었다.

"아무튼 에르메스 씨의 전화번호를 빨리 가르쳐주세요. 어, 잠깐, 필기구가……."

쥐라는 대시보드 근처를 여기저기 찾아봤다. 그러나 요즘 시대에는 펜 자체를 사용할 기회가 적어졌다. 과연 필기구가 운 좋게 그 남자의 차 안에 굴러다니고 있을까.

"빨리 하지 않으면 구레 아저씨가 돌아올 텐데. 그러면 더 이상 에르메스 씨를 만나지 못하게 되는데."

그렇게 말하면서 쥐라는 계속 차 안을 뒤졌다. 휴대폰과 같이 압수당했는지, 평소에 스케치북을 넣어서 들고 다니던 토트백도 오늘은 안 가지고 있는 듯했다.

그때 무모한 계획이 하나 머릿속에 떠올랐다.

아무리 그래도 그건 너무 심한 짓이고──혹시나 일이 잘 안 풀린다면 끔찍한 보복을 당할 것이다. 평소의 나 같으면 그것이 머릿속에 떠올라도 즉시 폐기해버릴 듯한 계획이었다.

그러나 인생이라는 것은 '지금' 이 시간이 쌓여서 이루어지는 것이고, 그 '지금'을 내 편으로 만들려면 반드시 신속한 결단과 과감한 행동이 필요하다.

만약에 쥐라가 말한 것처럼 하느님이 우리를 다시 만나게 해주셨다면, 하느님은 나에게 이렇게 해라! 하고 말씀하고 계신 것이리라.

'좋아. 뒷일은 될 대로 돼라.'

나는 운전석으로 이동해서 재빨리 그 안에 올라탔다.

"에르메스 씨! 뭐 하는 거예요? 구레 아저씨가 오면 혼날 텐데."

"아냐, 안 혼나."

"구레 아저씨는 이 차를 진짜로 아끼는걸요. 함부로 만지면……."

"안 혼난다니까. 왜냐하면 그 녀석과 나는 이대로 얼굴도 안 마주칠 거니까."

나는 안전벨트를 매고 핸들을 붙잡았다.

"이대로 도망치자. 쥐라."

나는 처음으로 쉬라를 '쉬라'라고만 불렀다.

"정말로?"

"응, 정말로. 너를 그 남자에게 다시 보내진 않을 거야."

자동차를 후진시키면서 핸들을 꺾자, 액셀을 너무 세게 밟았는지 타이어가 날카로운 소리를 냈다.

"에르메스 씨, 운전할 줄 알아?"

"할 줄 아니까 탔지. 뭐, 실제로 운전하는 것은 거의 5년 만이지만."

그렇게 말하면서 차체를 돌렸는데, 구레 아저씨가 편의점에서 뛰쳐나오는 것이 보였다.

"야, 너 뭐 하는 짓이야?!"

그 모습은 마치 도깨비같이 험상궂었다. 아이가 봤으면 그 순간 울었을 것이다. 하지만 이미 자동차는 간선 도로로 나왔고, 눈앞의 신호는 파란불이었다.

나는 액셀을 꽉 밟으면서도 철저히 안전 운전을 하면서 단숨에 직진했다. 눈앞에 있는 신호가 노란불로 바뀌었으므로 그대로 좌회전을 했다.

지금은 무조건 조금이라도 더 멀리 도망쳐야 한다. 적당한 곳에 가서 이 차를 버리고, 거기서 택시라도 잡아타서 우리 집으로 돌아가면 될 것이다.

'그러고 보니 내 자전거에 주소 같은 것을 적어놓지는 않

았지……?'

나는 편의점에 두고 온 자전거를 기억해냈다. 처음 구입했을 때 방범 등록 스티커는 붙였지만, 이름과 주소 같은 것은 적어놓지 않았다. 여자는 이런 데서 쓸데없이 개인정보가 유출되지 않도록 조심해야 하는 것이다.

"저기, 쥐라…… 사실 나는 한참 전부터 자전거를 타고 이 자동차를 뒤쫓아 왔는데, 그 남자는 그걸 눈치챘었어?"

내가 그렇게 물어보자, 쥐라는 자꾸만 눈물을 닦으면서 떨리는 음성으로 대답했다.

"별말은 안 했으니까, 아마 눈치채지 못했을 거예요."

다행이다——그럼 그 자전거를 타고 온 인간이 자동차를 빼앗았다는 사실은 그 남자도 모를 것이다. 애초에 경찰도 아닌 그 남자는 방범 등록 번호를 이용해 그 자전거의 주인을 찾아내지도 못할 테고. 물론 오늘 구입한 커튼 핀이나 줄눈 청소 솔, 또 자전거 그 자체도 그대로 버릴 수밖에 없겠지만. 그 정도만 희생해서 쥐라를 납치하는 데 성공했다고 생각한다면 오히려 엄청나게 싸게 먹힌 셈이었다.

"아아, 완전히 내 운전 감각이 되살아났나 봐……. 이대로 드라이브라도 하러 갈까?"

그렇게 가벼운 농담을 던졌을 때, 대시보드에 휴대폰이 놓여 있는 것을 발견했다. 그 남자의 휴대폰인 듯했다. 갑작

스런 복통 때문에 편의점으로 뛰어갔다고 하던데. 꽤 심각
한 긴급 사태였나 보다.

'그냥 어딘가에 버릴까?'

당연히 휴대폰에는 GPS 기능이 있어서, 혹시나 잃어버려
도 컴퓨터 원격 제어를 통해 본체를 잠가버림과 동시에 그
장소를 찾아내는 기능이 있다.

가능하다면 어딘가에 버리는 것이 제일 좋을 텐데――그
때 나는 조금이나마 평소의 소심함을 되찾았다.

내가 쥐라를 납치했다는 것 자체만으로도 그 남자는 몹시
화가 났을 것이다. 더구나 자기 휴대폰까지 망가진다면 틀
림없이 그 분노는 두 배, 세 배로 커질 것이다.

내 목적은 오로지 쥐라를 해방시키는 것이었다. 다른 것
에는 아무 관심도 없었다. 그렇다면 자동차와 휴대폰은 가
능한 한 멀쩡한 상태로 그에게 돌려주는 게 좋을 것이다. 그
렇게 하면 그 남자의 분노를 다소 가라앉혀서 최대한 빨리
쥐라를 잊게 만들 수 있을지도 모른다.

"쥐라야. 그 휴대폰, 전원 꺼놔. 어디 있는지 들키면 곤란
하니까."

"휴대폰 전원? 어떻게 꺼요?"

"옆에 튀어나와 있는 버튼을 길게 눌러."

나는 차를 몰면서 힐끔힐끔 쥐라의 손 근처를 봤다. 그때

처음으로 쥐라가 오른쪽 손목에 특이한 팔찌를 차고 있다는 사실을 눈치챘다. 아니, 자세히 보니 그것은 팔찌가 아니었다. 전기 공사에 사용할 것 같은 폴리에틸렌 케이블 타이였다.

"오른손에 있는 그거. 뭐야?"

그렇게 물어봤더니 쥐라는 오른손을 살짝 들어 올리면서 보여줬다.

"중요한 것이니까 죽어도 놓치면 안 된다고 했어요."

쥐라의 손에 감겨 있는 케이블 타이에는 또 다른 고리 형태의 케이블 타이가 달려 있었는데, 그 끄트머리는 발밑에 놔둔 스포츠 가방의 손잡이와 연결되어 있었다. 고등학생 농구부에서 흔히 사용하는 스포츠 가방. 즉, 케이블 타이 수갑으로 쥐라의 오른손과 그 가방이 연결되어 있는 것이었다.

"중요한 것……? 그게 뭔데."

만약에 폭발할 가능성이 있는 위험물이면 어쩌지──하고 생각하다가, 이윽고 눈앞에 나타난 커다란 공원 옆에다 차를 세워놓고 나는 쥐라의 발밑에 있는 가방을 봤다.

"그거 열면 혹시 무슨 일이라도 생길까?"

내가 조심스럽게 물어보자, 쥐라는 가볍게 대답했다.

"괜찮아요. 왜냐하면 이건 돈이니까."

"돈?"

설마…… 하는 생각이 들었다. 커다란 가방이 불룩했는데, 저 안에 돈이 들어 있다고?

"구레 아저씨는 다양한 일을 하고 있는데…… 아마도 남의 돈을 맡아준 게 아닐까요?"

쥐라의 설명을 들으면서 나는 가방을 열어보려고 했다. 그러나 지퍼 손잡이에 있는 작은 구멍에도 케이블 타이가 꽂혀 있었고, 그것이 어깨에 걸칠 때 사용하는 가방끈의 링에 고정되어 있었다. 케이블 타이를 이용한 간이 자물쇠였다.

케이블 타이는 손으로 자르는 것은 불가능하지만 불에는 약하다. 나는 대시보드에 놓여 있던 라이터로 그 케이블 타이를 태워서 끊었다.

그리고 지퍼를 열어보니──한 뭉텅이씩 띠로 묶어놓은 1만 엔짜리 돈다발들이 마구잡이로 가방 속에 채워져 있었다. 그 박력에 압도된 나는 저절로 숨이 막혔다.

"우와, 이런 건 처음 봤어."

도대체 이게 얼마일까. 당장은 상상도 할 수 없었다. 처자식이 있는 남자에게 받았던 50만 엔이 후쿠자와 유키치의 수학여행이었다면, 이것은 후쿠자와 유키치의 무엇이라고 해야 할까.

'이건…… 위험해.'

이런 것을 가지고 있으면 정말로 큰일 날 것이다. 휴대폰과 함께 이 자동차 안에 놔뒀다가 얌전히 주인에게 돌려주는 것이 상책이다.

"이 정도 돈이 있으면, 나랑 에르메스 씨는 앞으로 쭉 같이 있을 수 있겠네요."

갑자기 쥐라가 무서운 소리를 했다.

"우리 이대로 이것을 가지고 어딘가로 도망쳐요."

"잠깐만, 쥐라. 너 지금 무슨 말을 하는 거니?"

"괜찮아요. 이것은 나쁜 돈이니까. 구레 아저씨도 경찰 아저씨한테 신고하지는 못할 거예요. 그러니까 경찰 아저씨한테 붙잡힐 걱정도 없어요."

그것 참 솔깃한 이야기인데──그렇기 때문에 그 남자가 죽어라 우리를 쫓아오리라는 것을 쥐라는 상상하지 못하는 걸까. 어쩌면 살해될 가능성도 있을 만큼 엄청난 금액인데.

"에르메스 씨, 일본은 넓잖아요? 구레 아저씨가 우리를 찾아낼 수 있을까요?"

나는 아무런 대답도 할 수 없었다. 그저 순수하게 쥐라가 그런 말을 꺼냈다는 사실에 놀랐다. 설마 이렇게 대담한 말을 하는 아이일 거라고는 생각도 못 했는데.

"돈이 이만큼이나 있으면, 나는 더 이상, 남자에게 내 몸을 만지게 해주거나, 남자의 그것을……."

"쥐라. 좀 조용히 해봐."

이어지는 말을 듣고 싶지 않아서 나는 강한 어조로 제지했다.

27년 넘게 인간으로 살아오면서 지금까지 한 번도 느껴보지 못했던 폭풍우처럼 거센 파도. 그것이 내 안에서 일어나고 있었다.

* * *

'어쩌지…….'

나는 가방 속에서 얼굴을 내민 1만 엔짜리 돈다발들을 보면서 생각에 잠겼다. 아니, 솔직히 말하자면 생각을 멈춘 채 그저 멍하니 있을 뿐이었다. 머릿속이 완전히 새하얗게 변해버린 상태였다.

"일단 여기서 움직이자."

다시 시동을 걸고 차를 발진시켰다.

"움직인다니? 어디로 가는데요?"

"그건 모르겠는데…… 아무튼 조금이라도 더 먼 곳으로."

지금 나에게 중요한 것은 일단 마음을 가라앉히는 것이다.

물론 인생은 '지금'이란 시간이 축적된 것이고, 그 '지금'을 내 편으로 만들려면 반드시 결단과 과감함이 필요하지만——이렇게까지 스토리 전개가 확 바뀐다면 뭔가 다른 결단을 내려야만 할 것이다. 그러기 위해서는 조금이라도 냉정해질 필요가 있다.

나는 자신이 어디 있는지도 모르는 채로 자동차를 몰았다. 큰 도로로 나가면 꼭 합류해서 더 큰 길로 나아갔다. 이윽고 한쪽이 3차선인 넓은 길로 나갔는데, 표지판을 보고 그제야 그곳이 국도 4호선임을 알았다.

나는 자연스럽게 사이타마 방면으로 가는 코스를 선택했다. 간신히 운전 감각을 되찾긴 했지만, 경자동차만 운전해 본 나에게는 이렇게 차고가 높은 자동차는 스트레스 그 자체였다. 이런 상황에서 다짜고짜 도심부로 들어가면 괴로울 것이다……라고 판단하여, 조금이라도 내가 알고 있는 사이타마 쪽으로 가기로 한 것이다.

그러는 동안에도 나는 그 남자가 쫓아올 가능성을 염두에 두고 있었다. 쥐라가 말한 것처럼, 이대로 거금이 들어 있는 가방을 가지고 도망가자! 하는 용기는 아직 생기지 않았다.

"그러고 보니 너 휴대폰을 빼앗겼다고 했지?"

"응, 맞아요. '너한테 휴대폰을 주면 일이 꼬이기만 한다'고 하면서……. 너무하지 않아요? 친구의 전화번호도 잔뜩 들어 있었는데."

그렇게 친구가 많아 보이진 않았지만, 본인이 그렇다고 하니 그런 거겠지.

"그럼 그 휴대폰은 해지한 거야?"

"으음, 글쎄. 아마 그렇게까지 하지는 않았을 거예요. 착하게 굴면 언젠가는 돌려주겠다는 식으로 이야기했거든요."

그렇구나. 실제 휴대폰은 그 남자가 가지고 있다는 건가.

"당연히 그 안에는 내 전화번호도 저장되어 있지?"

"물론이죠. '에르메스 씨'라고 잘 저장해놨어요."

"내 이름인 루리가 아니라?"

"에르메스 씨예요. 그게 미국인 같아서 더 멋있잖아요?"

미국인이 전부 다 멋있는 것도 아닐 텐데──그 휴대폰을 본다면, 별명이긴 해도 나라는 인간의 존재와 전화번호가 그 남자에게 알려진다는 뜻이다. 게다가 서로 문자도 주고받았으니까. 어지간히 친한 사이라는 것도 분명히 알게 될 것이다.

그렇게 생각하니 도저히 진정이 되지 않았다. 그래서 신호에 걸려 멈췄을 때 나는 내 휴대폰 전원을 껐다. 어차피 누가 나한테 전화하는 경우도 거의 없으니까.

"그런데…… 그 돈, 진짜로 뭐니?"

나쁜 돈이어서 도둑질을 당해도 경찰에 신고하지도 못한다. 쥐라는 그렇게 말했다.

"어, 세금이란 게 있잖아요? 그건 돈을 많이 버는 사람일수록 많이 내야 하잖아요."

"응, 그렇지."

"잘은 모르겠는데. 그 세금을 조작하려고 맡아둔 돈이래요. 구레 아저씨와 페 아저씨가 그렇게 이야기하는 것을 들었어요."

"누구야? 페 아저씨가."

처음 듣는 이름이 튀어나왔다. 당연히 별명일 텐데, 별명이 참 촌스러웠다.

"페 아저씨는 구레 아저씨의 아우 같은 사람이에요. 잘생긴 편이지만 툭하면 화를 내서 다들 싫어해요. 공부는 나보다도 더 못하는 것 같고."

살짝 웃음이 나왔지만 지금은 웃을 때가 아니었다.

"아무튼 그래서요. 오늘 나를 새로운 가게로 데려다주는 도중에, 그 돈을 맡긴 사람에게 가져다주러 간다고 했어요. 나를 몇 백 명이나 살 수 있는 거금이니까 절대로 놓치지 말고 잘 가지고 있으라면서. 이렇게 케이블 타이로 묶어놓은 거예요."

머리가 나쁜 인간은 꼭 천박한 말만 한다.

'그래. 확실히 그건 나쁜 돈이구나.'

요컨대 어딘가에 사는 부자가 세금을 줄이고 싶어서 어떤 소득을 일부러 신고도 안 하고 몰래 챙겼다는 것이다. 은행에도 맡길 수 없는 돈이므로 결국 집 어딘가에 숨겨놓거나 하는데(국세청 직원이 가택수사를 해서 그 돈을 찾아내는 장면을 TV 다큐멘터리에서 본 적이 있었다), 그 부자는 더더욱 용의주도하게 그 남자에게 돈을 맡긴 것이다. 말하자면 그 남자는 비밀 은행, 불법 현금 보관소 같은 존재인가 보다.

'돈 있는 녀석들은 이래저래 열심히 머리를 굴리는구나.'

아마도 내가 모를 뿐이지, 이 세상에는 수많은 편법이라든가 부정한 수단 따위가 있을 것이다. 솔직히 말해서 파견 사원 시급으로 먹고 살면서 매달 매일 끊임없이 괴로워하는 것이 바보같이 느껴질 정도였다. 이런 세상은 분명히 뭔가가 잘못된 것이리라.

'그건 그렇고…… 슬슬 결정을 해야 해.'

핸들을 붙잡고 있는 동안에 조금이나마 냉정을 되찾았다. 이제는 슬슬 자신이 어떤 길을 선택할지, 결단을 해야 한다.

어쨌거나 억지로 쥐라를 끌고 나왔고 덤으로 상대의 자동차까지 제멋대로 몰고 다니는 중이니까. 그 시점에서 이미 '사고 쳤다'는 것은 확실했다. 법적으로도 문제가 될 테고, 그 남자에게 붙잡혔다가는 무사히 풀려나지는 못할 것이다. 틀림없이 어느 정도는 제재가 가해질 것이다. 경우에 따라서는 나도 쥐라와 똑같은 세계로 굴러 떨어지게 될 수도 있고. 아니, 아마도 그럴 가능성이 오히려 높았다.

만약에 내가 이대로 쥐라만 데려가고, 휴대폰이나 돈은

하나도 건드리지 않은 채 이 자동차를 문도 잘 잠가서 어딘 가에 세워놓는다면? 그 남자의 분노도 그만큼 줄어들지도 모른다. 소중한 것이 두 개나 자신에게 돌아왔으니까. 쥐라 하나쯤은 어찌 되든 상관없다……고 그 남자가 생각해준다 면 참 좋을 것이다.

하지만 그렇다고 해서 나와 쥐라가 꼭 안전해진다는 보장 은 없었다. 어쨌든 우리는 한동안 그 남자를 피해서 도망 다 녀야 할 것이다.

문득 나는 오전에 우리 집 창문을 통해 내다봤던 바깥 풍 경을 떠올리며 그리움을 느꼈다.

아무런 특징도 없는, 아니, 오히려 좁은 골목길에 면해서 영 답답한 풍경이었지만, 그 풍경을 바라보던 그때의 나는 근심 걱정 없는 인간이었다. 커튼 핀이 몇 개 망가졌다는 사 실을 깨닫고 새것을 사야겠구나…… 하고 생각하고 있었다.

그때의 무사태평함이 이제는 멀게만 느껴졌다.

고작 몇 시간 만에 나는 도저히 물러날 수 없는 곳에 서 있게 되었다. '벼랑 끝에 섰다'는 표현은 옛날부터 지겹도록 들어봤지만——그게 사실이었구나. 진심으로 그런 생각을 했다.

하지만 그렇게 무사태평했던 나는 과연 행복했던 걸까.

실은 파견 회사 측에서 '지금 하는 일은 열흘 안에 끝내고 다른 회사로 가줄 수 없겠느냐'……는 식으로 나에게 물어 봤었다. 아마도 내가 지금 근무하는 회사는 실적이 좋지 않아서 인건비를 줄이려고 하는 것 같았다. 편안한 직장이기 때문에 가능한 한 오래 거기서 일하고 싶었지만, 정직원이 아닌 나로서는 파견 회사 측의 요청을 거절하거나 항의하는 것은 불가능했다. 아니, 실제로는 가능하긴 한데 분명히 나중에 악영향을 미칠 것이다. 파견되는 직장의 등급이 낮아지거나, 시급이 적은 회사만 소개받게 되는 것이다.

그러니까 그냥 일거리가 있는 것도 다행이라고 생각하고 상대가 시키는 대로 하는 것이 어른스러운 행동이다. 파견 사원 대부분은 다소나마 그런 약점을 이용당하는 취급을 견디면서 살아가고 있으니까.

하지만──이런 생활도 그리 길게 지속되지는 못할 것이다.

젊을 때에는 괜찮다. 그러나 웬만큼 나이가 들면 내가 할 수 있는 일이 틀림없이 점점 줄어들 것이다. 전문적인 기술이 없는 나로서는 결국 그런 일만 계속하면서 점점 젊음을 낭비하게 되는 것이다.

'어쩌면 이것이 인생을 바꿔줄지도 몰라.'

나는 쥐라의 발밑에 있는 거금이 든 가방을 힐끔 보면서 생각했다.

이것은 나쁜 돈이다.

그러므로 주인이 피해 신고를 할 리는 없다. 설령 우리가 이 돈을 들고 도망치더라도 경찰한테 쫓기지는 않을 것이다.

어찌 보면 이것은 행운의 사건이 아닐까. 물론 큰 결심을 해야 하지만.

"좋아. 결심했어."

나는 나 자신에게 들려주려는 것처럼 소리 내어 말했다.

"쥐라야. 네 말대로 할게."

틀림없이 쥐라와 만난 것은 다소 일그러진 형태의 기회였을 것이다. 이 기회를 놓친다면 나도 쥐라와 마찬가지로 쭉 구렁텅이로 굴러 떨어져버릴 것이다.

실제로 우주에는 갈 수 없어도──적어도 내 마음만은 안드로메다를 목표로 하고 싶었다. 그러려면 지상의 강한 인력을 뿌리칠 정도로 출력이 높은 로켓이 필요하다. 그리고 지금이 그 로켓에 탑승할 찬스였다.

"아, 그럼 이대로 돈을 가지고 도망치자는 거?"

"맞아."

"와, 신난다!"

조수석에 앉아 있는 쥐라가 어린아이처럼 소리를 질렀다.

"틀림없이 그러는 것이 즐거울 거야……. 우리 둘이 함께라면."

어쩌면 쥐라도 고양이처럼 과거의 일을 후회하거나 머나
먼 미래를 생각하면서 괴로워하는 사고회로가 없는 걸지도
모른다. 이런 점은 나도 본받아야 할 것이다.

"아무튼 어딘가에서 다른 가방을 사야겠다. 그리고 이 차
를 적당한 곳에 내버려두고 다른 곳으로 이동하자."

"왜 굳이 가방을 사야 해?"

"이 차를 버린다면 이 가방을 들고 돌아다녀야 하잖아?
그런데 이 가방은 우리가 들고 다니기에는 좀 지나치게 스
포티하거든. 쥐라, 네가 운동복이라도 입으면 잘 어울릴지도
모르지만, 그건 또 그것대로 눈에 띌 테니까……. 그래서 이
거 말고 커다란 여행 가방을 따로 사서, 그 안에 돈을 집어
넣자는 거야. 아, 그리고 쥐라 너도 다른 옷으로 갈아입는 게
좋겠다. 이왕이면 모자 같은 것으로 얼굴도 가리면 더없이
완벽할 거야."

"아, 알았어. 에르메스 씨는 역시 똑똑해!"

그렇게 칭찬받을 만한 것도 아닌데. 어쨌든 적어도 쥐라
의 겉모습은 꼭 바꿔야 한다. 일단 도망치기로 결심했으면,
절대로 안 잡히도록 해야 하니까.

그 후 우리는 대형 쇼핑몰을 발견해서 그곳의 주차장에다
차를 세웠다. 그대로 거기에 차를 내버려두고 갈 계획이었
는데——문제는 그 남자의 휴대폰이었다.

물론 나는 차 안에 놔두고 갈 생각이었다. 휴대폰은 전원을 꺼놔도 미약한 전파를 발신한다고 하니까. 그런 발신기 같은 것을 들고 다니면 어디로 도망쳐도 소용없을 것이다. 그것의 정확도가 과연 어느 정도인지는 몰라도, 내가 생각하는 것보다는 훨씬 더 성능이 좋을 것이다.

그런데 내가 그 남자의 휴대폰을 놓고 간다고 말하자, 쥐라가 입술을 삐죽거렸다.

"표정이 왜 그래? 이 휴대폰은 안 가져가는 게 좋다고 설명했잖아."

"하지만…… 이 안에는 우리 아버지 전화번호가 들어 있다고, 예전에 구레 아저씨가 말했는걸."

"아버지 전화번호?"

그렇구나. 딸을 '빚 담보'로 넘겨버린 쥐라의 못된 아버지의 전화번호가 이 휴대폰에 저장되어 있다는 것은 충분히 납득할 만한 이야기였다. 그렇게 형편없는 부모라도, 연락할 수단이 완전히 없어지는 것은 싫은가 보다.

"하지만 이건 어차피 잠겨 있을 텐데? 내용물을 못 보면 소용이 없잖아."

"잠겼다는 것은…… 휴대폰 쓰기 전에 번호를 누르는 그거 말예요?"

"응. 정확한 비밀번호를 입력하지 않으면 휴대폰을 쓸 수 없어. 게다가 연속으로 여러 번 실패하면 그 안의 데이터가 모조리 삭제되는 거 아냐?"

그러고 보니 원격 제어로 데이터를 삭제하는 방법도 있을 텐데, 그것은 클라우드 서비스와 휴대폰이 올바르게 설정되어 있을 때에만 가능하다고 한다. 그 남자가 착실하게 그런 것을 해놨을 정도로 꼼꼼한 성격인지——그것은 나로선 판단하기 어려웠다.

"그 번호. 내가 알아요."

그때 쥐라가 여섯 자리 숫자를 술술 읊었다.

"네가 그걸 어떻게 알아?"

"왜냐하면 구레 아저씨가 내 앞에서 몇 번이나 그걸 입력했으니까. 기억할 수밖에 없죠."

틀림없이 그 남자는 '쥐라가 이걸 기억할 리 없다' 하고 깔보면서 그동안 전혀 경계하지도 않고 쥐라 앞에서 휴대폰 잠금을 해제했을 것이다.

휴대폰 전원을 켜고 실험해보면 그 기억이 정확한지 어떤지 금방 확인해볼 수 있을 테지만——아무리 그래도 여기서 시도하는 것은 위험했다. 만약에 지금 그 남자가 다른 디바이스로 수색 모드를 사용하고 있다면 이 장소를 알게 될 테니까.

"알았어. 그럼 일단 가지고 가자."

그러면서 나는 그 남자의 휴대폰을 내 소형 숄더백에 집어넣었다.

하지만 아무래도 불안하긴 했다. 그래서 쇼핑몰에 도착하자마자 마트로 뛰어 들어가서 요리용 알루미늄 포일을 사서, 화장실에 들어가 그 남자의 휴대폰을 포일로 여러 번 둘둘 말았다. 이 정도면 미약한 전파인지 뭔지도 완전히 차단할 수 있을 것이다.

'이렇게 된 이상 무조건 끝까지 도망쳐야 해.'

덤으로 화장실 칸 안에서 볼일을 보면서 나는 그런 생각을 했다.

* * *

나는 쥐라와 함께 전철을 타고 요코하마 방면으로 이동하기로 했다. 조금이라도 더 먼 곳으로……라고 생각했을 때, 일단 정반대 방향으로 가야겠다는 계획밖에 못 세우다니. 내가 생각해봐도 나는 참 단순한 것 같았다.

그 전에 겉모습부터 바꿔야 한다. 다행히 이 쇼핑몰은 영화관이나 헬스장까지 갖춰져 있는 대형 쇼핑몰이라 다양한 물건을 조달할 수 있었다.

나는 맨 먼저 바퀴가 달린 여행 가방부터 구입했다. 그리고 그 안에 돈이 든 스포츠 가방을 그대로 쏙 집어넣었다. 사실 그 돈이 도대체 얼마인지 빨리 확인해보고 싶었지만, 아무리 그래도 쇼핑몰 화장실에서 그런 짓을 할 수는 없으므로 일단 뒤로 미뤘다.

그 후 쥐라의 새 옷을 구입했고, 덤으로 대문짝만하게 해바라기 그림이 그려진 싸구려 천 재질의 토트백도 구입해서 그 안에다 기존의 옷을 집어넣으라고 했다. 좀 전까지 쥐라는 프릴이 많이 달린 니트 상의와 연갈색 반바지를 입고 있었는데, 지금은 흔한 스키니진과 심플한 티셔츠를 입고 있었다. 게다가 커다란 챙이 달린 야구 모자도 씌워줬고, 또 500엔 균일 숍에서 파는 큼직한 선글라스도 착용하게 했다. 그래서 좀 전과는 인상이 사뭇 달라졌다.

"에르메스 씨…… 저, 실은 사고 싶은 것이 두 개 더 있는데."

나는 변장을 마치고 한시라도 빨리 쇼핑몰을 떠나려고 했는데, 그때 쥐라가 조심스런 목소리로 말했다.

"응, 뭐가 필요해?"

"스케치북이랑 색연필…… 아, 크레용도 괜찮아요."

솔직히 말해서 지금은 그럴 때가 아닌데——이런 상황에서도 그 두 가지를 가지고 싶어 하는 쥐라가 왠지 귀여워 보였다.

"그렇구나. 하긴, 쥐라한테는 그게 꼭 있어야지."

어느새 나는 쥐라를 편하게 부르는 데 익숙해져버렸다. 마치 여동생이 생긴 듯한 기분이었다.

당장 문구점 같은 가게에 들어가 스케치북과 색연필을 사 줬다. 그러자 쥐라는 폴짝폴짝 뛰면서 기뻐했다.

"가방을 좀 더 큰 것으로 사줄걸 그랬다."

좀 전에 입고 있었던 옷뿐만 아니라 스케치북까지 집어넣었더니, 납작한 토트백이 꽉 차서 불룩해졌다.

"괜찮아요……. 옷을 꽉꽉 눌러 집어넣으면 되니까."

쥐라는 통로 가장자리로 가더니 소소한 소지품들과 격투를 벌이기 시작했다. 스케치북과 가방의 가로 길이가 비슷했기 때문에 여유 공간이 거의 없었다.

"도저히 안 들어갈 것 같으면 스케치북은 손에 들고 다니면 되잖아?"

그렇게 말하면서 나는 별생각 없이 주위를 둘러봤다. 그런데 그때 믿을 수 없는 광경이 돌연 내 눈에 띄었다.

지금 우리가 있는 곳은 쇼핑몰 3층이지만, 건물이 위아래로 뻥 뚫려 있어서 1층까지 내려다볼 수 있는 장소였는데——여기 있을 리 없는 인간이 1층 통로를 빠르게 걷고 있었다.

'어떻게…… 여기를 알아냈지?'

그것은 아무리 봐도 그 구레 아저씨라는 남자였다. 엄청나게 굵은 그의 실버 체인 목걸이는 멀리 떨어진 곳에서도 눈에 띄었다. 그 옆에는 길쭉한 청년도 같이 있었는데, 대놓고 누군가를 찾는 것처럼 자꾸만 머리를 이리저리 움직이고 있었다. 청년은 손에 휴대폰을 쥐고 있었다. 걸으면서 몇 번이나 그 화면을 확인했다.

그것을 눈치챈 순간, 커다란 손이 내 심장과 위를 동시에 콱 움켜쥐는 듯한 느낌이 들었다. 그래도 간신히 비명은 지르지 않았으니 그 점은 스스로를 칭찬해주고 싶었다.

"쥐라, 가자."

나는 일부러 상황을 설명하지 않고 쥐라의 손을 잡아끌었다.

"조금만 더 하면 들어갈 것 같은데."

"됐으니까 빨리 여기서 나가자. 하지만 뛰면 안 돼."

그렇게 말하면서 나는 내 심장이 무섭도록 빠르게, 평소보다 더 세차게 두근거리는 것을 느꼈다. 고층 빌딩의 옥상 난간 바깥쪽의 아슬아슬한 가장자리에서, 아무것도 안 붙잡고 걷고 있는 것이나 마찬가지인 심정이었다.

'설마 저 인간이 벌써 쫓아올 줄이야.'

시간을 제대로 확인하지는 않았지만, 내가 자동차와 쥐라를 한꺼번에 탈취한 지 한 시간 반 정도밖에 안 지났을 거라고 생각한다. 그런데 저들이 이렇게 빨리, 그것도 정확히 노린 것처럼 이곳에 나타나다니.

"저기, 쥐라……. 평소에 네가 일하던 가게는 어디에 있니?"

나는 눈으로 여자 화장실 간판을 찾으면서 그렇게 물어봤다.

"손님이 전화를 걸어 우리를 불러내면 출장 나가는 식이라서. 따로 가게는 없어요."

"그럼 여자들의 대기소, 어, 대기실 같은 것은?"

"그건 ××에 있는 플로렌스 맨션 709호실이에요."

××는 내가 살고 있는 동네에서 자동차로 15분쯤 가면 있는 곳인데, 주위에 역은 없어서 '육지의 고도(孤島)'라고 불리는 지역이었다.

"구레 아저씨는 항상 거기에 있니?"

"보통 거기에 있는 사람은 시마다 아저씨라는 남자였어요. 어디 유명한 회사의 과장님이었다는데 정리해고를 당했대요. 그런데 전화를 하면 정중하게 잘 이야기하니까 가게 담당자가 된 것 같아요."

미안하지만 내가 궁금한 것은 그 시마다 아저씨라는 인간의 인생극장이 아니었다.

"구레 아저씨의 사무소 같은 곳은 없니?"

"아, 구레 아저씨는 그 플로렌스 맨션의 10층에 살아요. 다른 집도 있다고 들었는데, 그게 어디인지는 몰라요."

그렇다면 그 남자의 사무소에서 문제의 편의점까지는 자동차로 약 20분쯤 걸리는 거리였을 것이다. 틀림없이 나에게 차를 빼앗긴 구레 아저씨는 사무소에 연락해서 남한테 다른 차로 데리러 와달라고 했을 텐데——시간상으로 볼 때 아무래도 그 후 곧장 이 쇼핑몰로 달려온 것 같았다.

'역시 휴대폰에서 전파가 새어나가고 있는 건가?'

나는 그런 생각을 해봤다. 하지만 이 쇼핑몰에 도착하자마자 전원을 꺼버린 그 남자의 휴대폰을 알루미늄 포일로 철저하게 꽁꽁 싸놓았다. 그러니까 아무리 약한 전파라도 새어나올 리 없었다.

알루미늄 포일같이 얇은 물건이 과연 그렇게까지 효과가 좋을까……? 하는 의문도 들었지만, 언젠가 TV에서 그런 실험을 본 적이 있었다. 휴대폰을 알루미늄 포일로 감쌌더니, 바로 코앞에 있는 휴대폰이 통화 가능 지역에서 벗어나버리는 실험. 아무리 얇아도 그것은 금속이기 때문에 전파를 튕겨내는 것이다.

그런데 아까 그 호리호리한 청년은 자꾸만 휴대폰을 들여다봤었다. 아마 휴대폰 화면에 대략적인 우리의 현재 위치가 표시되고 있었을 것이다.

즉——그 남자의 휴대폰 이외에도 전파를 발신하는 물건이 우리 수중에 있다는 뜻이다.

'돈 가방에다 무슨 장치라도 해놓은 건가?'

나는 쥐라를 데리고 다시 여자 화장실로 갔다. 그리고 둘이서 하나의 칸에 들어갔다. 비좁았지만 어쩔 수 없었다.

나는 가방을 꺼내서 변기 뚜껑 위에 올려놓고 재빨리 그 안을 조사해봤다. 진짜 기절할 정도로 많은 1만 엔짜리 지폐들이 들어 있었지만 지금은 그쪽에 정신 팔릴 상황이 아니었다. 손을 쑥 집어넣고 바닥을 만져보거나 가방 안쪽 주머니에 손가락도 찔러 넣어봤다. 그러나 이거다! 싶은 것은 하나도 없었다.

"에르메스 씨, 갑자기 왜 그래요?"

쥐라가 낮은 소리로 소곤소곤 물어봤다. 그러나 지금은 그 남자가 근처까지 와 있다는 사실은 말하지 않는 편이 나을 것 같았다.

'아무것도 없어……. 역시 휴대폰이 문제인가?'

이 기회에 그 남자의 휴대폰은 처분하는 것이 나을지도 모른다——하지만 쥐라를 어떻게 설득하면 좋을까.

"있잖아, 쥐라……."

그렇게 입을 열었을 때. 왠지 난처해 보이는 쥐라의 얼굴을 보자, 퍼뜩 머릿속에 뭔가가 떠올랐다.

그게 언제였을까. 우리가 공원에서 이야기를 나누고 있을 때 그 남자가 쥐라에게 전화를 건 적이 있었다. 협박하는 듯한 그 남자의 목소리가 워낙 커서, 조금 멀리 떨어져 있는 나한테도 다 들렸는데——그때 아마도 그 남자는 "네가 또 도망쳐 봤자 금방 알 수 있어"라고 말했을 것이다.

그래, 맞다. 쥐라는 이미 한 번 그 남자한테서 도망친 적이 있었다. 어쩌면 그때 이후로 그 남자가 일종의 '보이지 않는 개 목걸이'를 쥐라에게 채워놓은 것이 아닐까.

"쥐라. 혹시 그 남자가 너한테 꼭 들고 다니라고 시킨 물건은 없니?"

"들고 다니라고 시킨…… 물건?"

쥐라는 어리둥절한 얼굴로 고개를 갸웃거렸다.

"글쎄요? 그런 것은 없는데."

"아냐, 그럴 리 없어……. 저기, 그럼 뭔가 받은 물건은 없어?"

"아, 맞다. 그러고 보니."

쥐라는 문득 뭔가 떠오른 것처럼 웃으면서 바지 주머니에서 조그만 분홍색 키홀더 같은 물건을 꺼냈다. 거기에 작은 고리가 달린 줄이 연결되어 있는 것을 보면, 아마도 호신용 경보기인 듯했다.

"이 줄을 당기면 무지무지 큰 소리가 나거든요. 밖에서 돌아다니다 보면 위험해질 수도 있으니까, 이걸 들고 다니라고 했어요."

아, 그렇구나. 이건 내 질문 방식이 잘못된 것이었다. '꼭 들고 다니라고 시켰다'는 표현에는 강제적인 이미지가 따라붙으니까. 하지만 쥐라는 그 남자가 자기를 걱정해서 이 호신용 경보기를 줬다고 믿었으므로, 금방 그것을 떠올리지 못했던 것이다.

"이거다……!"

나는 얼른 내 휴대폰 전원을 켜고 인터넷으로 'GPS 발신기' 이미지를 검색해봤다. 그러자 정확히 쥐라가 손에 들고 있는 물건과 똑같은 물건이 나왔다. 대형 온라인 쇼핑몰에서 당당하게 판매되고 있는 상품이었다.

"쥐라, 이것은 발신기야. 휴대폰으로 있는 위치를 확인할 수 있게 되어 있어."

나는 그렇게 말하면서 홈페이지의 사진을 보여줬다.

"실은 아까 1층에 그 구레 아저씨라는 남자가 있었어. 그놈이 이것으로 우리가 있는 곳을 알아낸 거야……. 아 참, 키 크고 비리비리한 남자도 같이 있었어."

"그건 틀림없이 페 아저씨일 거예요."

그 남자가 근처까지 왔다는 사실을 알게 된 쥐라의 얼굴은 창백해졌다.

"아무튼 그것을 당장 버리고 도망치자."

나는 쥐라의 손에 들린 호신용 경보기를 빼앗아 휴지통에 확 처박았다. 사실 화장실 휴지통에 이런 것을 넣으면 안 되지만. 이번 한 번만 봐주세요.

"그래도 걱정하진 마. GPS는 장소는 알아낼 수 있어도 높이는 모르거든. 그 녀석들은 지금 1층을 수색하고 있으니까 3층까지 올라오려면 시간이 걸릴 거야……. 지금이라면 도망칠 수 있어. 허둥거리지만 않으면 돼."

나는 쥐라를 진정시키기 위해서 그런 말을 했지만 반쯤은 자기 자신을 위한 것이기도 했다. 실제로는 나야말로 전력질주로 도망치고 싶은 심정이었지만, 여기서 갑자기 뛰기 시작하면 저절로 눈에 띌 테니까. 십중팔구 그 녀석들에게 들킬 것이다.

여기서는 무조건 침착해야 한다.

그놈들은 이번 사건에 내가 얽혀 있다는 사실을 모른다. 또 쥐라는 아까와는 전혀 다른 옷을 입고 있었다. 그러니까 평범하게 쇼핑하러 온 손님인 척하면 반드시 탈출할 수 있을 것이다.

"여기저기 두리번거리지 말고 걸어. 당당하게 가슴을 펴고…… 우리는 평범하게 쇼핑하러 온 거다, 하고 생각해."

이유도 없이 악수를 하고 나서 여자 화장실을 빠져나오자마자, 나는 쥐라의 손을 잡아당기면서 아까 그 남자들을 봤던 곳에서 가능한 한 멀어지기 위해 노력했다. 이윽고 엘리베이터를 발견했다. 그것을 이용해 1층까지 내려갔다.

1층을 걷고 있는 동안에는 정말로 죽을 것 같은 기분이었다. 당장이라도 심장이 터질까봐 걱정될 정도였지만, 이윽고 사람이 적은 출입구를 발견해 밖으로 나가는 데 성공했다.

"와! 에르메스 씨, 우리 밖으로 나왔어요!"

"쉿!"

쥐라가 큰 소리를 내자, 나는 그녀를 말렸다. 이 타이밍에 굳이 휴대폰에 저장되어 있는 이름으로 나를 부를 필요는 없지 않나? 하고 생각하면서.

"아직은 안심하면 안 돼."

주위를 둘러봤더니 마침 길 건너에 버스 정류장이 있었고, 거기에 버스 한 대가 서 있었다. 행선지는 '×× 차고지'라고 표시되어 있었는데 그게 도대체 어디인지 알 수 없었다.

"저걸 타고 가자."

"정말? 괜찮을까요?"

"일단 지금은 여기서 벗어나는 게 중요하니까…… 중간에 내려서 택시 타고 근처의 역까지 가면 되잖아?"

저 멀리 택시 승강장도 보였지만, 저기까지 걸어가는 것이 오히려 무서웠다.

"어쨌든 괜찮을 거야……. 그 녀석들은 기계를 추적하고 있을 테니까. 한동안 밖으로 나오진 않을 거야."

호신용 경보기 형태의 발신기가 얼마나 성능이 좋은지 몰라도, 그 위치 정보가 휴대폰에 표시되는 한 그놈들은 그것을 계속 찾아다닐 것이다. 어찌 보면 전화위복이라고 할 만한 상황인데——이 기회에 최대한 멀리 이동해야 한다.

나와 쥐라는 버스를 타고 2인석에 나란히 앉았다. 그때 쥐라의 다리가 바들바들 떨리고 있다는 사실을 깨달았다. 내가 그 다리 위에 손을 올려놓자, 떨림이 뚝 그쳤다.

"그러고 보니. 아직 꽉 안기지 못했네요."

이 상황에서 문득 생각난 걸까. 쥐라는 내 귓가에 입을 가까이 대고 그렇게 말했다.

* * *

"와, 굉장하다……."

그날 밤, 나와 쥐라는 침대 위에 쌓아올린 1만 엔짜리 돈다발들을 넋 놓고 바라보고 있었다.

"에르메스 씨, 이게 다 얼마예요?"

"3800만 엔이야."

한 장씩 세어보진 않았어도, 보통은 100만 엔을 한 다발로 묶어놓을 테니까. 그게 총 서른여덟 개였으므로 단순히 계산하면 3800만 엔이다.

"이 정도 돈이 있으면 평생 편하게 살 수 있겠네요."

"아니, 그건 어렵지 않을까?"

3800만 엔──그것은 나와 쥐라가 평생 놀고먹으면서 살아도 되는 금액은 아니었다. 어떻게 쓰느냐에 따라서는 몇년 만에 사라져버릴 수도 있는 금액이었다.

하지만 지금 여기서 이런 거금을 손에 넣은 것은 중대한 의미가 있었다.

쥐라는 물론이고 나도 아직은 젊었다. 이 돈을 이용해 뭔가 새로운 일을 시작하면 우리의 미래가 얼마나 밝아질까. 나도 늦었지만 지금부터라도 패션 전문학교에 들어가서 기술을 익힐 수 있을지도 모른다. 이 정도 돈이 있으면 학비는 얼마든지 낼 수 있고, 학교에 다니는 동안에도 먹고 사는 데에는 지장이 없을 것이다.

물론 쥐라도 이 돈으로 어떤 기술을 익힌다면 충분히 자립할 수 있게 될 것이다. 그러면 쥐라의 인생은 지금보다 훨씬 더 희망이 넘치는 삶으로 바뀔 것이다.

"자, 이제 집어넣을까?"

돈다발을 보는 사이에 왠지 가슴이 뭉클해진 나는 그렇게 말했다.

173

"네…… 슬슬 배도 고프니까."

우리 둘은 3800만 엔을 아까 오다가 산 쇼핑백에 집어넣었다. 그러는 편이 여행 가방에 더 깔끔하게 집어넣을 수 있으니까. 그리고 그 남자가 사용했던 스포츠 가방을 어서 처분해버리고 싶었다. 내용물을 싹 비우고 살펴봐도 그 가방 자체에는 발신기 같은 것은 설치되어 있지 않았지만, 그래도 역시 방심할 수 없는 불길한 느낌이 들었다.

현재 나와 쥐라가 있는 곳은 가나가와현의 H라는 동네에 있는 비즈니스호텔의 한 객실이었다.

우리가 사이타마현의 쇼핑몰을 탈출해서 올라탄 버스는 적당히 달리다가 어느 사유 철도역 앞에 멈춰 섰다. 우리는 거기서 하차하여 그대로 전철로 갈아타고 요코하마까지 왔다.

일단 어딘가에 자리 잡고 한숨 돌려야겠다고 생각해서 요코하마 역 부근에서 호텔을 찾아봤다. 그러나 모든 호텔이 만원이라서 결국 관광 안내소인지 뭔지 하는 곳의 도움으로 이 호텔을 소개받게 되었다. 요코하마 역에서는 꽤 멀리 떨어진 곳이었지만, 우리는 그저 몸만 숨기면 되므로 아무 불만도 없었다.

"에르메스 씨, 우리 이렇게 부자가 되었잖아. 뭐 맛있는 거 먹어요, 응?"

174

"그러게……. 좋아."

그렇게 말하면서 나는 맨 위에 있는 돈다발에서 지폐를 한 움큼 뽑아 대충 지갑에 쑤셔 넣었다. 이렇게 내 지갑이 두툼해진 것은 처음 봤다.

여행 가방을 안전하게 문 달린 수납장 안에 넣어놓고, 나와 쥐라는 밖으로 나왔다.

호텔 근처에는 레스토랑과 식당이 여러 개 있었는데, 우리는 한참 망설이다가 결국 어디에도 들어가지 못했다. 낮에 예상치 못하게 그 남자에게 추적당했던 순간의 공포가 아직도 생생하게 마음속에 남아 있었으므로, 어느 가게에 들어가도 안심하지 못할 것 같았기 때문이다.

약 20분 가까이 돌아다닌 끝에 우리는 편의점에서 대량의 식량을 구입해 호텔 방에 돌아가서 먹기로 했다. 물론 덤으로 돈이 들어 있던 스포츠 가방을 작게 접어 편의점 쓰레기통에 넣는 것도, 또 오늘 갈아입을 속옷을 사는 것도 잊지 않았다.

"저, 에르메스 씨. 그래서…… 앞으로는 어떻게 할 거예요?"

나는 캔 맥주를 들고, 쥐라는 약한 탄산 멜론소다를 든 채 둘이서 침대에 앉아 건배한 후. 간편식 코너에서 가져온 닭튀김을 열심히 먹으면서 쥐라가 질문을 던졌다.

"글쎄…… 우선 한동안은 도쿄에서 멀리 떨어져 있는 편이 좋을 거야. 도쿄는 생각보다 좁은 동네이거든."

"그럼 어디로 가요?"

"어디라고 딱히 정하진 않았는데, 큰 도시가 좋을 것 같아……. 센다이나 나고야, 오사카, 후쿠오카 같은 곳."

"이왕이면 오사카가 좋겠다. 재미있는 개그맨들이 많이 있으니까."

"저기, 쥐라……. 오사카라고 해서 꼭 개그맨들이 시내에 돌아다니고 있는 것은 아니야."

말은 그렇게 했지만, 의외로 그것도 나쁘지 않다는 생각이 들었다. 도쿄처럼 사람이 많으니까 숨어 있기에는 딱 좋은 장소였다.

"어디로 가든지 일단 내일은 네 휴대폰을 사야겠다. 아, 그래. 나도 새 휴대폰을 사는 게 나을지도 몰라."

틀림없이 그 남자가 가지고 있는 쥐라의 휴대폰에는 내 번호가 저장되어 있었다. 그 휴대폰은 해지하고 다른 이동통신사의 휴대폰을 사고, 아예 전화번호도 새로 만드는 편이 안심이 될 것이다.

'하지만 솔직히 말해서 그건 좀 귀찮은데.'

그렇게 하면 저장해둔 연락처와 애플리케이션을 일일이 옮기거나 새로 깔아야 한다. 상당히 수고로운 작업이다. 그렇게까지 할 필요는 없나——라고 생각하면서 나는 가방 속에서 휴대폰을 꺼냈다. 아까 낮에 쇼핑몰 화장실에서 사용한 뒤 전원을 다시 껐다가 그대로 깜빡하고 놔뒀었다.

'어, 이건……'

전원을 켰더니 즉시 몇 개의 부재중 전화 및 음성 녹음 기록이 화면에 표시되었다. 전화를 건 사람은——사토 쥐라.

설명할 필요도 없겠지만, 그 쥐라란 사람은 내 눈앞에서 맛있게 스파게티를 먹고 있었다. 지금 이 휴대폰을 가지고 있는 사람은, 그 남자였다.

조심스럽게 부재중 전화 목록을 열어봤더니 그 이름 뒤에 (4)라는 숫자가 붙어 있었다. 손끝으로 그 이름을 건드렸다. 시간 간격을 두고 네 통의 부재중 전화 음성이 녹음되어 있었다.

"에르메스 씨, 왜 그래요?"

내적 동요가 얼굴에 드러난 걸까. 쥐라가 불안한 듯이 나를 쳐다봤다.

"잠깐만, 가만히 있어봐."

나는 그렇게 말한 뒤, 오래된 순서대로 그 녹음된 음성을 재생해봤다.

『어——, 여보세요. 나는 사토 쥐라의 보호자인 고구레라는 사람인데. 이거 에르메스 씨의 휴대폰, 맞죠?』

예상대로 그 남자의 목소리가 흘러나왔다.

『혹시 자동차와 쥐라를 통째로 가져간 사람이 당신인가? 그렇다면 장난은 그만해. 그 차에는 중요한 물건을 실어놨단 말이야. 아무튼 당장 이쪽으로 돌아와. 알았지?』

내가 누구인지 알지도 못하면서 참 무례한 말투로 말하는구나. 아마도 쥐라와 내가 교환했던 문자를 보고, 내가 여자일 거라고 판단한 것이리라.

다음 음성을 재생했다. 아까 그 전화 이후로 20분쯤 지났을 때 녹음된 것이었다.

『이봐, 왜 안 돌아와? 나 지금 장난하는 거 아니거든? 아무튼 당장 연락해. 연락 안 하면, 내 자동차를 훔친 사람은 네가 되는 거야. 알았어?』

그게 왜 그렇게 되는 걸까. 도무지 이해가 안 갔지만——어쨌든 그가 몹시 열 받았다는 사실은 확실히 알 수 있었다.

'나 참…… 정말 거슬리는 목소리야.'

내가 편의점에서 자동차를 타고 도망쳤을 때 그놈은 멀리서나마 내 모습을 봤다. 나는 스스로도 중성적인 외모라고 생각하지만, 여자들을 많이 다뤄본 그 남자는 어쩌면 어깨선의 굵기나 목선 같은 것을 보고 즉시 여자란 사실을 눈치챘을지도 모른다.

하지만 고작 전화를 가지고 뭘 할 수 있단 말인가.

아무리 협박조로 말해봤자 실제로 휴대폰에서 손이 튀어나올 리도 없고, 내가 있는 장소를 알아낼 리도 없다. 모조리 삭제해줄 테니까 마음껏 짖어봐——라고 생각하면서 나는 세 번째로 녹음된 내용을 들었다.

『야. 너. 왜 안 돌아와……? 설마 나를 우습게 보는 거냐?』

그다음에 이어진 대사가 나를 경악하게 만들었다.

『이미 다 알아……. 너. 이상한 별명을 쓰고 있지만 진짜 이름은 야자키 루리잖아? 네가 사는 곳은 ○○이고.』

하마터면 휴대폰을 떨어뜨릴 뻔했다. 어느새 내 이름도 주소도 다 들켜버린 것이다——도대체 어떻게?

『이대로 있으면 큰일 날 거라고 일단 충고는 해두마. 당장 이쪽으로 돌아와. 알았지?』

나는 떨리는 손가락으로 네 번째 녹음 음성의 재생 버튼을 눌렀다. 딱 한 시간 전, 이 호텔에 체크인을 했을 무렵에 걸려온 전화인 것 같았다.

『너 이 자식…… 설마 돈 가지고 튀려는 거냐? 그 돈 주인이 누구인지도 모르고……. 야, 너 그런 짓 했다가는 진짜 죽는다?』

그 말투는 첫 번째 전화의 음성과 비슷하게 침착했지만, 내용은 가장 과격했다.

『오늘 밤 12시까지 돌아온다면 적어도 너와 쥐라의 목숨

은 살려주마. 이상한 생각 하지 마. 그 돈은 진짜로 위험한
거니까……. 너도 아직은 죽기 싫을 거 아냐? 그럼 일단 돌
아와. 알았지? 야자키 루리.』

　녹음된 내용을 다 듣고 나서, 나도 모르게 휴대폰을 침대
위로 던져버렸다.

　"쥐라……. 어떻게 그 남자가 내 이름과 집 주소를 다 알
고 있는 거야? 혹시 네가 가르쳐줬니?"

　"네? 아뇨, 그럴 리가요."

　내 말에 쥐라는 눈을 휘둥그렇게 떴다.

　"난 그런 거 절대로 안 가르쳐줬어요. 애초에 에르메스 씨
의 집 주소는 나도 모르는데."

　듣고 보니 확실히 그 말이 맞았다. 쥐라는 내 이름은 알아
도 집 주소까지는 모른다.

　'그렇다면 대체 어떻게…….'

　나는 열심히 생각해봤다.

　어쩌면 내가 몰랐을 뿐이지, 그 남자는 음지에서는 알아
주는 실력자일지도 모른다. 정말로 경찰이나 관공서에도 영
향력을 행사할 수 있어서, 그것으로 내 신원을 알아낸 게 아
닐까.

　'아냐, 아마 병원에서 알아냈을 거야.'

　쥐라가 구급차에 실려 병원으로 옮겨졌을 때, 나는 간호

180

사가 건네준 종이에 내 주소와 이름을 적었었다. 그 후 내가 떠나고 나서 그 남자가 병원에 왔을 것이다. 그때 그 종이를 봤거나 간호사에게 직접 물어봤거나——둘 중 하나일 거라는 확신이 들었다.

'너무하네. 나한테는 그 남자의 연락처를 안 가르쳐줬으면서.'

쥐라와의 연락이 두절됐을 때 나는 지푸라기라도 잡는 심정으로 그 병원의 접수원에게 그 남자의 전화번호를 가르쳐달라고 부탁했었다. 그러나 접수원은 규정상 안 된다면서 고집스럽게 가르쳐주지 않았다. 그런 주제에 내 이름과 주소는 참 쉽게도 가르쳐줬구나.

하지만 그것도 전혀 이해가 안 가는 것은 아니었다. 그냥 스쳐 지나가는 인간인 나와, 쥐라의 치료비를 지불하는 그 남자는 입장이 다르니까. "신세진 분에게 감사 인사를 하고 싶어서"라는 식으로 대충 둘러댄다면 접수원도 별생각 없이 가르쳐줄 것이다.

어쨌든 내 이름과 주소는 쉽게 들통나고 말았다. 지금까지는 상대가 내 정체를 모른다는 것이 가장 큰 무기라고 생각했는데——그 유리한 점도 이제는 사라져버렸다.

'어쩌면…… 도망치는 것은 불가능할지도 몰라.'

역시 평범한 콜센터의 파견 사원이, 어둠의 세계에서 살아가는 인간을 이긴다는 것은 말도 안 되는 이야기였다. 지혜로 보나 경험으로 보나 모든 면에서 저쪽이 한 수 위일 테니까.

휴대폰 화면을 터치하여 시간을 확인해봤다. 벌써 11시가 다 되어가고 있었다.

12시까지 전화를 걸면 목숨만은 살려준다고 했다. 순순히 전화해서 3800만 엔을 고스란히 돌려주면, 적어도 최악의 사태는 면할 수 있을 것이다.

"저기, 쥐라……. 지금 상황이 좀 위험해졌어."

나는 부재중 전화로 녹음되어 있던 음성 내용을 전부 다 쥐라에게 이야기해줬다.

"저…… 이름과 주소가 알려진 것이, 그렇게 위험한 일인가요?"

"응, 뭐, 그렇지."

그 두 가지가 알려졌다는 것은, 더 이상 사람들 속에 숨어서 도망치는 것은 불가능하다는 뜻이었다. 상대가 이름과 주소를 바탕으로 조사해보면 그 외에도 다양한 정보들을 줄줄이 캐낼 수 있을 것이다.

"난 벌써 옛날에 다 알려졌는데요."

"쥐라, 너는 괜찮아. 처음부터 그 남자 밑에 있었잖아."

"하지만 지금은 나도, 당신도 구레 아저씨한테서 잘 도망치고 있잖아요?"

태연한 말투로 쥐라가 말했다.

"이대로 저 멀리 있는 대도시까지 가버리면, 구레 아저씨도 절대로 못 쫓아오지 않을까요? 설령 이름이 알려졌어도 이제는 발신기도 없고, 에르메스 씨가 휴대폰만 바꾸면 두번 다시 구레 아저씨한테서 전화도 안 올 테고. 안 그래요?"

하긴, 그건 그래——그렇게 생각하니까 내 마음도 좀 차분해졌다.

"에르메스 씨. 당신은 구레 아저씨의 무서운 목소리를 들어서 살짝 겁이 난 것뿐이에요. 나도 구레 아저씨한테 혼나면 너무 무서워서 심장이 쪼그라드는 기분인데."

그런 말을 하면서 쥐라는 갑자기 내 등에 달라붙었다. 그커다란 가슴이 내 콩팥 근처를 눌렀다.

"에르메스 씨. 꽉 안아줄 테니까. 기운 내요."

그러면서 쥐라가 내 등을 끌어안았다.

아아, 등이 이렇게 따뜻해지는 것은 오랜만이구나——나는 내 어깨를 감싸고 있는 쥐라의 손을 잡았다. 반들반들 매끈한 피부였다.

"쥐라야. 너 피부가 참 좋다."

"아, 그건 크림을 듬뿍 발라서 그런 거예요. 어, 그러니까. 손님한테 불려 가면 그때마다 씻게 되잖아요? 심할 때에는 하루에 대여섯 번이나 씻어야 할 수도 있어요. 그러면 피부의 기름기가 사라져버리니까, 크림을 듬뿍 발라야 한다고. 전에 같이 일했던 미오 언니가 가르쳐줬어요."

"그래……. 그렇게 자주 씻어야 했구나."

내 머릿속에는 본 적도 없는 쥐라의 작업 풍경이 떠올랐다. 그런 짓을 하루에 대여섯 번이나…….

'뭐야. 나는 왜 이제 와서 나약하게 구는 거지?'

그 순간, 편의점에서 그 남자의 자동차에 올라탔을 때의 흥분이 내 가슴속에 되살아나는 것을 느꼈다.

애초에 나는 쥐라를 구출하고 싶어 했잖아. 그래서 나답지 않게 무모한 도박을 시도했던 거잖아.

정말이지, 이제 와서 왜 이러는 거야.

"미안해. 쥐라. 네 말이 맞아. 내가 좀 겁을 먹었나 봐…… 한심하게도."

"아하하, 에르메스 씨. 겁쟁이네."

"뭐라고?"

내가 쥐라를 향해 몸을 돌리자, 쥐라는 재빨리 나를 끌어안고 있던 팔을 풀었다. 나는 침대에 걸터앉았다. 침대 위에 앉아 있는 쥐라와 마주 보는 자세가 되었다.

"에르메스 씨."

그대로 쥐라는 나에게 기대어 왔다.

"약속했으니까. 꼭 안아줘요."

"응, 약속했었지."

나는 가녀린 쥐라의 상반신을 팔로 감싸면서 강하게 끌어 안았다. 그때 쥐라의 입에서 묘한 한숨이 흘러나왔다.

"행복해……. 에르메스 씨가, 나를 꼭 안아주다니."

이어서 쥐라는 길게 숨을 내쉬었는데——그 숨결에 묘하게 야릇한 느낌이 배어 있다는 것을 나는 깨달았다.

'어……? 설마, 이건.'

왠지 가슴이 두근거렸다. 실은 나도 여자들끼리 그런 것을 경험해본 적은 없지만.

'어쩌면 좋지?'

머릿속에서 기묘한 불꽃이 튀기 시작했다. 그때 쥐라가 슬그머니 몸을 뗐다.

"자, 에르메스 씨. 당신도 어서 밥 먹어야죠."

너무나 빠른 변화였다. 시치미를 떼는 쥐라에게 한 방 먹은 기분이었다.

이 아이를 조금 이해할 수 없게 되어버렸다.

* * *

편의점에서 사 온 음식으로 배를 채운 뒤, 나는 쥐라에게 씻고 오라고 했다.

"아, 귀찮은데. 그냥 이대로 자면 안 돼요?"

침대 위에 앉은 채 쥐라가 은근히 어리광 부리는 말투로
대답했다.

"오늘은 많이 움직이느라 고생했으니까 그 마음도 이해는
하는데…… 그래도 여자는 그러면 안 돼. 간단히 샤워만 해
도 되니까 얼른 씻고 와."

"네에."

쥐라는 보란 듯이 뺨을 크게 부풀리면서 불만을 표시했지
만, 실은 그런 잔소리를 듣는 것도 싫지는 않은 것 같았다.
나도 여동생을 돌봐주는 기분이라 왠지 모르게 즐거워졌다.

"우와, 일반 호텔의 욕실은 참 작네요."

쥐라는 옷을 벗기 전에 화장실 겸 욕실 문을 열어보더니
놀라서 큰 소리로 말했다.

"이거 어디서 씻어요?"

"혹시 이런 욕실에는 처음 들어가 보는 거니?"

"네. 평소에는 훨씬 더 큰 욕실인데."

아, 그렇구나. 이른바 러브호텔에서 주로 일한다면, 이런
비즈니스호텔의 일체형 욕실 겸 화장실을 잘 모르는 것도
이해가 갔다. 나도 이 타입의 욕실에 처음 들어갔을 때에는
어디서 몸을 씻어야 할지 전혀 몰랐으니까.

"좋아, 가르쳐줄게. 이 커튼을 욕조 안에 집어넣은 다음에……."

내가 욕실 사용법을 설명하자, 쥐라는 꼬박꼬박 신기한 소리를 내면서 맞장구를 쳤다.

"외국인은 항상 그렇게 목욕을 한다는 거죠? 그럼 일본인처럼 어깨까지 몸을 물속에 푹 담그고 '아, 너무 좋다'라는 말은 안 한다는 거네요?"

"응, 아마도."

실제로는 어떤지 나도 잘 모른다. 금발 미녀가 거품투성이 욕조에 들어가 있는 이미지도 있으니까. 과연 현실은 어떨까.

"아무튼 밖으로 물이 넘치지 않도록 조심해."

화장실까지 물바다가 되어버리면 곤란하므로, 그 점은 확실히 주의를 주고 나서 방으로 돌아왔다.

문득 침대 헤드 쪽의 벽에 설치된 디지털시계를 봤다. 11시 57분. 그 남자가 준 마지막 기회의 유효 시간은 이제 3분 남았다.

틀림없이 지금 나는 인생의 갈림길에 서 있을 것이다……라고 생각했다. 앞으로 3분만 더 지나면, 자동적으로 위험한 다리를 건너는 쪽으로 결정될 것이다.

나는 수납장에 넣어둔 여행 가방을 끄집어냈다. 벽 근처에 놓여 있는 침대 위에 그 가방을 올려놓고 또다시 안을 살펴봤다. 당연히 3800만 엔의 돈다발(한 움큼 정도는 지갑 속으로 옮겼으므로 그보다는 액수가 좀 적어졌을 테지만)은 아까 집어넣었을 때와 똑같은 상태로 쇼핑백 속에 들어 있었다.

그중 절반을 다시 한번 침대 위에 꺼내놓았다. 그동안 살면서 본 적도 없는 액수의 돈이었다. 그것이 아무렇게나 널려 있는 것을 보기만 해도 손이 저절로 떨렸다.

그와 동시에 어린 시절부터 지금까지 이것이 없었기 때문에 해야 했던 고생, 참아야 했던 굴욕, 그리고 포기해야 했던 꿈 등등이 내 마음속에 떠올라 가슴이 답답해졌다.

그 순간순간에 이 돈의 일부만이라도 있었으면 틀림없이 내 인생은 달라졌을 것이다. 지나치게 비굴해지지도 않았을 테고, 싫어하는 사람 앞에서 고개를 숙일 필요도 없었을 것이다. 그동안 내가 빈둥거렸던 것은 일단 제쳐두고 감히 말하자면, 어쩌면 지금쯤 패션계에서 활동하고 있었을지도 모른다.

그 모든 과거를 없었던 것으로 하고 새 출발을 할 수 있을 만한 거금이 눈앞에 있었다. 그 앞에서 나는 흥분함과 동시에 이상하게도 우울함 같은 것도 느꼈다.

어쩐지 돈다발이 나를 깔보고 있는 듯한 느낌도 들었다──"네가 했던 고생이라는 것은, 이 돈의 수십 분의 1만 있었어도 충분히 피할 수 있었던 거야. 부자라면 처음부터 경험할 필요도 없었던 거지" 하고 비웃는 것 같았다.

'두고 봐, 꼭 성공할 거니까……. 반드시 그 남자한테서 완벽하게 도망칠 거야.'

돈다발을 젠가처럼 차곡차곡 쌓아 올리면서 내가 그런 생각을 했을 때——이유도 없이 갑자기 기묘한 대사가 생각났다.

"루리야. 남자는 화투 실력을 보고 골라야 해."

그게 언제였을까. 엄마의 남자 친구였던 유야 씨가 그런 말을 했었다.

"집안이 좋다든가 공부를 잘한다든가, 그런 것은 사회에 나가면 아무런 도움도 안 돼……. 그보다 더 중요한 것은 화투를 잘하느냐 못하느냐, 그거야."

기억의 실을 더듬어봤다. 아마도 그것은 연말이나 설날에 유야 씨가 우리 집에 놀러 왔을 때였을 것이다.

처음에는 비디오 게임을 하면서 놀았는데, 그것도 슬슬 질렸을 때 유야 씨가 화투를 치자는 말을 꺼냈다. 아마도 나랑 같이 하려고 일부러 가져온 듯했다.

그때까지 나는 화투를 쳐본 적이 없었다. 하지만 그가 나를 위해서 쭉 게임을 같이 해준 직후였으므로 나는 거절할 수 없었다. 또 화투의 그림도 예뻐서 상당히 멋져 보였다.

그때 유야 씨가 가르쳐준 것은 흔한 '꽃 맞추기(일본 화투 놀이의 일종. 민화투와 규칙은 비슷하지만 점수 구성이 다르다)' 게임이었다.

자기가 나눠받은 패를 이용해서, 바닥에 펼쳐진 패를 가져오는 제일 간단한 게임. 패에 따라서는 한 장이 20점이나 10점, 5점, 0점짜리 껍데기일 수도 있는데, 어떤 특정한 조합을 만들어내면 그에 따라 다른 점수를 받게 된다. 한번 규칙을 기억하면 누구나 쉽게 플레이할 수 있는 게임이므로 바보도 할 수 있다는 의미에서 '바보꽃'이라고 부르기도 한다……라고 유야 씨가 가르쳐줬는데, 그게 진짜인지 아닌지는 알 수 없었다.

하지만 그 별명에 걸맞게 나조차도 그 놀이를 금방 배워서 할 수 있게 되었다. 처음에는 그냥 패를 가져오기만 해도 기뻤는데, 그러다가 점점 멧돼지+사슴+나비 조합이라든가 홍단, 청단 같은 조합도 만들어낼 수 있게 되어서 나름대로 치열한 대결이 펼쳐졌다. 남자는 화투 실력을 보고 골라라……라는 대사가 튀어나온 것은 그 게임을 하는 도중이었다.

"뭐어? 왜? 화투를 잘 쳐봤자 아무 쓸모도 없는데. 도박하는 사람은 오히려 피해야 하는 거 아냐?"

그때 고등학교 2학년생이었던 나는 그 말에 대놓고 반발

했다. 당연히 결혼할 상대는 잘생긴 남자가 좋고, 똑똑한 남자가 좋으니까. 게다가 도박에 푹 빠진 남자라면 요주의 인물이라는 생각이 들었다.

"루리야. 그런 생각을 하는 것은 네가 아직 어리기 때문이야. 잘생긴 남자? 그런 것은 금방 질려버려."

"그런가?"

실제로 나는 어렸지만, 그래도 잘생긴 남자에게 질려본 적은 없었다.

"아무리 잘생긴 남자여도 구제불능일 정도로 미련하거나 운이 없는 녀석, 사소한 불행에도 쉽게 패배하는 녀석은 안 되는 거야. 너도 어른이 되면 알 텐데, 이 세상을 살아간다는 것은 반쯤 도박이나 마찬가지거든. 도박의 센스는 있는 편이 좋아."

"그건, 그럴지도 모르지만."

가능하다면 도박 같은 인생은 살지 말고, 좀 재미없더라도 견실하게 살아가는 것이 더 좋은데……라고 그때 내가 생각했던 것은 어린 시절부터 경제적으로 실컷 고생했기 때문일까.

"화투를 잘 친다는 것은 머리 회전이 빨라서, 운이 좀 나빠도 그 상황을 극복할 만한 능력이 있다는 뜻이기도 해. 이왕 한 팀이 될 거면 그런 남자를 선택하는 게 낫지."

"뭐? 그게 왜 그렇게 되는데?"

"지금 실제로 화투를 쳐보면서 넌 아무것도 못 느꼈니? 화투는 단순히 점수가 높은 패만 모은다고 이길 수 있는 게 아니잖아. 압승을 하려면 아무래도 특별한 조합을 완성해야 해…… 그러려면 일부러 점수가 높은 패를 바닥에 버려야 할 수도 있고, 운명은 하늘에 맡기고 과감하게 도박을 해야 할 수도 있어. 화투를 잘 치는 녀석은 그런 것에 익숙하다는 뜻이야."

유야 씨의 말처럼 단순히 점수가 높은 패만 모아봤자, 종합적으로는 간단한 특수 조합을 여러 개 만든 상대에게 패배하는 경우가 당연히 있었다.

"잘 들어, 루리야……. 운이라는 것은 말이지. 이기는 습관이 있는 녀석을 편들어주게 되어 있어. 맨 처음에는 다소 상황이 불리하더라도, 작은 승리를 계속 해나가다 보면 커다란 행운도 굴러 들어오게 된다고."

"흐음. 글쎄, 정말로 그럴까?"

그때 나는 적당히 애매하게 대꾸했는데, 그 한마디의 무게를 이제야 실감하게 되었다.

그래──나는 이 싸움에서 반드시 이길 것이다. 그 남자한테서 완벽하게 도망쳐서 이 거금을 모조리 차지할 것이다. 그 돈으로 쥐라와 함께 새 삶을 살아갈 것이다. 그러려면 내가 할 수 있는 일은 뭐든지 하면서 행운을 이쪽으로 불러들여야 한다.

'난 이길 거야…… 기필코.'

이윽고 디지털시계의 초록색 숫자가 소리 없이 0의 행렬로 바뀌었다.

화려하지는 않아도 이것이 내 싸움의 개막이다. 나는 그 남자에게서 무언의 선전포고를 받은 셈이었다. 틀림없이 내 휴대폰에는 그 남자의 전화가 여러 통 걸려왔을 것이다. 부재중 전화로는 이번에도 또 그 상스러운 협박이 녹음되어 있을 것이다.

그런데 참 미안하지만――아까부터 휴대폰은 꺼놨고, 또 만약의 사태에 대비해 알루미늄 포일로 둘둘 말아놓았다. 그래서 그 무엇도 나에게는 닿지 않았다.

* * *

다음 날 나와 쥐라는 요코하마의 번화가로 갔다. 그곳에 있는 대형 가전제품 판매점에서 새 휴대폰을 구입했다. 그동안 사용했던 것과는 다른 이동 통신사와 신규 계약을 맺음으로써.

그 후 커다란 건물 안에 있는 아담한 카페에 들어가 휴대폰의 세부 설정을 마쳤다.

"우와, 이게 뭐야? 버튼 없이 손가락으로 건드리기만 해도 되네?"

쥐라는 처음 가지게 된 스마트폰을 보고 흥분해서, 일부러 시켜놓은 팬케이크 세트조차 좀처럼 먹으려고 하지 않았다.

"저기, 앞으로의 계획을 이야기하고 싶으니까. 내 말 좀 들어봐."

내가 눈치를 보다가 말을 꺼내자, 쥐라는 손의 움직임을 딱 멈추고 휴대폰을 테이블 위에 올려놨다. 상대의 이런 고분고분한 태도를 보니까 저절로 지켜주고 싶은 마음이 강해졌다.

"어제도 이야기했듯이 일단 지금은 도쿄에서 멀리 떨어지는 것이 좋다고 생각해."

어젯밤에 나도 쥐라 다음으로 샤워를 하면서 생각을 해봤는데, 아마 그것이 최선일 것 같았다. 우리가 상대의 본거지 근처에 있을지도 모른다고 생각하면 도저히 우리 마음이 진정되지 않을 테니까.

그러고 보니 우리 집은 어제 내가 생활용품점에 가기 직전의 상태로 계속 방치하게 되겠구나. 하지만 그쪽은 월세만 잘 입금하면 별문제 없을 것이다. 전기세와 가스비도 계좌 자동이체로 되어 있으므로 문제의 소지는 없을 것이다.

다만 베란다에 놔둔 화분 몇 개가 망가지고 냉장고의 내용물이 상하는 것은 어쩔 수 없으리라. 오히려 에어컨을 그냥 켜두지 않고 잘 끄고 외출한 나 자신의 성실함과, 더운 날씨 때문에 식욕이 떨어져서 요 며칠 동안에는 밥통으로 밥을 짓지 않았다는 사실에 감사하고 싶을 정도였다. 에어컨을 쭉 켜놓고, 밥통에 남은 밥을 그대로 방치한다는 것은 생각만 해도 끔찍했다.

나중에 기회를 봐서 제대로 뒷정리를 해야 할 테지만──그래도 당장은 그 집에 접근하는 것 자체가 위험했다. 조만간 뭐든지 다 처리해주는 업자에게 부탁하는 수밖에 없을 것이다.

"그래서 나도 여러모로 궁리를 해봤는데…… 역시 오사카에 가는 게 좋지 않을까? 도쿄와 비슷한 수준으로 번화한 도시잖아. 사람도 많고."

물론 아는 사람도 없었지만, 지금은 그게 오히려 나았다.

"그다음 일은 한동안 오사카에 머무르면서 생각해보면 될 거야."

"와, 오사카! 연예인도 많이 있고, 타코야키도 맛있는 동네!"

쥐라는 카페 소파에 앉은 채 기뻐하는 것처럼 몸을 흔들었다.

"응, 그래서 언제 가요?"

"여기서 나가면 바로. 신요코하마역으로 가서 신칸센(고속
철)을 탈 거야."

"정말? 나 신칸센은 처음 타요."

요즘 시대에 보기 드문 타입이네. 하지만 이 간토 지방(일
본 남동부의 수도권) 밖으로 나가본 적이 없다면 그럴 수도 있
겠다 싶었다.

"그런데 그 전에 꼭 해치워야 할 일이 있어."

그러면서 나는 가방 속에서 알루미늄 포일로 감싼 휴대폰
을 꺼내어 테이블 위에 올려놨다.

"그건, 구레 아저씨의 휴대폰?"

"응⋯⋯. 지금부터 이 휴대폰의 전원을 켤 거야."

그 순간 휴대폰에서 전파가 발신되어 다른 디바이스로 탐
지하는 것이 가능해질 것이다. 혹시 그 남자가 컴퓨터 등을
이용해 계속 휴대폰을 찾고 있는 중이라면 즉시 이 장소를
알게 될 것이다. 최악의 경우에는 이 가게의 이름이나 사진
같은 것도 뜰지도 모른다. 오늘날의 인터넷 세계에서는 온
갖 정보들이 마구 연결되어 있으니까.

고로 한번 전원을 켜면, 가능한 한 빨리 이곳을 떠나야만
한다. 만약에 그 남자가 평소에 일하는 사무소에 있다면 여
기까지 오느라 시간이 좀 걸릴 테지만──우연히 이 근처에

있을 가능성이 0퍼센트라고 어느 누가 단언할 수 있겠는가. 이 싸움에서 이기려면 아무리 조심하고 또 조심해도 부족할 것이다.

내가 그 사실을 설명하자, 쥐라는 살짝 한숨을 쉬더니 면목 없다는 듯이 말했다.

"에르메스 씨. 미안…… 엄청나게 귀찮은 일에 말려들게 해서."

"말려든 게 아니야."

불쌍하게 축 처진 쥐라의 눈썹 끝을 보면서 나는 대답했다.

"이것은 내가 스스로 생각하고 결정한 일이야. 쥐라, 네가 그렇게 생각할 필요는 없어. 게다가 그 원인은 따지고 보면 이거거든?"

그렇게 이야기하면서 나는 발치에 놔둔 여행 가방을 툭툭 쳤다.

"어, 그래서…… 난 아무래도 이 휴대폰은 처분하고 싶어. 계속 가지고 다니면 어쩌다 우연히 우리가 있는 곳을 들킬 가능성도 있잖아?"

"하지만, 그 안에는 우리 아버지 전화번호가……."

"응, 그래서 지금 잠깐만 전원을 켤 테니까, 네가 아버지 전화번호를 찾아 메모하거나 네 휴대폰에 저장하거나 해.

그러면 이 휴대폰에는 더 이상 볼일이 없어지는 거잖아?"

그 작업은 반드시 신칸센에 타기 전에 해치워야만 한다.

"응······. 빨리 메모할게요."

"좋아, 그럼 전원 켠다."

나는 알루미늄 포일 포장을 벗기고 그 남자의 휴대폰을 꺼냈다. 그리고 전원 버튼을 길게 눌렀다. 본 적 있는 마크가 떠오르더니 당장 패스워드 입력 화면이 나왔다.

"쥐라. 패스워드는?"

쥐라는 태연하게 여섯 자리 숫자를 읊었다. 그대로 입력했더니 아무 문제도 없이 앱 아이콘들이 있는 화면이 나타났다. 쥐라의 기억은 정확했다.

나와 같은 기종이므로 무엇이 어떤 앱인지는 일목요연했는데, 아마도 전원을 꺼둔 상태에서도 수많은 전화와 문자와 LINE 연락이 들어온 것 같았다. 각각의 앱 아이콘 옆에 착신 수를 나타내는 숫자가 표시되어 있었는데, 전부 다 50이 넘었다.

'아마 다른 전화로 이 휴대폰에 연락을 시도한 거겠지.'

그런 것은 확인해볼 가치도 없었다. 곧바로 '연락처'를 열었다. 일단 밑으로 쭉 내려가 봤더니 400개가 넘는 전화번호가 저장되어 있는 듯했다.

"너희 아버님 성함은 뭐야?"

"사토 마사노리예요."

예상은 했었는데 역시나 흔한 이름이구나.

"마사노리 씨. 한자로는 어떻게 써?"

"어, 저기, 그건 모르는데."

내 질문에 쥐라는 다시 곤란한 표정을 지었다. 그러나 여기서 "너는 네 부모님 성함도 정확히 모르니?"라고 말할 수는 없었다.

나는 목록을 손가락으로 스크롤하면서 '사토'라는 성이 줄줄이 있는 부분을 살펴봤다. 그러나 '마사노리'라는 이름은 없었다.

'쳇, 난감하네……'

나는 속으로 혀를 찼다.

그 목록에서는 정상적으로 한자 이름이 등록되어 있는 사람은 3분의 1 정도밖에 안 되었다. 나머지는 다 '얏시'나 '굿짱' 같은 완벽한 애칭이거나, '레이코 몬테로자'처럼 이름과 상호명을 합체시킨 듯한 것, 또는 '고지마 선생님'처럼 경칭을 붙인 것이었다. 하기야 생각해보면 내 휴대폰에 저장된 연락처도 대충 이런 식이니까, 이 정도는 충분히 예상할 수 있는 일이었지만.

'이러면 대체 누가 쥐라의 아버지인지 알 수 없잖아?'

그런데 이 연락처만 보면 그 구레 아저씨라는 남자의 정체가 무엇인지 전혀 판단할 수 없었다. 이름이 순 외국어로 되어 있어서 무슨 일을 하는지 알 수 없는 회사나, 단어만 봐도 딱 유흥업소구나 하고 감이 오는 가게 이름이 있는가 하면, 그와 동시에 변호사 사무소나 지방 법원의 전화번호까지 저장되어 있었다. 틀림없이 그런 곳에 드나들 기회가 많은 것이리라.

"너희 아버지, 혹시 별명은 없니?"

"별명⋯⋯? 아, 그러고 보니 아버지를 '리더'라고 부르는 친구가 있었던 것 같은데."

리더라면 아마도 '지배인'이나 '현장 감독' 같은 게 아닐까. 나는 화면에 표시되어 있는 목록을 손가락으로 쭉 미끄러뜨리면서 찾아봤지만, 아쉽게도 그 시도는 실패했다.

'난처하네.'

쥐라의 아버지의 전화번호를 찾지 못하면 이 휴대폰을 처분하는 것도 불가능해진다.

'뭔가 다른 단서는 없을까?'

무심코 '갤러리'라고 표시된 앱을 터치해버린 것은 그런 간절함 때문이었을 것이다. 그러자 갑자기 그 안에 들어 있던 사진 섬네일들이 주르륵 펼쳐졌다. 나는 반사적으로 그것들을 훑어봤다.

자기 가게에서 일하고 있는 아가씨인지, 아니면 취미로

모은 사진인지 비정상적으로 여자 사진이 많았다. 거의 속옷만 입고 있는 노출이 심한 사진도 있는가 하면, 어느 카페 같은 곳의 테이블에서 아주 평범한 옷을 입고 있는 사진도 있었다. 쥐라의 사진도 몇 장 있었다. 배운 포즈가 딱 하나밖에 없는지 죄다 얼굴 옆에 V자 손가락을 대고 있는 사진이었다.

"앗."

나도 모르게 큰 소리를 내버린 이유는──그런 여자들 사진 속에 섞여 있는 몇 장의 사진들 때문이었다. 어딘가 어두운 곳에서 힘없이 누워 있는 남자의 사진. 청바지와 파란색 티셔츠, 그 위에 체크무늬 긴팔 셔츠를 걸치고 있는 젊은 청년 같은 패션인데, 얼굴 근처가 이상하게 어두워서 그 나이를 금방 알아내지는 못했다.

'이건, 설마……'

작은 섬네일 상태인데도 그 사진은 이미 비정상이었다. 힘이 완전히 다 빠진 그 모습과, 부자연스럽게 구부러진 팔다리. 그것만 봐도 불길한 공상이 머릿속에 떠올랐다. 어쩌면 이 사람은──죽은 게 아닐까?

그냥 관뒀으면 좋았을 텐데, 나는 그 섬네일 중 하나를 터치하고 말았다. 그 순간 사진이 커졌다. 누워 있는 남자의 모습이 표시됐다.

'이건…… 어느 쪽이지?'

사진만 봐서는 그 남자가 살았는지 죽었는지 판단할 수 없었다. 그런데 그저 어둡다고만 생각했던 그 얼굴 부분을 본 순간, 광량이 부족한 것이 아니라 얼굴 자체가 검붉게 퉁퉁 부어 있다는 사실을 깨닫고 나는 놀라서 헉 하고 숨을 들이켰다.

그 남자의 머리 위쪽에는 다리가 찍혀 있었다. 서 있는 사람들 두 명의 다리. 신발을 보니 둘 다 남자인 듯했다.

그것을 통해 사진의 의미를 유추해본다면. 이 남자는 어떤 이유로 여러 사람들에게 심하게 린치를 당해서, 이 시점에서는 생사불명 상태가 되었다……는 생각밖에 안 떠올랐다. 아마도 이것은 그때 찍은 사진일 것이다.

나는 목덜미가 서늘해지는 것을 느끼면서 사진을 치우고 즉시 휴대폰 전원을 껐다.

"어? 왜 그래요?"

내 태도가 부자연스러웠는지 쥐라가 놀란 것처럼 말을 걸었다.

"아니, 그냥……. 네 아버지가 이 중에 누구인지 금방 알아내기는 어려울 것 같아서."

그렇게 이야기하고 나는 주변 사람들의 시선에 신경 쓰면서 새 알루미늄 포일로 그 남자의 휴대폰을 감쌌다.

"이 휴대폰은 한동안 들고 다닐 수밖에 없겠네. 조만간 네 아버지의 전화번호가 무엇인지 꼭 찾아내줄게."

알루미늄 포일의 작은 틈새를 일일이 막고 있는 내 손가락은 가늘게 떨리고 있었다.

린치 장면을 마치 기념사진 찍듯이 촬영하는 것을 보면, 역시 그 남자는 흉악한 놈이라 사람을 다치게 하는 행위에 대한 죄책감도 거의 없는 것 같았다. 혹시나 그놈에게 붙잡히게 된다면. 나도 저 사진 속의 남자와 똑같은 꼴이 될지도 모른다. 그렇다고 이제 와서 되돌아갈 방법은 없지만.

"한번 전원을 켰으니까 여기 오래 있으면 안 돼. 당장 나가자."

나는 그 남자의 휴대폰을 도로 가방에 집어넣고 자리에서 일어났다.

* * *

약 세 시간 후. 나와 쥐라는 신오사카역의 하행 신칸센 플랫폼에 내려섰다.

"와, 드디어! 오사카에 도착했다!"

천장에 매달려 있는 역 이름 표시판 아래에서 쥐라는 주먹을 불끈 쥐고 기뻐했다.

"아, 저기, 에르메스 씨. 사진 찍어줘."

"네, 네."

나는 쥐라의 휴대폰으로 역 이름이 다 보이도록 사진을 몇 장 찍었다. 이번에도 쥐라는 그 포즈밖에 모르는지 얼굴 옆에 손가락을 대고 V자를 만들었다.

"나 그거 가지고 싶은데……. 그거, 뭐지? 막 늘어났다 줄어들었다 하는 막대기."

"셀카 봉? 나중에 사줄게."

가볍게 OK를 하긴 했는데, 셀카 봉은 어디서 파는 걸까.

"응, 그럼 일단은 이렇게 하자."

그러면서 쥐라는 휴대폰을 자신을 향해 높이 들더니 나와 나란히 서서 사진을 찍었다. 처음으로 같이 찍는 사진이었는데, 키 차이가 심하게 났으므로 나는 파인더 바깥에서 무릎을 확 구부려야 했다. 더구나 인증 샷의 핵심인 역 이름 표시판도 화면에 들어오지 못했다.

"내 휴대폰으로도 찍을까?"

그 사진이 썩 만족스럽진 않아서 나는 은근슬쩍 내 휴대폰으로도 사진을 찍었다. 나는 셀카 찍는 것을 부끄러워하는 타입이지만, 쥐라와 함께라면 그것도 싫지는 않았다.

"예전 휴대폰의 카메라에 비하면 훨씬 더 예쁘게 찍히는데…… 이건 또 이것대로 멋있게 찍기가 쉽지 않네."

쥐라는 자신이 찍은 사진과 내가 찍은 사진을 비교해보더니 신음하듯이 그런 말을 중얼거렸다.

"저기, 이런 것은 요령만 파악하면 되니까. 금방 잘 찍게 될 거야."

나는 쥐라를 위로하려고 그렇게 말했는데 왠지 모르게 웃음이 나왔다. 쥐라의 말에서 존댓말의 비중이 줄어들었다는 것을 눈치챘기 때문이다. 우리는 운명 공동체가 되었으니까. 계속 딱딱한 말투를 쓰는 것도 좀 그랬다.

"좋아, 그럼 마구 찍어야겠다!"

쥐라는 휴대폰을 꽉 쥐면서 촬영 기술을 향상시키겠다고 다짐했다. 그걸 본 나는 좀 기가 막히기도 했다. 뭐야, 넌 신칸센 안에서도 실컷 사진을 찍었잖아.

"저기, 있잖아. 빨리 타코야키 먹으러 가자."

신칸센 플랫폼 계단을 내려가면서 쥐라는 상기된 얼굴로 그렇게 말했다. 오사카에 처음 와서 완전히 흥분한 것 같았다.

실은 나도 오사카에는 처음 와봤다. 눈에 띄는 모든 것이 신선하게 느껴졌다. 이를테면 에스컬레이터에 탄 사람들이 도쿄와는 반대로 오른쪽에 붙어서 서 있는 것조차도 신기했다. 그러나 아직은 나도 같이 신나게 놀 수는 없었다.

"그렇게 조급해하지 마. 우선 호텔에 체크인해서 이 녀석을 놔두고 오자……. 노는 것은 그다음에 놀고."

우리는 지금 전 재산을 여행 가방에 집어넣고 끌고 다니는 중이니까. 이대로 놀러 갈 기분은 나지 않았다.

"그러고 보니 오늘은 어디서 자?"

"아주 좋은 곳."

"온천?"

"아, 아니, 온천은 아니지만. 호화로운 일급 호텔이야."

이제 보니 쥐라가 '좋은 곳'이라고 생각하는 곳은 온천인가 보다. 나도 거기까지는 생각이 미치지 못했다.

"그래도 거기서 보는 야경은 최고로 멋지대. 게다가 가까운 곳에 맛집이 잔뜩 있다고 했어. 물론 호텔 안에 있는 레스토랑에서 밥을 먹어도 되지만."

신칸센 안에서 쥐라가 휴대폰 사용법을 마스터하는 동안, 나도 새 휴대폰을 사용해 호텔 예약 사이트에 접속해서 오늘 잘 곳을 찾아다녔다. 요즘에는 휴대폰만 있으면 대부분의 일은 해결할 수 있는 것이다.

아무래도 당일 예약이다 보니 선택의 폭이 넓지는 않았지만, 다행히 오사카역에서 전철 한 정거장만큼 떨어진 곳에 있는 유명한 호텔의 객실이 비어 있었다. 이그제큐티브인지 뭔지 하는 고급스러워 보이는 이름의 객실. 설명문만 읽어 봐도 고급 그 자체였다. 당연히 가격도 비쌌는데, 그런 것은 지금의 우리에게는 문제가 되지 않았다.

오늘 하루 정도는 사치스럽게 지내고 싶다, 아니, 우리의 사기를 북돋우기 위해서라도 오히려 그래야 한다——그런 마음으로 나는 호텔 사이트를 구경했는데, 결정타가 된 것은 그 이그제큐티브 어쩌고 하는 객실이 18~20층에 있고, 호텔 측이 주는 카드키를 꽂지 않는 한 엘리베이터 자체도 그 층에는 멈추지 않는다……는 점이었다. 좀 과하다고 느껴질지도 모르지만 그것이 무척 나를 안심시켜줬다.

딱 하나 문제점이 있다면 빈방이 더블 룸밖에 없다는 사실이었다. 침대가 두 개 있는 트윈 룸이 더 편할 것 같았지만, 그래도 쥐라는 아이처럼 작으니까 한 침대에서 같이 자도 너무 좁지는 않을 것이다.

그러나 일단 상대를 배려하는 차원에서 호텔을 정하기 전에 쥐라에게 허락을 구했다.

"있잖아, 오늘 잘 곳 말인데…… 더블밖에 없거든. 괜찮아?"

그때 휴대폰과 격투하고 있던 쥐라가 슬쩍 고개를 들고 나에게 물어봤다.

"더블이 뭔데? 침대가 두 개라는 거야?"

"그건 트윈이고. 더블은 더블베드…… 어, 간단히 말해 커다란 침대가 하나만 놓여 있는 거야."

"그럼 에르메스 씨와 같이 잔다는 거지? 응, 당연히 그게 더 좋아!"

그렇게 대답하는 쥐라의 얼굴은 티 없이 해맑았다. 그래서 나는 호텔 예약 화면으로 넘어갔다.

그 호텔까지는 망설임 없이 택시를 타고 가기로 했다. 전 재산이 들어 있는 여행 가방을 끌고 다니면서 쓸데없이 밖을 돌아다니고 싶지 않았기 때문이다.

이윽고 호텔에 도착해 체크인을 했다. 이때 보증금이라는 명목으로 실제 요금보다 더 많은 금액을 청구 당했다. 체크아웃을 할 때 돌려준다고 하는데, 2박으로 했기 때문에 그 금액이 상당했다.

"카드로 결제하신다면 보증금은 필요 없습니다만……."

나와 쥐라가 젊은 여성이기 때문일까. 프런트에 있는 공손한 남자가 그렇게 조언을 해줬지만, 나는 그냥 보증금을 내는 것을 선택했다. 신용카드는 가지고 있지만 여기서는 사용하고 싶지 않았다. 흔적은 가능한 한 적게 남기는 편이 좋으니까.

나는 내 지갑에서 그렇게 많은 후쿠자와 유키치가 한꺼번에 빠져나가는 광경은 처음 봤는데, 그보다 훨씬 더 많은 후쿠자와 유키치가 여전히 대기하고 있었으므로 전혀 동요하지 않았다. 오히려 그것이 힘을 북돋워주는 것 같았다.

우리 방은 19층에 있었다. 넓은 창문을 통해 오사카 시내가 훤히 보였다. 그 방에 있는 가구 및 집기와 어메니티는 어제 묵었던 비즈니스호텔과는 차원이 달랐다. 과연 이그제 큐티브 어쩌고 하는 객실다웠다.

우리는 한동안 방 안을 여기저기 살펴본 다음에 시내로 나갔다. 물론 전 재산이 들어 있는 여행 가방과, 알루미늄 포일로 완벽하게 봉인해놓은 휴대폰 두 개는 객실에 놔둔 채.

처음 방문한 오사카는 무엇을 봐도 재미있었지만, 그렇다고 목적도 없이 돌아다니는 것은 센스 없는 짓이었다. 그래서 쥐라에게 어디 가고 싶은지 물어봤다. 쥐라는 잠깐 생각해보고 나서 대답했다.

"저기, 그거. TV에서 자주 봤던 그, 마라톤 하는 아저씨 간판이 있는 다리."

아, 그럴 줄 알았어……라고 생각하면서 나는 휴대폰으로 가는 길을 검색했다. 그리고 환상선이라는 전철을 타고 오사카 역으로 이동했다. 거기서 지하철 환승을 하여 신사이바시까지 가면 되는데, JR 오사카역이 지하철 등에서는 우메다라는 이름으로 바뀐다는 것을 알고 깜짝 놀랐다. 같은 장소에 있는데 어째서 다른 역 이름을 붙인 걸까.

물론 이동하는 도중에도 흥미로운 것들이 많이 있었다. 그래서 우리는 좀처럼 신사이바시에 도착하지 못했는데, 간신히 그곳에 도착했을 때에는 거기서도 또 눈길을 잡아끄는 것들이 너무 많아서 나도 쥐라도 내내 정신을 차릴 수 없었다.

역시 지갑의 내용물이 지나칠 정도로 넉넉하면 이렇게 눈에 보이는 세상이 달라지는구나. 평소 같으면 살 엄두도 못 내거나 다소 망설일 만한 가격의 물건들이 이제는 폭발적으로 내 눈에 들어왔다. 마음만 먹으면 저것도 살 수 있고, 이것도 살 수 있다……는 상황은, 마치 알코올처럼 사람을 취하게 만들었다.

그러나 유감스럽게도 나와 쥐라는 쇼핑을 많이 하지는 않았다. 그저 갈아입을 옷을 두세 벌씩 샀을 뿐이다. 현시점에서 짐을 너무 늘리면 앞으로 고생하게 될 테니까.

우리는 쥐라가 꼭 먹고 싶어 했던 본고장 타코야키를 먹었고, 글리코 간판(오사카 도톤보리의 상징. 양팔을 번쩍 들고 달리는 남자 간판) 앞에서 사진을 찍었고(물론 쥐라는 간판과 똑같은 포즈를 취했다), 개막 직전에 간신히 입장해서 요시모토 신희극의 야간 공연을 관람했다. 그것으로 이미 충분히 만족할 정도였다. 그래서일까? 그날 밤에는 불안을 느끼기도 전에 쥐라와 한 침대에서 곤히 잠들어버렸다.

* * *

다음 날은 아침부터 날씨가 맑아서 오전부터 벌써 더웠

다. 어쩌면 이것이 바로 한여름 날일지도 모른다.

"우와, 오사카는 참 덥네. 도쿄랑 비교하면 어디가 더 더울까?"

변장용으로 구입했던 선글라스를 실제 용도로 착용한 채 하늘을 보며 중얼거리는 쥐라.

"글쎄, 어디일까……? 도쿄도 꽤 더운 편이잖아."

나는 대충 대답했다. 사실 옛날부터 이런 의문은 의미가 없다고 생각했다. 인간의 몸은 하나밖에 없으므로, 어느 도시가 더 덥든지 시원하든지 간에 동시에 경험하는 것은 불가능하기 때문에 그걸 따져봤자 의미가 없는 것이다. 자신이 현재 있는 장소가 더운가, 시원한가——오직 그것만 중요했다.

"자, 그럼 일단 우메다로 가볼까?"

나와 쥐라는 호텔에서 택시를 타고 우메다역으로 향했다.

오늘 스케줄은 어제보다 더 빡빡했다. 호텔에서 오사카 시내의 관광 명소를 망라한 지도인지 뭔지를 받았으므로, 우리는 그중 재미있어 보이는 곳을 샅샅이 구경하러 다니기로 한 것이다. 물론 효율적으로 구경하고 다니려면 적당히 코스를 짜야 했는데, 그것도 또 하나의 즐거움이었다.

어느새 쥐라는 나에게 완전히 존댓말을 안 쓰게 되었다. 이렇게 같이 여행을 다니거나 한 침대에서 사이좋게 자다

보면 자연스럽게 그렇게 되는 걸지도 모른다. 그런데 외동이었던 나는 그 사실에 은근히 기쁨을 느꼈다.

우리는 우선 '아베노 하루카스(현재 일본에서 가장 높은 건물)'로 향했다. 그 안에 있는 백화점에서 햇빛 차단용 모자를 샀다. 나는 중성적으로 무난한 챙 모자를 구입했는데, 쥐라가 산 모자는 챙이 나풀나풀해서 주로 얌전한 아가씨나 청순한 아이돌이 쓸 것 같은 예쁜 모자였다.

그 후 우리는 근처에 있는 쓰텐카쿠(오사카를 대표하는 전망탑)에 갔다가 그 주변의 식당에서 당연히 꼬치튀김을 먹었다. 평범한 관광 코스였는데 그것도 나름대로 괜찮았다.

그다음에는 오사카 시내를 이리저리 돌아다녔다. 그러다가 다시 우메다로 돌아온 것은 저녁 7시가 넘은 시각이었다. 그대로 호텔로 돌아갈 수도 있었지만, 이왕이면 오사카다운 장소에서 저녁을 먹을까? 하고 우메다의 번화가에 있는 술집으로 들어갔다. 거기서 나는 맥주를 몇 잔이나 마셨다. 날씨가 더워서 그런지 그 맥주가 정말 환상적으로 맛있었다.

"에르메스 씨…… 내일은 뭐 할 거야?"

재미있는 에피소드도 곁들여 가면서 오늘의 즐거운 하루를 돌아본 뒤, 쥐라가 나에게 물어봤다.

"일단 다른 호텔로 이동할 거야. 지금 있는 호텔보다 등급은 낮아도, 가까운 곳에 커다란 찜질방이 있거든……. 그게 천연 온천이래."

나는 이미 그곳에 2박을 예약해놓았다.

"와, 온천? 좋다……."

"어제도 오늘도 열심히 돌아다녔으니까. 좀 느긋하게 쉬자."

물론 지금 머물고 있는 호텔의 욕실도 호화롭고 쾌적했지만, 온천도 또 특별한 매력이 있으니까. 아예 다음에는 온천 숙소를 찾아가볼까?

그런 이야기를 했더니 쥐라는 무척 기뻐했다. 하지만 그 표정에는 일말의 어두움도 섞여 있었다. 나는 그것을 놓치지 않고 봤다.

"왜 그래? 온천에는 가기 싫어?"

"아니, 그건 아닌데."

쥐라는 머리를 옆으로 흔들더니 약간 딱딱해 보이는 미소를 지었다.

"왠지 안정이 안 되는 느낌이라."

그 한마디는 다소 의외였지만, 곰곰이 생각해보니 그것도 이해가 갔다. 애초에 쥐라는 어딘지 모를 지방으로 끌려가다가 중간에 도망쳐 그대로 도피행을 하게 되었다. 너무 많은 일들이 있었기 때문에 차분하게 상황을 생각해볼 여유도 없었던 것이리라.

틀림없이 쥐라는 이리저리 끌려 다니는 것을 별로 안 좋아하는 타입일 것이다. 마치 진짜 고양이처럼. 좁고 답답할 정도로 한정된 자신의 영역 안에서 느긋하게 지내는 것이 성격에 맞는 게 분명했다.

실은 나도 그런 타입이었다. 볼일이 없으면 밖에 나갈 생각도 안 하고, 파견된 회사가 번화가 근처에 있기만 해도 좀 짜증을 낼 정도였다.

그래서 일이 없는 휴일에는 집에 틀어박혀 살고, 그러다 가끔 수영하러 가고. 그런 생활을 하면서 나는 충분히 행복했었다. 80일간의 세계일주 같은 생활은 가능한 한 피하고 싶다고 생각했다.

"호텔 말고 집이라도 빌리는 게 나을까?"

내가 은근슬쩍 그런 제안을 했더니, 쥐라의 얼굴이 조금 밝아졌다.

"난 그림을 그리고 싶어."

그 대답은 좀 엉뚱했지만, 어쨌든 안정된 삶을 원한다는 뜻인 것 같았다.

"좋아……. 그런데 처음부터 정식으로 일반 주택을 빌리기는 어려울지도 몰라. 우선 맨 처음에는 위클리 맨션(일주일이나 한 달처럼 짧은 단위로 계약하는 단기 임대 주택) 같은 곳에 들어가도 될까?"

제대로 된 집을 빌리려면 주민등록등본 같은 서류가 필요할 것이다. 어쩌면 보증인도 필요하다고 할지도 모른다. 아직은 그런 것은 너무 부담스러웠다.

"저기, 그건 일반 집하고는 다른 거야?"

"글쎄…… 나도 잘 모르지만, 애초에 가구 같은 것이 다 준비되어 있어서 딱 1주일이나 한 달 정도의 단위로 빌릴 수 있는 것 같아. 나중에 자세히 알아볼게."

나도 빌려본 경험이 없으므로 정확한 정보는 말해줄 수 없었다.

"에르메스 씨, 미안해……. 귀찮은 일은 다 맡겨버려서."

"아냐, 이 정도는 괜찮아."

생각해보니 쥐라는 늘 나에게 귀찮은 일만 안겨주었다. 하지만 그게 어쩐지 즐거워진 것도 사실이었다.

"그런데 조금만 더 참아줬으면 좋겠어. 우리 사정이 좀 특별하잖아, 알지?"

내가 그렇게 말하자 쥐라는 귀엽게 고개를 끄덕거렸다.

그날 밤, 나와 쥐라의 관계는 달라졌다.

달라졌는지, 진전됐는지, 뒤틀렸는지——나는 잘 모르겠다. 아니, 실은 알면서도 그저 인정하려고 하지 않는 걸지도 모른다. 내가 그런 취향을 가지고 있다는 것은 지금까지 한 번도 상상조차 해본 적이 없었기 때문이다.

술집에서 앞일에 관해 의논한 다음에도 나는 계속해서 술잔을 기울였다. 물론 계속 맥주만 마신 것은 아니고 물 탄 소주로 넘어갔었는데, 그것이 어느새 진짜 독한 소주가 되었고. 물도 거의 마시지 않았다.

그런데 자신이 취했다는 생각은 전혀 안 들었다. 본디 가성비가 나쁘다 싶을 정도로 술에는 강한 체질이었고, 특히 밖에서 마실 때에는 완전히 취해버리는 경우가 없었다.

그래서 쥐라와 함께 택시를 타고 호텔로 돌아와 먼저 욕실에 들어가게 되었을 때에도, 내 머릿속의 선은 정상적으로 연결되어 있었다.

그러나 욕실에서 나오자마자 갑자기 졸음이 쏟아졌다. 몸이 너무나 무거웠다. 쥐라가 욕실에서 씻는 사이에 나는 침대 속으로 기어 들어가 그대로 기절하듯이 잠들어버렸다.

그때 무서운 꿈을 꿨다.

내용은 거의 기억이 안 났다. 그런데 중학교 시절에 자살해버렸던 아마미야가 꿈에 나왔던 것 같다. 아파트에서 뛰어내려 죽은 아마미야의 시체는 장례식에서 아무도 보지 못했다고 하는데──틀림없이 그 남자의 휴대폰에 저장되어 있던 '린치를 당한 남자의 얼굴'의 기억이 내 머릿속에서 끔찍한 형태로 뒤섞여버린 것이리라. 그래서 엄청나게 무서운 것을 본 듯한 충격을 느끼면서 나는 눈을 떴다.

방 안은 어두웠다. 커다란 침대 발치를 비춰주는 작은 조명만 켜져 있는 상태였다. 내 심장은 100미터 전력 질주를 한 직후처럼 빠르게 뛰었고, 굉장히 무서운 일을 경험했다는 감각만 남아 있었다.

그런 나의 옆에서 쥐라가 곤히 자고 있었다.

코로 숨을 들이마실 때마다 희미한 피리 소리 같은 것이 났다. 그것을 들은 순간, 내 안의 두려움이 서서히 사라지는 느낌이 들었다.

나는 느릿느릿 일어나서 작은 냉장고 안의 물통을 꺼냈다. 그리고 단숨에 물을 절반쯤 꿀꺽꿀꺽 마셨다. 그 후 쥐라의 옆으로 돌아갔는데——이불을 살짝 들췄더니, 쥐라가 입고 있는 노란색 탱크톱 옷자락이 말려 올라가면서 매끈한 배가 드러났다. 쥐라는 나처럼 위에는 브래지어 없이 탱크톱 하나만 걸치고 있었고, 밑에는 통이 넓은 반바지를 입고 있었다. 조깅이라도 할 것 같은 옷차림. 그런데 여름에는 누구나 이런 차림일 것이다.

'어휴, 애도 참.'

나는 쥐라의 탱크톱 옷자락을 다시 잘 내려줬다. 그런데 그때 기묘한 충동이 들었다.

이유는 몰라도, 그 탱크톱을 안쪽에서 밀어 올리고 있는 쥐라의 가슴 끝을 조금만 만져보고 싶어졌다. 어쩌면 이 시점에서는 아직은 못된 장난 수준이었을지도 모른다.

나는 그 동그란 돌기를 오른손 검지와 중지 사이에 끼워봤다. 탱크톱을 사이에 두고. 전혀 힘을 주지 않고 살짝 잡아보려고 했는데, 쥐라는 민감한 편인지 잠자는 도중에도 약하게 소리를 냈다.

그 콧소리를 들은 순간이었다——내 몸속에서 무시무시한 속도로 욕망이 솟구치기 시작한 것은.

'내가 혹시…… 취한 건가.'

그래, 틀림없이 취한 거다. 그게 아니라면 여자인 내가 여자인 쥐라에 대해 욕망을 느낄 리가 없으니까.

나는 방금 전에 내려줬던 탱크톱 옷자락을 반대로 다시 올렸다. 쥐라의 가슴은 탱크톱 천에 눌려 조금 찌그러졌는데, 천을 확 당겼더니 해방되어 부드럽게 흔들리면서 원상태로 돌아왔다.

쥐라의 유두는 우유를 많이 섞은 카페오레 같은 색깔이었다. 나는 당연하다는 듯이 자연스럽게 거기에 입을 맞추고 입술로 그것을 물었다.

그 순간 쥐라의 몸이 꿈틀 하고 움직였다. 그동안 들어본 적 없는 달콤한 목소리가 새어나오는 것이 들렸다.

"어, 에르메스 씨……?"

쥐라의 음성은 아직도 반쯤 꿈나라에서 헤매고 있는 것 같았다. 나는 대답 없이 입에 물고 있던 유두에 혀끝을 대고 문질렀다.

"으앗!"

갑자기 강한 자극이 주어지자 쥐라는 생생한 소리를 냈다.

"에르메스 씨, 취했어요? 저기, 우리 둘 다 여자인데."

그 질문에 나는 아무런 대답도 할 수 없었다. 억지로 입을 열었다가는, 그 누군가처럼 "얌전히 있어"라는 말이 튀어나올 것 같았다.

더 이상 상대가 아무 말도 못 하도록 나는 쥐라의 유두에서 입술을 떼고, 그대로 그녀의 통통한 입술에 내 입술을 가져다 댔다.

'나도 같은 여자인데…… 왜 이렇게 쥐라가 귀여워 보이는 걸까.'

자신이 정말로 나쁜 짓을 하고 있다는 것을 자각하면서도, 머릿속에는 신기하게도 냉정한 부분이 남아 있어서 나는 그런 생각을 하고 있었다. 지금의 나는, 같은 아파트 단지에 살았던 그 녀석과 도대체 무슨 차이가 있는 걸까.

어쩌면 이것도 '강아지 마음'일지도 모른다. 나는 그저 외로워서 누군가와 살을 맞대고 싶은 것이 아닐까──그런 생각을 할 수 있을 정도의 냉정함이 약간은 남아 있었지만, 그게 너무나 거추장스러운 느낌이 들었다.

'지금은…… 아무것도 생각하고 싶지 않아.'

나는 내 안에 있는 '상식적인 척하는 야자키 루리'를 확 내버렸다. 그 여세를 몰아서 맞대고 있는 입술을 비집고 그 사이로 혀끝을 집어넣자, 쥐라는 거의 저항다운 저항을 하지 않았다. 아니, 오히려 쥐라가 먼저 혀를 얽기 시작하더니 이윽고 짧은 한마디를 했다.

"에르메스 씨가 하고 싶다면, 난 괜찮아."

허락받았다──오직 그것이, 그동안 내가 체험했던 그 어떤 일보다도 나를 기쁘게 했다.

"그런데 난 해본 적이 없어서…… 서툴지도 몰라. 미안해."

아마도 이쪽 방면에서는 나 같은 사람보다도 쥐라가 훨씬 더 경험이 풍부할 것이다. 쥐라의 손이 살며시 내 목덜미를 짚고 그대로 귓가까지 미끄러지듯 올라오더니, 그 엄지의 끝이 내 귀를 어루만졌다.

"쥐라가, 해줄게."

지금까지 쥐라의 위에 있던 내 몸이 빙글 뒤집혀서 침대 위에 똑바로 눕게 되었다. 그 순간 갑자기 불안해졌다. 나는 반사적으로 쥐라의 팔을 붙잡았다.

쥐라는 그 손을 뿌리치지도 않고 내 탱크톱을 걷어 올렸다. 그리고 방금 전에 자신이 당했던 일을 나에게 똑같이 했다. 나도 모르게 소리가 나왔다. 당황해서 이를 악물었다.

"에르메스 씨. 귀여워."

쥐라는 내 유두를 계속 희롱하더니 이윽고 손을 다리 쪽으로 뻗어왔다. 매끈한 쥐라의 손바닥이 내 몸과 다리 위에서 이리저리 변덕스럽게 산책하듯이 돌아다녔다.

그러다가 다리 사이에 도착하더니. 속옷 틈새로 쥐라의 손가락이 비집고 들어왔다.

"아, 거긴……."

나도 모르게 허리를 뒤로 뺐다. 쥐라는 그런 내 입술에 키스하면서 더 이상은 아무 말도 못 하게 했다.

"힘 빼고. 나에게 맡겨."

그 순간, 나는 쥐라에게 지배당하고 말았다.

* * *

"우와, 덥다!"

에어컨을 틀어놓은 방에서 베란다로 나왔더니 끈적끈적한 열기가 피부에 들러붙었다. 나는 손에 들고 있던 8단 옷걸이를 빨래 건조대에 재빨리 걸었다.

"와, 정말이네……. 빨리 창문 닫자."

그렇게 말한 사람은 쥐라였다. 그녀는 세탁물을 주렁주렁

매달아놓은 집게 옷걸이를 들고 베란다 창문 옆에서 대기 중이었다.

"그럼 다른 옷걸이 하나도 가져와줘. 목욕탕 안에 걸어놨으니까."

내가 들고 있는 것은 티셔츠나 탱크톱 같은 상의, 쥐라가 들고 있는 것은 반바지 같은 하의를 한꺼번에 모아놓은 것이었다. 여자 둘이어도 여름에는 세탁물이 많을 수밖에 없었다.

"네에."

쥐라는 귀여운 대답을 남기고 종종걸음으로 욕실로 갔는데, 별로 넓지 않은 아파트였으므로 금방 옷걸이를 들고 돌아왔다.

"앗, 비행기다."

더우니까 빨리 창문을 닫자고 말했으면서. 쥐라는 자발적으로 베란다에 나왔다.

"여기서 보는 비행기는 역시 멋지구나."

때마침 아파트 위로 커다란 여객기가 날아가고 있었다. 이곳은 공항과 가까워서 비행기가 매우 크게 보였다.

"다음에는 비행기 타보고 싶어."

"응, 그래. 다음에."

나는 모든 빨래 옷걸이를 건조대에 걸어놓고, 쥐라의 등을 밀어 방 안으로 들여보냈다. 그리고 나도 안으로 들어가 유리문을 닫았다. 아주 잠깐 바깥 공기를 쐬었을 뿐인데도, 민소매 밖으로 드러난 팔뚝은 살짝 땀으로 젖어 있었다. 나는 에어컨 바람이 직접 닿는 곳에 서서 땀을 식혔다.

도쿄를 떠난 지 3주일 정도 지나서——나와 쥐라는 현재 오사카 변두리의 어느 마을에 있었다. 5층짜리 먼슬리 맨션의 한 집을 빌려 거주하는 중이었다.

간단한 투룸 구조의 집이었지만 둘이서 살기에는 충분히 넓었고, 특히 가구가 다 갖춰져 있고 전기 및 수도를 편하게 쓸 수 있다는 것이 큰 장점이었다. 계약하자마자 여기서 평범하게 생활할 수 있는 것이다. 이렇게 우리 마음에 쏙 드는 집이 존재하고, 또 손에 들고 다니는 휴대폰으로 그것을 쉽게 찾을 수 있다니. 정말 편리한 세상이구나 싶었다.

오사카로 온 우리들은 1주일쯤 즐겁게 돌아다닌 다음에 이 먼슬리 맨션을 빌렸다. 그래서 안정적인 생활을 하게 되었느냐 하면, 아직 그건 아닐지도 모른다. 하지만 여기저기 호텔을 전전하는 것보다는 훨씬 나을 것이다. 이 동네 사람들의 말로는 이곳은 오사카보다는 거의 효고에 가까운 곳이라는데, 사실 우리는 그런 것에는 관심도 없었다.

"아, 맞다. 에르메스 씨."

4평쯤 되는 거실에 놓아둔 의자에 앉으면서 쥐라가 문득 생각났다는 듯이 입을 열었다.

"내가 오전에 산책하러 갔었잖아? 그때 잃어버린 고양이를 찾는다는 전단이 전봇대에 붙어 있는 것을 봤어……. 어, 알지? 귀여운 중국 여자애가 일하는 편의점. 그 근처였어."

"아, 그래……? 전단을 붙이다니. 고전적인 방법이네."

"글씨가 아주 단정했어. 고양이 주인은 할머니일지도 몰라."

글씨가 단정하다는 것만 보고 연령을 알아내는 것은 불가능할 텐데. 뭐, 굳이 그 점을 지적할 필요는 없겠지.

"응, 그래서 언제 잃어버렸대?"

"8월 들어서라고 적혀 있었으니까 한 1주일 전 아닐까?"

듣자하니 흰색 장모종 고양이라고 하는데 이름은 '모모'였다──. 평소에 밖으로 내보낸 적이 없었는데 갑자기 사라져버렸다고 한다. 집 안을 아무리 뒤져봐도 발견되지 않아서, 어쩌면 바람 통하라고 살짝 열어놓은 창문을 통해 밖으로 나가버린 게 아닐까……라고 주인은 추측하는 것 같았다.

"창문을 열어놓으면 밖으로 나가는 것도 당연하지. 고양이도 쥐라, 너처럼 자유롭게 산책을 하고 싶을 테니까."

"응, 그러게."

같이 살면서 알게 된 사실인데, 쥐라는 하루에 잠깐이라도 혼자가 되는 시간이 꼭 필요한 타입인 듯했다. 겨우 몇 시간이라도 혼자 산책하거나 그림을 그리거나 하지 않으면 금방 답답해져서 힘들어하는 것 같았다. 나도 그런 경향은 있으니까 그 심정은 이해하지 못할 것도 없었다.

"그런데 집에 안 돌아온다는 게 걱정이네……. 혹시 교통사고라도 당한 거면 어쩌지?"

쥐라는 미간을 찌푸리며 불안한 것처럼 중얼거렸다.

이 세상은 잔혹했다. 고양이도 인간도 자유를 추구하다가 결국 그렇게 슬픈 운명에 휘말리는 경우도 드물지는 않았다. 내가 어렸을 때에도 차에 치인 고양이 시체를 길가에서 종종 봤었다.

그 모습을 볼 때마다 슬퍼졌다. 그래서 만약에 애니메이션에 나오는 램프의 요정이 내 눈앞에 나타나 뭐든지 좋으니 세 가지 소원을 들어주마……라고 한다면, 그중 하나는 꼭 "이 세상 동물들이 교통법규를 이해하게 해주세요"로 해야지 하고 진지하게 생각했을 정도였다. 아쉽게도 그 램프의 요정은 오늘까지 코빼기도 안 내밀고 있지만.

"그런데 쥐라……. 그 고양이가 꼭 불행해졌으리란 법은 없잖아? 의외로 잘 살아남아서 즐겁게 지내고 있을지도 몰라. 안 그래?"

그렇다. 자유를 추구하다가 결국 그것을 정말로 획득하는 경우도 있을 것이다. 고양이도 인간도 둘 다.

내가 그렇게 이야기하자 쥐라는 약간 어두운 얼굴로 고개를 끄덕였다. 굳이 따지자면 쥐라는 '떠나간 고양이의 주인'에게 더 감정 이입을 하고 있는 것이리라. 분명히 그런 사람이 대다수일 테니까, 여기서 도망친 고양이에게 감정 이입을 해버리는 내가 좀 냉정한 인간인 걸지도 모른다.

그런 생각을 하고 있는데, 테이블 위에 놔뒀던 내 휴대폰이 맑고 짧은 소리를 냈다. 메시지가 왔다는 소리였는데, 물론 예전에 쓰던 것이 아니라 새로 장만한 휴대폰이었다.

나는 휴대폰을 새로 산 뒤 틈틈이 친구들의 연락처와 LINE 아이디를 다시 등록하고, 내 전화번호와 아이디가 달라졌다는 소식을 알렸었다. 사실 나는 나한테 지인이 많은 줄 알았다. 그러나 그중에서도 거의 만나지 않는 사람이나 얼굴도 잘 기억이 안 나는 사람은 제했더니 내 주소록은 이전의 약 4분의 1로 줄어들었다. 내 인간관계란 것은 실제로는 이 정도인 것이다.

그리고 자주 사용하던 인터넷 쇼핑몰과 동영상 사이트에도 로그인하여 연락처를 변경했으므로 예전처럼 이용할 수 있게 되었다. 거기까진 좋았는데, 그 대신 스팸 메시지가 자꾸만 날아오는 바람에 질려버렸다. 메시지 대부분이 광고였다. 다들 참 열심히 장사를 하는구나.

어차피 이번에도 그런 메시지일 테지──나는 그런 생각

을 하면서 보관함을 열었다. 그런데 예상치 못한 이름이 표시되어 있었다.

[GOKOO 아메디오 유야]

그것은 분명히 내가 고등학생이었을 때 우리 엄마와 사귀었던 유야 씨의 메시지였다. 격식을 차린 듯한 그 이름을 보고 나는 무심코 웃음을 터뜨릴 뻔했다. 유야란 이름은 한자로 '裕也'라고 쓰는 거였구나.

메시지를 확인해봤다. 옛날과 똑같은 목소리가 들려오는 듯한 문장이었다.

[야자키 루리 씨? 설마 후미에 씨의 딸인 그 루리야? 와 진짜 놀랐어! 10년 만인가? 잘 지냈어?]

나보다 최소한 열다섯 살은 더 많은 사람이 썼다는 것이 믿어지지 않을 정도로 가벼운 문장이었는데, 상대가 유야 씨니까 그것도 이해가 갔다.

[우리 홈페이지를 용케 찾았구나? 역시 루리는 굉장해. 지금 오사카에 와 있다고? 이왕 온 김에 기후까지 와. 도쿄로 돌아가는 도중에 들러도 괜찮으니까. 글로 이야기하기도 힘드니까 너 시간 있을 때 전화해줘. 내 전화번호는 080×××…….]

나는 당장 전화를 하고 싶었지만, 옆에 쥐라가 있어서 참았다. 설마 이렇게 빨리 본인이 나에게 연락을 해줄 줄은 몰랐다.

스스로도 이유를 잘 설명하기는 어려웠지만——도쿄를 떠난 이후로 나는 유야 씨가 너무너무 보고 싶어졌다.

물론 유야 씨는 엄마의 애인이었고, 나도 그 사람을 이성으로서 좋아하는 감정은 눈곱만큼도 없었지만. 문제의 그 남자와 적이 되어 싸우기로 결심한 그날부터 이상하게도 유야 씨가 내 머릿속에 떠오르게 되었다. 어쩌면 나는 '아버지처럼 의지할 수 있는 상대'라는 느낌을 받은 걸지도 모른다. 그래서 나는 좀 억지스러운 방법으로 엄마한테서 유야 씨에 관한 정보를 얻어냈다.

휴대폰을 새로 산 다음에 제일 먼저 등록한 것은 당연히 내 곁에 있는 쥐라의 전화번호였다. 그리고 두 번째는, 나 같은 경우에는 아무래도 엄마일 수밖에 없었다.

지금까지 내가 가장 자주 전화로 이야기해온 상대는 틀림없이 우리 엄마일 것이다. 이 세상에 딱 두 명밖에 없는 가족이니까 그게 당연하지만. 최근에는 주로 LINE으로 연락하는 경우가 많아졌다. 그 정도로 간단히 끝낼 수 있다는 것은, 각자 문제없이 잘살고 있다는 뜻이기도 할 것이다.

그런데 전혀 예상하지 못한 일이 일어나서——나는 오랜만에 엄마 목소리가 듣고 싶어졌다. 그래서 전화를 걸었다.

"실은 전에 쓰던 휴대폰이 고장 나서. 새 휴대폰을 샀더니 전화번호도 싹 바뀌었거든."

나는 대충 그렇게 설명하면서 새 번호를 저장해놓으라고 부탁했다. 그리고 이때 아무렇지도 않게 지나가는 말투로 유야 씨에 관해서도 물어봤다.

"유야……? 와, 추억의 이름이 튀어나왔네."

이미 50대 중반이 되었는데도 여전히 한심한 남자랑 사귀고 있는 엄마는 내 질문에 조그맣게 웃으며 대답했다. 벌써 10년도 더 전에 헤어졌던 남자의 이름이 갑자기 딸의 입에서 튀어나올 줄은 꿈에도 몰랐던 것이리라.

"그러고 보니 루리, 넌 그 사람이랑 사이가 좋았었지. 문득 생각난 것도 이해가 가."

"응…… 그 사람, 요새는 뭐 하고 살아?"

"나도 자세한 것은 모르는데. 그는 기후로 돌아갔어. 이미 나이도 먹을 만큼 먹었는데 아직도 시끄럽게 노나 봐."

시끄럽게 논다는 것은 아마도 록 음악 이야기일 것이다. 역시 오랫동안 같이 지내다 보니, 엄마가 하는 말의 의미는 아무리 엉터리여도 이해할 수 있었다.

참고로 나는 엄마와 헤어진 유야 씨가 고향인 기후로 돌아갔다는 것을 알고 있었다. 아마도 그 당시에 엄마나 유야 씨 본인이 직접 말했을 것이다.

그래도 나는 철저히 자연스러운 분위기를 연출하려고 엄

마를 놀리듯이 말했다.

"와, 뭐야. 그걸 어떻게 알아? 설마 아직도 연락해?"

"에이, 그럴 리가 있겠니. 그랬다가 요헤이 씨가 알게 되면 나를 죽일걸?"

요헤이 씨. 그는 지금 엄마가 사귀고 있는 한심한 남자였다. 꽤 질투가 심한 타입이라고 들었는데, 나한테는 아무 의미도 없는 정보였다.

"어, 그러니까. 인터넷에서 볼 수 있는 홈페이지나 블로그 같은 거 있잖아? 그 사람이 소속된 밴드도 그런 게 있거든. 거기서 봤어. 가끔 라이브 공연 같은 것도 한다는데, 대체 언제까지 젊은이처럼 살려는 걸까."

진짜로 못 말리는 인간이다……라는 말투로 엄마는 그렇게 말했지만, 그런 홈페이지를 찾아볼 정도라면 지금도 유야 씨에게는 조금이나마 관심이 있는 것이리라.

"뭐 어때? 늙은이가 되는 것보다는 낫지. ……그 홈페이지는 지금도 살아 있어?"

"살아 있을걸? 어, 저기. 화투 조합 중에 그런 거 있잖아. 강력한 그림을 다섯 장 모으는 거."

"아, 오광?"

솔, 벚꽃, 공산, 비, 오동의 20점짜리 카드를 다섯 장 다 모으는 조합. 꽃 맞추기 놀이에서는 최강의 조합이었다.

"맞아 맞아, 그거. 그것을 영어로 쓴 것이 밴드 이름이야. 그 이름으로 검색하면 생각보다 쉽게 찾을 수 있을걸?"

통화를 마친 후 나는 당장 휴대폰으로 검색해봤다. 그런데 엄마의 말처럼 쉽지는 않아서, 그 밴드의 홈페이지를 찾아내는 데 시간이 꽤 오래 걸렸다. 설마 오광의 일본 발음인 '고코우'를, 'GOKOU' 말고 'GOKOO'라고 표기했을 줄은 몰랐는데──아마도 이게 올바른 영어 표기는 아닐 테지만, 아무튼 은근히 록 밴드 느낌은 나는 것 같았다.

간신히 찾아낸 밴드 홈페이지에 실려 있는 사진을 통해 나는 오랜만에 유야 씨의 모습을 봤다. 약간 통통해지고 눈에 띄게 머리숱이 줄어들었지만, 웃는 얼굴은 옛날과 똑같았다.

그 홈페이지는 주로 밴드 활동 소식을 전달하는 용도였는데, 'Access' 메뉴를 통해 메시지를 보낼 수 있게 되어 있었다. 누가 출연 의뢰라도 해주기를 기대한 것이리라.

나는 그것을 이용해 유야 씨에게 보내는 메시지를 썼다. 그리고 지금 간사이 지방으로 여행을 왔다는 내용도 적었다. 그래서 그 답장이 온 것이다.

메시지 내용을 본 나는 여전히 유야 씨는 다정하구나…… 하고 생각했다. 저절로 얼굴에 미소가 피어났다. 그걸 예민하게 눈치챈 쥐라가 나에게 말을 걸었다.

"무슨 메시지야? 아, 혹시 그 '보결 아버지'야?"

유야 씨에 관해서는 고등학교 시절의 추억으로 이미 이야기해준 적이 있었다. 물론 홈페이지를 찾아내 메시지를 보내봤다는 것도.

그 이야기를 들은 쥐라는 재미있어하면서 그렇게 이상한 별명을 붙였다. 확실히 틀린 말은 아니었고, '보결'이란 단어의 뉘앙스가 재미있어서 나도 부정하지는 않았지만.

"응, 맞아. 시간 있을 때 전화해달래."

"그럼 지금 하지 그래? 아무리 봐도 한가해 보이는데."

내 속마음을 꿰뚫어 본 것처럼 쥐라는 장난꾸러기 같은 미소를 지으며 말했다.

"지금은 싫어…… 마음의 준비가 좀 필요하거든."

"후후. 에르메스 씨. 귀엽다."

그 말투는 마치 침대 속에서 같이 놀 때 속삭이는 말투 같았다. 그래서 나는 더욱 부끄러워졌다.

* * *

오사카의 호텔에서 처음 살을 맞댄 이후로 쥐라와 나의 '그런 관계'는 쭉 지속됐다.

아니, 그때보다 더 관계가 깊어졌다고 해도 될 것이다. 아무리 그래도 매일 그런 것은 아니지만, 우리는 매번 사흘을 못 참고 또다시 침대 속에서 같이 놀곤 했다. 내가 먼저 원하는 경우도 있었고, 쥐라가 먼저 다가오는 경우도 드물지 않았다.

고지식한 나는 처음에는 여자들끼리 관계를 맺는 것에 대해 저항감을 느꼈었다.

그런 행위를 좋아하는 사람은 사회적으로는 소수파일 테니까. 내 안에 동성을 원하는 감정이 존재한다는 사실을, 은근히 인정하기 싫어하는 마음도 있었다. 역시 인간이란 것은 그리 쉽게 어제까지의 자신을 부정하지는 못한다……는 걸까.

그래서 그다음 날 날이 밝았을 때에는 반쯤은 기쁘기도 했지만, 또 반쯤은 터무니없는 짓을 해버렸구나 하는 기분도 들었다.

먼저 손을 댄 사람은 분명히 나였지만——술을 좀 과하게 마셨기 때문에 그런 것이라고 자기변명을 하면서, 가능하다면 쥐라가 모든 것을 잊어버렸으면 좋겠다……는 생각도 했다. 여름의 태양이 점점 눈부시게 환해질수록 나의 그런 생각도 커져만 갔다. 나는 이전과 똑같은 평범한 인간으로 돌아가고 싶어졌다.

그날 밤. 잠잘 시간이 되어 침대 속에 들어갔을 때, 나는 큰 결심을 하고 말했다.

"쥐라. 어제는 미안했어……. 많이 놀랐지?"

나는 똑바로 쥐라의 눈을 보지 못하고 그 입술을 바라보면서 사과했다.

"어젯밤에는 나도 취했으니까. 제정신이 아니었던 거야……. 가능하다면, 네가 잊어줬으면 좋겠는데."

그것이 진심이 아니란 것은 스스로도 알고 있었다. 하지만 이렇게 말을 하지 않으면, 지금까지와 같은 방식으로 지내지 못할 거라는 예감이 들었다.

그런데 그 말을 들은 쥐라는 아무런 대답 없이 그저 미간을 찌푸리더니 가만히 내 눈을 들여다보고 있었다. 그러다 갑자기 그 눈이 반짝반짝 물기를 머금는 것 같더니, 3초도 지나기 전에 굵은 눈물방울이 흘러나와 그 고운 뺨 위로 미끄러졌다.

"에르메스 씨. 너무해……. 도대체 왜, 그런 말을 하는 거야?"

끊임없이 계속 흘러나오는 눈물은 불규칙적으로 베개에 똑똑 떨어졌다. 낙숫물 같은 소리를 내면서.

"그렇게 황홀했는데. 잊어버리라니, 그런 말은 하지 말아줘."

"하지만, 쥐라야……."

나도 알았다──내가 비겁하다는 것은.

나는 스스로 정하지 못하는 우리 두 사람의 관계를, 나보다 어린 쥐라에게 통째로 던져주고 '네가 정해!'라고 강요하고 있었다. 만약에 쥐라가 "에르메스 씨가 그렇게 말한다면 어쩔 수 없지……. 알았어, 전부 다 잊어줄게"라고 말한다면, 나는 순순히 예전과 같은 관계로 돌아갈 생각이었다. 그렇게 하는 것이 자신의 보잘것없는 자존심(……일까? 아마도)을 지키는 최선의 방법이라고 믿었다.

그런데 쥐라는 다른 답을 선택해줬다. 내가 정말로 원했던 답을.

"에르메스 씨. 다시 나를 꼭 안아줘……. 어젯밤처럼, 귀엽다고 말해줘."

그렇게 말하면서 쥐라는 온몸으로 부딪치듯이 나를 꽉 끌어안더니, 그대로 입술을 내 입술에 강하게 맞대었다.

나는 아무런 저항도 하지 않았다. 거칠게 파고드는 쥐라의 혀에 내 혀를 대면서 얽었다. 온몸의 관절에서 힘이 다 빠져버릴 것 같은 강렬한 쾌감을 맛보면서, 아직 불이 켜져 있는 방 안에서 쥐라의 작은 몸을 껴안았다.

이렇게 되는 것이 나의 진정한 소망이었다.

알코올로 의식이 흐려지지도 않고 어둠 속에 숨지도 않은, 전혀 비일상적이지 않은 상태에서 정식으로 쥐라의 마음을 확인해보고 싶었다. 나중에 가서 변명하는 것이 아예 불가능한 형태로 나를 받아들여주기를 바랐던 것이다.

그렇게 전날 밤보다 더 농후한 시간을 보내고 나서——우리는 진정한 연인이 되었다.

다만 여기서 또 끈질기게 한마디 해두자면, 나는 쥐라가 동성이기 때문에 욕망을 느끼는 것은 아니었다. 상대가 쥐라이기 때문에 그런 감정을 느끼는 것이다. 쥐라가 사랑스러우니까 키스도 하고 싶어지고 살도 맞대고 싶어진다. 요컨대 내가 좋아하게 된 쥐라가, 어쩌다 보니 동성이었을 뿐이다.

그 후로 침대 속에서 같이 노는 행위는 우리에게는 당연한 애정 표현 행위가 되었다.

막상 그런 관계가 되어보니 쥐라는 정말로 귀여웠다. 본인은 "별로 귀엽진 않은데"라고 틈만 나면 말하는데, 내가 보기에는 어디로 보나 참 사랑스러웠다. 나보다 더 큰 가슴도, 좀 말랑하게 살이 오른 배도, 약간 X자처럼 휘어진 다리도, 거기에 살짝 나 있는 솜털도, 모든 것이 다 사랑스러웠다.

또 그렇게 생각하는 사람의 피부를 핥으면 은은한 단맛이 느껴진다는 사실을 깨달았을 때에는 나도 깜짝 놀랐다. 그런 맛이 날 만한 것은 하나도 안 발랐을 텐데, 혀끝을 피부 위로 미끄러뜨리면 어렴풋이 단맛이 느껴지는 것이었다.

어쩌면 그것은 정말로 사랑하는 사람과 살을 맞댔을 때에만 경험할 수 있는 특별한 선물이 아닐까.

그런데 나는 남자 경험 자체도 부족하니까, 쥐라를 만지는 손의 움직임도 틀림없이 어색할 것이다. 무엇을 해도 늘 머뭇머뭇 흠칫거리기만 하고――스스로 이런 말 하기는 뭐하지만, 아무튼 진짜로 서툴기 짝이 없었다.

그러나 쥐라는 그런 것에는 전혀 신경도 안 쓰는 것 같았다.

역시 사고방식이 유연해서 그런 걸까. 아니면 성에 대해 개방적이기 때문일까. 동성끼리 살을 맞대는 행위에 대한 저항감이 없었다. 예전에 한번 "우리 둘 다 여자인데"라고 말한 적은 있었지만. 그것은 쥐라가 자기 나름대로 내 마음을 확인하고 싶어서 그런 것이리라.

게다가 한번 불이 붙으면 쥐라는 탐욕스럽게 변했다. 그 감각을 즐기는 데 집중하고, 또 호기심도 왕성해서 내가 압도되는 경우도 자주 있었다.

그런 것은 역시 캐치볼과 비슷해서, 쥐라가 열중하면 열중할수록 그 열기가 제대로 나에게도 전해져 와서 내 머릿속이 텅 비어버렸다. 그 외의 온갖 성가신 문제들은 머릿속에 떠오르지 않게 되고, 오로지 혀와 피부에 스며드는 달콤함을 즐기고 싶다는 생각만 하게 된다. 그야말로 시간조차 잊어버리고 그 감각에만 집중하는 것이다. 한번은 마이 케미컬 로맨스의 앨범을 틀어놓고 관계를 맺었는데, 그때 키스만 했는데도 두 곡 분량의 시간이 흘렀다는 사실을 눈치채고 웃음을 터뜨린 적이 있었다. 정작 그 행위를 하는 동안에는 더, 더 많이 하고 싶다는 생각만 하느라 전혀 시간의 흐름을 느끼지 못했지만.

여자들끼리 하는 것이 남자를 상대하는 것보다 훨씬 낫다……는 흔한 소문은 나도 들어본 적이 있었다.

아마 고등학교 시절 친구에게 들은 것이 처음이었을 텐데, 그 친구는 십중팔구 인터넷이나 잡지를 통해 그 소문을 접했을 것이다. 서로가 느끼는 부위를 잘 알고 있기 때문이라느니, 남자의 성기가 없기 때문에 저절로 연구에 집중하게 된다느니…… 뭐, 그런 것을 이유로 들기는 했지만, 그 이야기를 들었을 때 나는 "흐음, 그런가?"라고 가볍게 생각했을 뿐이지 더 이상은 관심을 가지지도 않았다.

그런데 스스로 해보고 깨달은 사실은——여자들끼리 관계를 맺을 때에는, 남자와 접촉할 때보다 스트레스가 없어서 훨씬 더 자유롭게 움직일 수 있다는 것이었다.

생각해보면 남자라는 것도 성가신 생물이었다. 본디 서로의 애정을 확인해야 할 행위인데도 남자는 꼭 거기에 갖가지 불순물을 집어넣는다. 예를 들자면 자기가 남자답게 주도권을 잡아야 한다든가, 여자를 끝까지 잘 유도해야 한다든가, 그렇게 여러모로 머리를 굴리느라 바쁜 것 같았다. 그래서 그 목표를 철저히 달성한다면 그것도 미덕이 될 수 있을지도 모른다. 그러나 남자는 또 자신의 욕망을 빨리 채우고 싶다는 욕심도 있어서 결국 모든 것이 어중간해져버린다.

게다가 또 여자는 그런 남자의 칠전팔기에 얌전히 어울려주는 것을 미덕이라고 여긴다. 그래서 침대 속에서는 남자를 배려하고 친절하게 거짓 연기를 해주는 데 급급해진다. 틀림없이 남자가 야동을 교과서 삼아 시도하는 것 같은 무리한 행위에도 여자는 적당히 응해줘야 하는 것이다.

여자들끼리는 그런 것이 없다.

비뚤어진 지배관계 같은 것도 없고, 제 분수에 안 맞게 노력할 필요도 없고, '반드시 이렇게 해야만 한다'는 속박도 없다. 그저 마음 내키는 대로, 사랑하는 상대와 서로 사랑하는 만큼⋯⋯ 마음껏 행동하면 되는 것이다.

그것을 알게 된 것만으로도 나는 충분히 행복한 사람일 것이다.

* * *

그로부터 5일 후, 나와 쥐라는 전철을 타고 기후로 향했다.

우리가 탄 전철은 좌석이 마주 보게끔 배치되어 있는 신쾌속이라는 모델이었다. 오사카에서 기후로 갈 때에는 중간까지는 신칸센을 타고 가는 것이 더 빠른데, "전철을 많이 타보고 싶어!"라는 쥐라의 요청에 응하여 이렇게 이동하게 되었다.

창밖으로 흘러가는 풍경을 바라보는 쥐라의 눈은 반짝반짝 빛나고 있었다. 별다른 특징도 없는 주택가라도 처음 보면 재미있는 것이리라.

'인간 세계는, 결국 모두들 비슷한 생활을 하고 있는 거겠지……. 저기 저 아파트에 있는 작은 집 하나하나에서 울기도 하고, 웃기도 하고, 싸우기도 하고, 키스하기도 하고.'

나도 나답지 않게 그런 상념에 잠겼다.

야마노테선이나 주오선 전철 안에서 보이는 풍경도 다 비슷비슷할 텐데, 평소에는 그런 풍경에 시선을 돌리는 경우는 드물었다. 어쩌다 시선을 돌리더라도, 자신에 관한 생각을 하느라 바빠서 타인의 삶에는 관심이 생기지 않는 것이다.

그러나 여행자의 입장에서는 그런 식으로 생각하는 것도 일종의 오락일지도 모른다. 나도 쥐라와 마찬가지로 흘러가는 풍경을 열심히 구경했다.

"에르메스 씨. 봤어? 방금 '못난이 가게'라는 마트가 있었어."

"쥐라, 저기 봐. '몽키 안경'이래."

"아, 저 건물. 건담 애니메이션에 나올 것같이 생겼어."

재미있는 것을 발견할 때마다 서로에게 가르쳐주다 보니 어느새 전차는 마이바라 역에 도착했다. 거기서 우리는 도카이도 본선으로 환승했다. 이제 50분쯤 이동하면 기후에 도착할 것이다.

도중에 유명한 '세키가하라(과거에 일본의 운명을 결정짓는 전투가 일어난 곳. 이 전투에서 도쿠가와 이에야스가 승리함으로써 에도 막부가 탄생하게 되었다)'라는 역이 있어서 나는 깜짝 놀랐는데, 막상 가보니까 흔한 시골 역이라 왠지 김이 빠졌다. 그토록 TV 프로그램이나 영화에 자주 등장하는 유명한 지역이니까 훨씬 더 크고 으리으리할 줄 알았는데.

내가 그렇게 이야기했더니 쥐라는 눈을 동그랗게 뜨면서 "세키가하라가 뭔데?" 하고 물어봤다. 그러나 나도 현지에서 나의 어설픈 지식을 당당하게 피로할 정도의 배짱은 없었다.

이윽고 JR 기후역에 도착하자 쥐라가 갑자기 소리를 질렀다.

"뭐야, 의외로 큰 도시잖아?! 에르메스 씨가 성이랑 강으로 유명한 동네라고 해서, 완전히 시골인 줄 알았는데."

"쥐라…… 조용히 해. 안 그러면 한 대 때린다?"

이 동네 사람들이 주위에서 돌아다니고 있으니까. 연장자로서 따끔하게 한마디 해줄 수밖에 없었다.

"어, 왜?"

"왜냐고 묻지 마. 그냥 해."

쥐라가 말한 대로 기후 역 앞은 깔끔하게 정비되어 있고 커다란 빌딩들이 늘어서 있는 아름다운 도시였다. 바로 옆에는 40층도 넘을 것 같은 고층 빌딩도 있었다. 나는 그 자리에 멈춰 서서, 예약한 호텔의 위치를 휴대폰으로 확인했다.

"에르메스 씨, 저기에 커다란 황금색 조각상이 있어! 저거 동화 속에 나오는 녀석이지? 자기 몸에 붙어 있는 보석이랑 금박을 힘든 사람들에게 나눠줬던…… 어, 그거."

쥐라가 흥분한 말투로 그렇게 말하면서 몇 번이나 내 어깨를 두드렸으므로 나도 살짝 고개를 들어봤다. 그런데 그것은 '행복한 왕자'가 아니라 오다 노부나가였다.

"저건 아니야……. 또 다른 유명인이야."

이번에도 본인 앞에서 얄팍한 지식을 피로할 만한 배짱은 없었으므로 나는 우물우물 얼버무릴 수밖에 없었다.

그 후 나와 쥐라는 인터넷으로 예약해뒀던 메이테쓰 기후 역 근처의 호텔에 들어가 한숨 돌렸다.

"보결 아버지는 몇 시에 보러 갈 거야?"

도중에 편의점에 들러 구입한 주스를 마시면서 침대에 걸터앉은 쥐라가 그렇게 질문을 던졌다. 물론 침대는 더블 침대 하나였다.

"공연은 6시 30분부터 시작되지만 유야 씨의 밴드는 맨 마지막에 나온다고 하니까, 8시 정도가 좋을 거라고 하던데……. 저기, 그 전에 너에게 꼭 해주고 싶은 말이 하나 있어."

"뭔데?"

"유야 씨한테는 너를 정식으로 소개해줄 건데…… 그 '보결 아버지'란 별명은 절대로 거기 가서는 말하면 안 돼, 알았지? 본인은 물론이고, 특히 다른 사람들 귀에 들어가지 않도록 조심해줘."

왜냐하면 유야 씨는 이미 기후에서 결혼해서 자식을 두 명이나 낳았기 때문이다. 그렇다면 우리 엄마와의 추억은 결국 언급하면 안 되는 과거에 불과할 것이다.

오랜만에 유야 씨의 목소리를 들은 것은, 내가 그의 답장을 받았던 그날 밤이었다. 그때 유야 씨는 일을 마치고 귀가하는 중이었나 보다. 그는 일부러 갓길에 차를 세워놓고 나와 대화를 해줬다.

"오랜만이다. 잘 지냈구?"

어느새 유야 씨는 그 지방 사투리를 쓰고 있었다. 나와 같이 지내던 시절에는 평범하게 표준어에 가까운 말을 썼었는데, 아마도 이게 자연스러운 그의 모습일 것이다.

"일단은 건강하게 살고 있어요."

10년도 넘게 서로 연락이 없었던 것을 고려하여 나는 약간 예의를 차리면서 말했다.

"어머니도 잘 지내시나? 이제는 나이가 꽤 드셨지?"

"건강하세요. 이미 쉰이 넘으셨지만."

"그렇구먼……. 하긴, 후미에 씨는 나보다 나이가 많았으니까."

"상당히 나이가 많았죠."

유야 씨와 우리 엄마는 거의 띠동갑만큼 나이 차이가 났을 것이다. 하지만 '둘 다 성인이라면 나이 차이는 그다지 문제가 되지 않는다'는 것이 당시 두 사람의 공통 인식이었나 보다. 우리 엄마도 참 진보적이라니까.

그 후 우리는 가볍게 옛날이야기를 하면서 신나게 대화를 나눴는데, 도중에 유야 씨가 말을 꺼냈다.

"루리야, 그런 말투는 관두면 안 되나? 나 왠지 섭섭하다."

상대가 그렇게 말해주니 나도 기뻤다. 그래서 말투를 확 바꿨다.

"응, 관둘게. 실은 나도 아까부터 괜히 근질근질하고 닭살 돋아서 힘들었어."

"아, 그려. 근지러우면 긁어. 엉덩이든 뒷구멍이든 막 긁어버려."

"우와, 변태."

그렇게 말하면서 둘 다 웃은 순간, 나와 유야 씨 사이에
존재했던 10년이 넘는 공백이 싹 사라진 느낌이 들었다.

"어, 그래서 너 오사카에는 언제까지 있을겨? 이쪽으로는
못 와?"

"못 갈 것도 없는데……."

도저히 진실을 고백할 수는 없었지만, 실은 일단 위장용
스토리는 만들어놓았다.

좀 진부하기는 해도──나는 진짜로 결혼할 뻔했던 약혼
자가 있었는데, 결혼 직전에 일방적으로 파혼을 당해 심하
게 상처받았다. 심지어 그 약혼자는 회사 동료였으므로 회
사에 있는 것도 괴로워서 결과적으로는 그만둬버렸다. 하지
만 곧바로 다시 취직할 마음은 나지 않아서, 결혼 자금으로
모아둔 돈과 상대에게서 받아낸 위자료로 자유롭게 여행이
나 다니기로 했다. 상황에 따라서는 오사카나 다른 고장에
서 재출발을 하는 것도 나쁘지 않겠다는 생각도 하고 있다.
이미 다른 사람과 같이 살고 있는 엄마도 이 계획에는 찬성
했다……는 스토리였다. 쥐라의 존재는 아직 이야기하지 않
았지만, 일단 사촌동생이라고 우기면 될 거라고 생각한다.

"아, 그려……. 루리야. 너한테도 많은 일이 있었구나. 그

럼 더더욱 여기에 한번 왔으면 좋겠는데? 여긴 아무것도 없는 동네지만 적어도 기분 전환은 할 수 있어."

그러더니 유야 씨는 기후의 장점들을 나열하기 시작했다. 듣자마자 오, 좋은데? 하고 생각한 것은 '기후 성'과 '나가라강의 가마우지 고기잡이'였는데, 그 이야기가 끝날 무렵에 유야 씨의 목소리가 약간 어두워졌다.

"저기, 그런데. 너도 짐작할 테지만 우리 집에서 재워주기는 힘들 것 같아. 루리야. 넌 모를 테지만 난 아내도 자식도 있거든."

그것은 충분히 예측했던 일이지만, 내가 모르는 사람이 이미 유야 씨와 함께 산다고 하니까 아주 조금 쓸쓸함 같은 것이 느껴졌다. 인간은 참 제멋대로인 생물이다.

"괜찮아. 호화로운 호텔에 묵을 거니까."

"아, 호텔? 그럼 내 친구가 일하는 호텔이 있으니까 거기서 묵으면 돼. 값은 파격적으로 깎아주라고 할게."

그렇게 말하더니 이왕이면 다음 주 금요일에 야나가세라는 번화가 근처에 있는 라이브 하우스(라이브 공연이 이루어지는 공간. 라이브 클럽이나 콘서트홀 등등 종류는 다양하다.)의 공연에 출연하기로 했으니까, 그날 오면 더 재미있을 거야……라는 말을 덧붙였다.

물론 나는 아무런 예정도 없었으므로 그날 가겠다고 대답했다. 그리고 숙소도 일단 내가 직접 찾아보겠다고 말했다. 아무래도 파격적인 세일을 해줘야 하는 그 친구라는 사람에게 좀 미안해졌기 때문이다.

"그려…… 다음 공연에 와준단 말이지. 그럼 평소보다 더 미친 듯이 날뛰어야지. 아, 그런데 너희 어머니 이야기는 비밀로 해주지 않을래……? 특히 우리 아내한테는."

당연히 나도 이제 와서 유야 씨의 가정에 폭탄을 투하할 마음은 없었다. 그래서 나도 지겨울 정도로 쥐라에게 신신당부를 한 것이었다.

"그리고 또 하나 주의할 것이 있어."

나는 쥐라 옆에 앉으면서 한 가지 더 덧붙였다.

"쥐라, 넌 여기서는 내 사촌동생인 거야. ……안 그러면 이것저것 일이 복잡해지니까."

"사촌동생……?"

그 말을 처음 들은 것처럼 쥐라는 입속으로 조그맣게 몇 번이나 중얼거렸다.

"여자 친구라고 하면 안 되는 거야?"

어디까지가 진심인지는 몰라도, 쥐라는 의아하다는 듯이 고개를 갸웃거리면서 그런 말을 했다.

"아니, 제발…… 일을 힘들게 만들지 말아줘."

나는 그렇게 말하긴 했지만——당당하게 여자 친구라고

말할 수 있다면 얼마나 기분이 좋을까? 하는 생각도 했다.

날이 저물고 나서 호텔 밖으로 나온 우리들은 메이테쓰역 근처에 있는 파스타 가게에서 이른 저녁식사를 마치고 휴대폰 지도를 보면서 야나가세로 이동했다.

무척 넓고 긴 아케이드 상점가가 있었는데, 지나다니는 사람은 많지 않았다. 금요일 밤치고는 셔터가 내려진 가게가 많았다. 단순히 일찍 문을 닫은 것인지 아니면 완전히 장사를 포기해버린 것인지, 방금 전에 우연히 이곳에 놀러 온 우리로서는 알 길이 없었다.

그 상점가를 빠져나온 우리는 좀 어두운 큰길 옆의 인도를 따라 걸었다. 그러자 그 어둠 속에서 생뚱맞다 싶을 정도로 환한 조명의 간판을 달고 있는 조그만 가게가 보였다. 가까이 다가가보니 그곳은 오늘 유야 씨의 밴드가 출연한다는 라이브 하우스 '진저 시티'였다.

"있잖아, 이거 무슨 뜻이야?"

"으음, 글쎄. '생강의 도시'라고 해석할 수밖에 없겠는데."

쥐라의 질문에 나는 그렇게 대답했지만, 그게 무슨 뜻인지는 알 수 없었다. 이런 가게의 이름은 대부분 즉흥적으로 대충 짓는 것이라고 생각한다.

'꽤 작은 가게인데 손님은 얼마나 들어갈 수 있는 걸까?'

흔한 카페와 비슷한 크기의 문. 그 옆에 세워져 있는 큼직한 화이트보드에는 오늘의 출연자인 밴드 네 팀의 이름이 적혀 있었다. 설마 출연자들만 들어가도 가게 안이 꽉 차버리는 것은 아니겠지?

조심조심 문을 열었더니 눈앞에 3미터쯤 되는 통로가 자리 잡고 있었다. 그리고 입구 바로 왼쪽에는 작은 카운터가 있었다.

그 건너편에는 낡아빠진 회색 추리닝을 입은 긴 머리 여성이 서 있었다. 좀 신경질적인 느낌이 드는데 딱 봐서는 나이를 알 수 없는 타입이었다. 여우상 미인이지만 묘하게 접근하기 어려운 분위기도 느껴졌다.

"어서 오세요. 오늘은 누구세요?"

부끄럽지만 이런 가게에는 그동안 한 번도 와본 적이 없었다. 그래서 그 질문의 의도가 뭔지 순간적으로 이해하지 못했다.

"저, 'GOKOO'의 아메디오 씨……."

라이브 하우스에 들어가서는 그렇게만 말하면 무조건 OK!라고 유야 씨가 말했었는데.

"아, 네. 당신이 그 루리 씨인가요? 이야기는 들었습니다."

내가 그렇게 말한 순간 상대가 희미한 미소를 지은 것 같았다. 기분 탓이었을지도 모르지만.

"이 아이는 누군가요?"

"아, 제 사촌동생입니다."

거의 반사적으로 대답했더니, 그 사람은 눈을 가늘게 뜨고 의아해하는 표정을 지었다.

"사촌동생이라고요……. 저, 잠시만 기다려주시겠어요?"

그렇게 말하고 그 여성은 빙글 돌아서더니, 근처에 있는 전화의 수화기를 들고 내선 번호 같은 것을 눌렀다.

"아, 지금 당신의 사촌동생인 루리 씨가 왔는데. 사촌동생이 하나 더 있대. 돈은 받아도 돼? 응, 사촌동생이 두 명."

이윽고 볼일은 끝났는지 그녀는 수화기를 내려놓고 다시 이쪽을 돌아봤다.

"미안해요. 남편이 나한테는 사촌동생이 한 명이라고 말했거든요."

남편. 그렇다면 이 사람이 바로——.

"나는 이케타니의 아내입니다. 루리 씨는 도쿄에 살고 있죠?"

아마도 유야 씨는 나를 사촌동생이라고 아내에게 소개한 것 같았다. 그럼 그렇다고 말을 하지. 그러면 나도 쥐라를 사촌동생으로 설정하지는 않았을 텐데.

"사촌동생이라면 우리 결혼식에도 와줬을 것 같은데…… 그때 인사를 했었나?"

부인은 몇 년 전인지는 몰라도 결혼식 당시의 상황을 정확히 기억하고 있는 듯했다. 이게 무슨 사태인가. 벌써 나와 유야 씨의 거짓말은 들통나기 일보 직전이었다.

"어? 저는 그때 갔었는데요?"

뜻밖에도 여기서 입을 연 사람은 쥐라였다.

"하지만 그건 7년인가 8년 전 일이잖아요? 잊어버리는 것도 당연해요. 저도 초등학생이었고…… 아, 그때 루리 언니는 유학 중이라 못 갔던 거 아니에요?"

'쥐라. 도대체 무슨 말을 하는 거야?'

나는 한순간 머리에 피가 확 몰리는 듯한 느낌이 들었는데——놀랍게도 유야 씨의 부인은 그 설명을 듣고 쉽게 납득해버렸다.

"아, 그러고 보니 유학 중이라 오지 못했던 아이가 있었지……. 그 애가 루리 씨였어?"

그렇게 말하더니 부인은 그동안 보여준 표정 중에 가장 환한 미소를 보여줬다. 뾰족하게 올라갔던 눈이 실처럼 가늘어져 무척 귀여운 얼굴이 되었다.

"난 이케타니 도와코라고 해. 오늘은 일부러 와줘서 고마워. 저 안쪽의 음료 코너에 가서 이것을 보여주면 맥주든 콜라든 뭐든지 마실 수 있을 거야."

그러면서 부인은 작은 메달 두 개를 꺼내더니 하나씩 나와 쥐라 앞에 내려놨다.

일단 잘 속여 넘긴 것 같은데——쥐라가 이토록 대담한 아이인 줄은 몰랐다. 옆에서 듣고 있던 나조차도 왠지 그게 진짜일 것 같다고 생각했을 정도였다.

짧은 복도를 통과하자 그 안에는 10평쯤 되는 넓이의 어두운 공간이 있었다.

그 한쪽 끝에 조그만 무대가 설치되어 있었고, 그 위에서 3인조 밴드가 헤비메탈 같은 곡을 연주하고 있었다. 유난히 보컬의 목소리가 크게 들리는 것은 애초에 드럼 소리에 묻히지 않게끔 음량 조절을 한 걸지도 모르지만, 그보다 더 큰 이유는 보컬이 온 힘을 다해 샤우팅을 하고 있어서일 것이다. 나도 모르게 귀를 막고 싶어졌지만 양심상 그럴 수는 없었다.

"에르메스 씨. 방금은 좀 위험했지?"

갑자기 쥐라가 내 귀에 입을 대고 중얼거렸다. 내가 고개를 끄덕이자, 쥐라는 티 없이 해맑은 얼굴로 생긋 웃더니 조금 무서운 말을 했다.

"스스로 진실이라고 믿으면서 말을 하면, 어떤 거짓도 진실처럼 들리게 되어 있거든……. 참 쉽지?"

그러더니 재빨리 내 귀까지 핥고 갔다.

* * *

3인조 밴드의 연주가 끝나자, 그들은 커튼으로 가려진 좁은 통로 속으로 사라져버렸다. 가게 안이 아주 조금 밝아졌다. 그 틈에 메달을 음료수와 교환했다. 나는 맥주, 쥐라는 콜라를 선택했다.

'오…… 동네 라이브 하우스는 이런 분위기구나.'

처음 와본 장소를 흥미진진하게 둘러봤다.

물론 라이브 하우스란 이름이 붙은 곳에는 몇 번 가본 적이 있지만, 그곳은 전부 다 무대와 객석이 이보다 몇 배나 더 넓은 장소였다. 또 티켓도 인터넷으로 신청해 편의점에서 프린트하는 것이 보통이었다. 즉, 큰 회사가 운영하는 곳에만 가봤다는 뜻인데, 그에 비하면 이 '진저 시티'는 모든 것이 조촐해서 귀엽게 느껴질 정도였다. 옛날의 라이브 하우스는 대부분 이런 느낌이 주류였을지도 모른다.

당연히 스탠딩이 기본이었는데, 자세히 보면 벽 근처에는 마치 오래된 찻집에 있을 것 같은 간소한 의자와 테이블이 여섯 세트 정도 쌓여 있었다. 그 앞에는 경찰이 현장 보존을 하는 것처럼 노란색 비닐 테이프가 쳐져 있었고, '절대로 만지지 마세요'라고 적힌 종이가 붙여져 있었다. 틀림없이 이벤트가 없을 때에는 저 테이블을 꺼내놔서, 손님들이 라이브 공연을 즐기면서 술을 마실 수 있는 가게일 것이다.

"그런데 아까는 깜짝 놀랐어……. 쥐라, 너도 의외로 과감한 짓을 하는구나."

롱 사이즈 종이컵에 들어 있는 맥주를 3분의 1 정도 목구멍에 흘려 넣고 나서, 나는 조그만 목소리로 쥐라에게 말했다.

"어떻게 결혼식이 7~8년 전이란 것을 알았어?"

"그야 뭐, 보결……이 아니라, 유야 씨는 10년 전에는 도쿄에 있었다면서? 그리고 지금은 자식이 두 명 있으니까. 결혼한 것은 아마도 그때쯤이겠구나 하고 생각해서."

평소답지 않게 똑똑하구나 하고 감탄했다. 그러나 자신이 초등학교 시절에 참석했다……는 립 서비스는 아무리 그래도 좀 위험한 게 아니었을까.

"거기선 도박을 해본 거지."

내 말에 쥐라는 혀를 쏙 내밀며 대답했다.

"오답이면 의심을 받을 테지만, 정답이면 상대가 완벽하게 믿을 테니까. 그런데 그렇게 금방 떠올리는 것을 보면 꽤 성대한 결혼식이지 않았을까……? 정말로 먼 친척들까지 다 불러 모을 정도로. 그렇다면 초등학생 여자아이 한두 명은 꼭 있었을 거라고 생각했어."

"그런 것을 즉석에서 생각해낸 거야?"

"후후후. 실은 생각하기도 전에 먼저 입에서 말이 튀어나왔어. 일종의 직감 같은 건가?"

이래서 쥐라를 상대로는 방심을 할 수 없다니까. 아주 먼 곳의 풍경을 보는 능력이 정말로 있는 게 아닐까? 하는 생각이 들 정도였다.

"아, 다음 밴드가 나왔어."

쥐라가 가리킨 방향으로 눈을 돌리자, 회색 커튼을 젖히면서 이번에도 또 3인조 남성 밴드가 입장했다.

처음 본 순간부터 눈치챘다. 그들이 내가 보러 온 GOKOO라는 것을. 도대체 저런 물건을 어디서 파는지는 몰라도, 그들은 각자 화투 그림이 그려진 탱크톱을 입고 있었기 때문이다.

스모 선수로 착각할 정도로 덩치가 크고, 빡빡머리에 수건을 두르고 있는 남자는 '공산의 달', 오래 사용한 베이스를 손에 들고 있는 날씬한 미남은 '솔의 학', 그리고 어깨에 닿을 정도로 긴 갈색 머리카락을 뒤로 모아 묶은 사람은 '비의 오노노 도후(화투 비광에 그려진 남자. 일본 헤이안 시대의 서예가)'──두말할 것 없이 이 사람이 바로 아메디오 유야, 즉 유야 씨였다. 그는 몸체가 갈색인 일렉트릭 기타를 라이플처럼 어깨에 걸치고 있었다.

'우와, 하나도 안 변했네.'

실제로는 몸 전체가 동그랗게 통통해졌고 머리숱도 줄어들었지만, 그 악동 같은 분위기와 변화무쌍한 표정은 10년 전과 같았다. 주체할 수 없는 그리움이 솟구쳤는데, 그래도 다짜고짜 큰 소리로 이름을 부를 정도로 뻔뻔해지지는 못하는 것이 나란 인간이었다.

유야 씨는 좁은 공연장에는 눈길을 주지도 않고 부지런히 기타 세팅을 하기 시작했다. 실드 케이블을 연결하고, 판 같은 것에 고정시켜놓은 몇 종류의 이펙터와 접속시키더니 짧은 소절을 연주하여 그 상태를 확인했다.

"홋. 저이도 참…… 실은 당신을 알아봤으면서도 일부러 모르는 척하고 있네."

갑자기 바로 옆에서 목소리가 들렸다. 당황하여 얼굴을 그쪽으로 돌렸더니, 카운터에 있었던 유야 씨의 아내——도와코 씨가 거기 서 있었다. 언제 가까이 다가온 걸까.

"오늘은 당신이 오니까 열심히 할 거라고 했어."

역시 쥐라의 도박이 성공해준 덕분일까, 도와코 씨는 이제는 진짜 가족을 대하듯이 편한 말투로 말하고 있었다.

"아, 지금 멤버가 세 명밖에 없는데 어째서 GOKOO(오광)일까 하고 이상하게 생각했지?"

그러고 보니 이름은 오광이라고 지어놨는데 '벚꽃의 휘장'과 '오동의 봉황', 그렇게 두 장이 부족했다.

"전에는 진짜로 다섯 명이 있었어……. 마치 미리 짠 것처럼 이름도 완벽했다니까. 드럼 치는 덩치 큰 남자가 리더인 도쓰키(戶月) 씨, 베이스 치는 사람이 마쓰이(松井) 씨."

아, 달과 소나무. 진짜로 멋지게 각각의 화투 패를 연상시키는 이름이었다.

"그리고 또 하나의 기타였던 사쿠마 씨라는 사람이 있었는데, 사정상 지금은 쉬고 있어. 물론 그 사람이 벚꽃이야."

벚꽃(사쿠라)과 사쿠마──아하, 너그럽게 보면 그 유사성도 납득이 갔다.

"마지막으로 오동(키리). 그건 사실 나였어. 결혼하기 전에는 내 성이 오다기리였거든……. 이래 봬도 키보드 담당이었어. 지금은 뭐, 육아 휴직 중이지."

"그렇군요. 정말로 딱 알맞게 모여 있었네요. 아, 하지만 유야 씨는 이케타니(池谷)잖아요? 비하고는 전혀 상관이 없는데."

"그래서 스스로 '아메디오 유야'라고 하고 다니잖아? 아무래도 어딘가에 비(아메) 요소가 들어가지 않으면 문제가 되니까."

안타깝게도 유야 씨 혼자만 좀 억지스럽고 멋이 없었다. 아메디오라니, 도대체 어느 나라 이름이야?

이윽고 준비가 끝났는지 드러머가 신호를 하자 조명이 꺼졌다. 그리고 잠시 후 시작된 것은 딥 퍼플의 〈스모크 온 더 워터〉 인트로였다. 그와 동시에 인상적인 기타 리프를 연주 하는 유야 씨의 자신만만한 얼굴이 스포트라이트를 받아 드 러났다.

'우와…… 촌스러운 감성.'

저절로 그런 생각이 들었다. 그러고 보니 중학교 시절에도 저 리프를 자신만만한 얼굴로 연주하던 동급생이 있었지.

"돗키—!"

"맛쓔—!"

공연장 손님들이 외치는 소리도 왠지 촌스럽게 느껴졌다. 유야 씨를 부르는 소리는 그냥 '유야'였다. 아메디오라고 부 르는 사람은 없었다. 정말로 의미가 없는 이름이구나.

〈스모크 온 더 워터〉가 끝나자, 이어서 키스의 〈디트로이 트 록 시티〉가 시작됐다. 아마도 GOKOO는 하나의 밴드에 집착하는 것이 아니라, 좋아하는 곡을 닥치는 대로 카피하 는 밴드인 것 같았다.

솔직히 말하자면 유야 씨의 밴드가 카피 밴드라는 사실을 알게 되어서 나는 좀 실망했다.

카피가 꼭 나쁘다는 것은 아니지만, 나한테는 그것이 그 저 악기 연주 실력만 자랑하고 싶어 하는 '밴드 놀이'처럼 보였기 때문이다. 아무리 엉성해도 자기들만의 곡을 만들어

연주하는 밴드가 훨씬 더 제대로 된 록 음악을 하고 있는 게 아닐까. 아무리 솜씨가 좋아도 카피는 카피일 뿐이다. 결국 본인들이 제일 즐거워하는 '역할극 놀이' 같은 것이다. 그러니까 그런 음악을 친구들끼리 같이 즐기는 것은 괜찮지만, 돈 받고 남에게 들려준다는 것은 다소 뻔뻔한 짓이 아닐까.

그런 생각을 해서 그런지, 약 30분쯤 되는 연주 시간이 길게 느껴졌다.

* * *

유야 씨와 차분하게 대화할 수 있게 된 것은 공연이 끝나고 한 시간 이상 지난 뒤였다.

뒷정리를 하는 데 시간이 걸려서 그런 것이었는데, 그동안 나와 쥐라는 근처에 있는 바인지 레스토랑인지 알 수 없는 가게에서 대기해야 했다. 이럴 거면 차라리 공연이 없는 날 오는 편이 나았을 텐데……라는 생각이 들었지만. 이제 와서 그런 말 해봤자 소용없었다.

"어이구 미안, 미안. 진짜 오래 기다렸지?"

그렇게 말하면서 유야 씨가 내 맞은편 자리에 앉았을 때에는 이미 밤 10시가 넘은 시각이었다. 밴드 멤버 두 명도 같이 왔는데 도와코 씨는 없었다.

"어? 아내분은?"

"그 녀석은 먼저 집에 가라고 했어. 알지? 우리 애들이 아직 어려서."

듣자하니 다섯 살, 두 살 된 남자아이라고 한다. 오늘은 친정어머니에게 아이들을 맡기고 온 것 같았다.

그 이야기를 듣고 조금이나마 안심했다. 아무래도 나는 당당하게 부인 앞에 나설 만한 처지가 아니고——도와코 씨도 나를 수상하게 여기는 느낌이 들었으니까.

쥐라가 능숙하게 커버해주기는 했지만, 사촌동생이라는 거짓말은 반쯤은 들킨 것 같았다. 오히려 그런 거짓말까지 해서 속이려고 할 정도면 실은 부적절한 관계인 게 아닐까…… 하고 의심받고 있을지도 모른다.

내가 조그맣게 그런 이야기를 했더니 유야 씨는 코웃음을 쳤다.

"에이, 그런 거 아니니까 안심혀……. 그 녀석은 도쿄 여자한테 이상한 경쟁의식을 느껴서 그려. 잘 이해는 안 가지만."

아니, 그런 말씀을 하셔도 제가 더 이해가 안 가거든요. 애초에 나는 사이타마에서 나고 자란 사람인데.

"뭐, 붙임성 없어 보이는 것은 옛날부터 그랬으니까 신경쓸 필요도 없구. 익숙해지면 오히려 지겨울 정도로 수다를 떨어대는 녀석이니까…… 아, 그려. 밴드 멤버들한테는 솔직하게 사실대로 말해놨으니 괜히 숨기려고 할 필요 없어."

완전히 긴장이 풀린 걸까. 전화로 이야기했을 때보다도 유야 씨의 말투에는 고향의 사투리 억양이 강하게 배어 있었다.

"자, 그럼 소개할게."

"그건 아까 무대 위에서 했잖아요. 여기 이분이 드러머인 돗키 씨이고, 여기 이분이 베이시스트인 맛슈 씨."

나는 유야 씨의 말을 가로막으면서 일부러 친근한 말투로 말해봤다. 조금이라도 더 빨리 편안한 분위기를 만들고 싶었기 때문이다.

왜냐하면 내 옆에 앉아 있는 쥐라가 갑자기 아저씨 세 명과 마주하게 되어서, 마치 남의 집에 온 고양이처럼 굳어버렸으니까. 특히 쥐라 앞에 앉아 있는 드러머 돗키 씨는 빡빡 머리이고 덩치도 큰 데다가 도깨비기와처럼 험상궂게 생겨서, 쥐라는 완전히 압도당한 것 같았다.

"아, 그래도 인사는 제대로 해야지……. 어, 여기 드러머 돗키 씨는 본명은 도쓰키 씨이구. 우리 밴드의 리더여."

"도쓰키 쇼지입니다. 사실 리더라고 해봤자 별거 아니고, 그냥 나이가 제일 많아서 그런 거지만."

흔히 그렇듯이 이 무서운 얼굴의 돗키 씨는 웃으니까 오히려 귀여워 보였다. 이 밴드에서는 유일하게 40대라고 한다. 그럼 유야 씨와는 대여섯 살쯤 차이가 나는구나.

"자, 그리고 여기 맛쓔는 마쓰이 고타로 군이여. 내 중학교 동급생. 이래 봬도 W대를 졸업했구. 진짜 고학력 지식인인데…… 회사에서도 직급이 높아."

"이래 봬도라니, 그게 무슨 뜻이냐? 외모만 봐도 이미 지식인이잖아."

그렇게 말하면서 맛쓔 씨는 웃었는데, 지식인인지 아닌지는 몰라도 제일 잘생긴 것은 확실했다. 콧대가 살아 있는 진한 이목구비. 예나 지금이나 인정받는 정통파 미남이었다. 그런데 또 입을 열면 싹싹한 느낌이 들고 태도도 부드러워서――십중팔구 인기가 많을 것 같았다.

"실은 또 사쿠마라는 녀석도 있는데……. 지금 그 녀석은 잠시 여행을 떠났어."

"여행을 떠나요? 아, 저랑 똑같네요."

나머지 두 사람 앞에서 정중한 말투로 말하자, 유야 씨는 소리 죽여 웃었다.

"아니, 루리야. 너하고는 좀 다른디……. 그 녀석은 철창 있는 호텔에 묵고 있거든."

"야, 쓸데없는 말 하지 마. 여자애들이 무서워하잖아."

그렇게 따끔하게 한마디 한 사람은 돗키 씨였다.

"저, 그럼, 그건…… 교도소 같은 곳이에요?"

"같은 곳이 아니라 그냥 교도소여. 하지만 사람 죽인 흉악 범은 아니구. 회삿돈을 조금 꺼내서 들고튀었을 뿐이지."

역시 나랑 똑같잖아.

"다다음 해에는 돌아올 거여."

"그런데 꽤 오래 걸리네."

"아, 진짜, 그렇게 안 어울리는 짓은 왜 했대?"

GOKOO 세 사람은 평소 말투로 돌아가 자기들끼리 대 화했다. 지금 이곳에 없는 사쿠마 씨에 관하여. 그 대화를 듣 기만 해도 그들이 얼마나 서로 친하고 성격 좋은 사람들인 지 알 것 같았다.

"아니, 사쿠 이야기는 지금은 관두자구. 오늘의 주역은 여 기 이 두 사람이니까."

이야기의 흐름을 원래대로 돌려놓은 사람은 이번에도 돗 키 씨였다.

"유야한테 좀 들었는데. 루리 씨는 유야의 전 여친의 딸이 지?"

실제로 우리 엄마와 유야 씨가 사귀었던 것은 사실이지 만, 엄마가 '전 여친'이라고 불리는 것은 왠지 좀 웃겼다. 나 이도 많은데.

"그리고 이 귀여운 아가씨는…… 동생?"

"아뇨, 사촌동생이에요."

돗키 씨의 말에 내가 대답하자, 쥐라가 고개를 숙이며 말
했다.

"사토 쥐라입니다."

"어, 그거 본명이야? 처음 듣는 이름이네."

잘생긴 맞쓔 씨는 상식적인 인간인 것 같았다. 그는 반사
적으로 눈을 동그랗게 떴다. 하기야 그리 흔한 이름이 아닌
것은 사실이었다.

"네, 진짜 이름이에요. 한자 없이 가타카나로 쥐라라고 쓰
는 거예요."

"오, 멋지다……. 울트라맨 같은 데 나올 것 같아."

감탄하는 맞쓔 씨. 그러자 돗키 씨가 그의 어깨를 툭 치면
서 말했다.

"사람 이름을 듣고 그렇게 반응하면 못 써. 실례라구."

역시 돗키 씨는 보기보다 훨씬 더 섬세한 신경의 소유자
인 것 같았다.

"괜찮아요. 저는 제 이름을 좋아하니까요."

다소 긴장이 풀렸는지 쥐라는 귀엽게 웃으며 말했다. 그
와 동시에 남자들의 얼굴이 극단적으로 부드럽게 변하는 것
이 보였다. 어찌 보면 참 솔직한 사람들이구나.

그 후 우리는 늦은 저녁식사를 하면서 신나게 대화를 나
눴다. 유야 씨의 과거라든가, 각자의 일에 관한 이야기 등.

그러다가 자연스럽게 나와 쥐라의 여행 이야기로 넘어가게 되었다. 나는 약간 양심의 가책을 느끼면서도 미리 만들어 둔 스토리를 그들에게 이야기해줄 수밖에 없었다. 회사 동료였던 남자에게 일방적으로 파혼을 당하는 바람에……라는 스토리.

"세상에, 이렇게 예쁜 여자애한테 그렇게 심한 짓을 하는 녀석이 있다니. 듣기만 해도 열 받네."

이야기 도중에 은근슬쩍 나를 치켜세워주면서 맛쓔 씨가 말했다.

"돗키 씨가 근처에 있었으면 그런 놈은 한 방에 때려눕혔을 텐데. 애초에 돗키라는 별명이, 툭하면 남을 잘 때려서(일본어 '때리다'란 동사의 발음이 '도쓰쿠') 생긴 거니까."

"네? 이름이 도쓰키 씨여서 생긴 별명이 아니고요?"

"아니 뭐, 도쓰키도 도쓰쿠도 다 똑같은 거잖아?"

"전혀 달라. 짜샤."

그렇게 말하면서 돗키 씨는 옆자리의 맛쓔 씨의 허벅지를 묵직한 주먹으로 때렸다. 퍽! 하고 둔탁한 소리가 났다. 맛쓔 씨는 요란하게 아픈 척을 했다.

"와, 이거 봐, 툭하면 때리구……. 으윽, 방금 그건, 진짜 아팠어."

그걸 보고 소리 내어 웃음을 터뜨린 사람은 쥐라였다. 두 사람의 대화와 행동이 자기 취향에 딱 맞았는지 쥐라는 배꼽을 쥐고 웃었다.

"다들 너무 재미있는 사람들이야……. 있잖아, 루리 언니. 이왕이면 이 동네에서 살면 안 돼?"

사람들의 눈을 의식해서 그런지 쥐라는 나를 이름으로 부르면서 대담한 제안을 했다.

"어휴, 무슨 소리야……? 살 곳을 정하는 것은 그렇게 쉬운 것이 아니야."

"어? 뭐야, 그게 무슨 이야기야?"

내 말에 맛쓔 씨는 자기 허벅지를 쓰다듬으면서 반응했다.

그래서 나는 아까 이야기했던 가짜 스토리에다 또 거짓말을 보탤 수밖에 없게 되었다. 파혼을 당해 상처받은 나는 전혀 다른 곳에서 재출발을 하는 것도 괜찮겠다고 생각하게 되었고, 엄마도 그 계획에는 찬성해주셨다……는 이야기.

"오, 그려? 그럼 기후에 살면 되잖아! 적응하면 살기 편한 동네여."

서로 알게 된 지 몇 시간도 안 지났는데. 돗키 씨와 맛쓔 씨는 쌍수를 들고 환영해줬다.

그러나 그것은 어려운 일일 것이다.

가짜 스토리에다 쓸데없이 이것저것 덧붙여버렸던 것은, 가능하다면 유야 씨와 가까운 곳에서 살고 싶다……는 은밀

한 욕심 때문이었던 것은 사실이다. 몇 번이나 말했듯이 특별한 감정이 있는 것은 아니지만, 유야 씨가 가까운 곳에 있어준다면 정말로 마음이 든든할 것 같았다. 물론 그때 그 남자가 우리를 찾아올 리는 없지만. 그래도 만에 하나의 가능성도 있었다.

그래서 "살 곳을 찾고 있다면 우리 집 근처의 빌라를 빌려서 살면 되잖아?"라고 유야 씨가 말해주기를 은근히 기대했었던 것이다.

그러나 그것은 역시 안일한 생각이었다──내가 근처에 살게 된다면 도와코 씨의 기분이 안 좋아질 테니까. 안 그래도 나를 의심하고 있는데, 그랬다가는 그 생각이 위험한 상상으로 발전하는 것도 시간문제일 것이다. 최악의 경우에는 유야 씨의 가정에 무의미한 풍파를 일으키게 될지도 모른다.

틀림없이 유야 씨도 비슷한 생각을 했을 것이다. 자꾸만 "에이, 그건 어렵지"란 말만 되풀이하고 있었다.

"그럼 우리 집 근처에서 살면 되잖아?"

이윽고 아무렇지도 않게 그런 말을 꺼낸 사람은 돗키 씨였다.

"우리 집은 옆 동네인 오가키인데. 여기서 엄청 멀리 떨어진 것은 아니지만. 그래도 시내에서 돌아다니다가 도와랑 딱 마주칠 가능성은 별로 없지 않을까?"

"오가키……?"

그 제안은 정말 고마웠지만 아쉽게도 나는 그 지역에 관한 지식이 전혀 없었다. 전철로 이동하면 15분도 안 걸린다고 하니까 여기랑 그다지 다르진 않을 것 같은데——음, 과연 어떨까.

"오가키는 기후현에서는 두 번째로 큰 도시여. 일본의 한가운데에 있어. 기후역만큼은 아니어도 역 앞도 꽤 발전했으니까 불편한 점은 하나도 없어."

마치 가족을 자랑하는 듯한 말투로 돗키 씨는 오가키의 장점을 설명했다.

"게다가 내가 아는 부동산 중개업자도 있으니까. 빌라든 아파트든 매물은 금방 찾아줄 수 있을 거여. 역 앞에 커다란 쇼핑몰도 있어서 원한다면 얼마든지 거기서 아르바이트도 할 수 있구."

상당히 괜찮은 제안일지도 모른다……고 생각했다.

* * *

인생은 변한다——타이밍에 따라 진짜로 얼마든지 변하게 된다.

나는 이 여름이 시작될 무렵까지는 일정한 시급을 받는

파견 사원으로 일하면서 날마다 똑같은 하루하루를 보내고 있었다. 다소 상황이 좋아지거나 나빠지는 경우는 있어도 그다지 큰 변화는 거의 없었다. 기껏해야 파견된 회사나 출근 장소가 달라지기만 하는 삶이었다.

물론 정사원으로 나를 고용해줄 회사를 찾아다니기도 했지만, 워낙 팍팍한 요즘 시대이다 보니 나도 어느새 불합격이라는 '거절 메일'을 받는 데에도 익숙해져서 신기하게도 초조함 자체가 사라져버렸다. 속으로는 은근히 이 사회와 시대가 나쁜 거다…… 하고 체념해버린 것이기도 했다.

또 울고 싶을 정도로 지독하게 불행하진 않았다는 것이 문제이기도 했다.

적당히 즐거운 일이나 기쁜 일도 있었다. 그래서 나는 그 자리를 박차고 뛰쳐나갈 의지나 용기를 얻지 못한 채, 그저 늘 비슷한 하루하루를 보내왔다.

그대로 계속 살았어도 나는 자신이 특별히 불행하다고 생각하지는 않았을 것이다. 머리가 하얗게 셀 무렵에는 다소 한탄할지도 모르지만——다행히 그런 나이가 되려면 아직은 시간이 있었다.

그래서 나는 당연히 앞으로도 비슷비슷한 나날을 보내게 될 줄 알았다.

언젠가는 변할지도 모르지만 그것은 몇 달 이내는 아니고 아마 3~4년 이후일 것이다. 아무런 확증도 없는데 나는 그렇게 믿고 있었다. 그리고 그날을 맞이하기 위한 노력을 전혀 안 했었는데.

돌연 나타난 쥐라가 내 삶을 백팔십도로 바꿔놓았다.

이를테면 초봄의 나는, 내가 그동안 가본 적도 없는 지방 도시에서 가을을 보내게 될 거라고는 전혀 상상도 하지 못했었다. 물론 그 무렵에는 아직 만나지 않았던 연하의 여자애와 기묘한 연애관계로 발전하고, 또 난생처음 보는 거금을 손에 넣으리란 것도 상상하지 못했고.

난 지금 기후현의 오가키역 근처에 있는 아파트에서 쥐라와 같이 살고 있었다. 결국 돗키 씨와 친구들의 열정적인 권유에 넘어간 것이다.

좀 오래된 쓰리룸이었는데, 그래도 도쿄의 빌라와는 비교가 안 될 정도로 깔끔하고 살기 좋은 집이었다.

물론 돗키 씨의 아는 사람이라는 부동산 중개업자에게 소개받은 집이어서 월세도 많이 할인을 받게 되었는데, 사실 정규 월세라도 도쿄에 비하면 저렴했다. 특히 현재의 우리들은 얼마든지 지불할 수 있는 금액이었다.

오사카에서 우리가 살았던 먼슬리 맨션은 편리하기는 해도 결국 임시 숙소에 불과했다. 방을 뺄 때에는 원상복귀가 원칙이므로 포스터 한 장도 마음대로 붙이지 못했다. 또 불

필요한 물건을 사면 이동할 때 거추장스러운 짐이 될 테니까, 오락실의 인형 뽑기 게임에서 조그만 인형을 하나 뽑는 것조차도 고민해야 하는 상태였다.

그러나 한곳에 오래오래 살게 된다면 이야기는 달라진다. 드디어 나와 쥐라의 '집'을 손에 넣은 것이다.

나는 그 집을 내 마음대로 꾸몄다. 아니, 그렇다고 특별히 호화로운 가구만 갖춰놓은 것은 아니었는데, 자연스럽게 어린 시절부터 동경했던 '상류층 턱걸이 가정'의 이미지대로 집을 꾸미게 되었다. 애초에 모든 가구들이 조립식이 아니란 사실만으로도 나는 충분히 흥분했지만.

가전제품은 돈을 넉넉하게 써서 전부 최신식으로 구비했다.

그중에서도 액정 TV는 좀 과하게 큰 제품을 구입해버렸는데, 그게 오히려 박력이 있어서 좋았다. 특히 그 TV로 실제 우주를 촬영한 영상을 보면 놀랍도록 현실감이 넘쳤다.

냉장고는 내 키와 비슷한 크기이고 문이 잔뜩 달린 것으로 골랐다. 전자레인지는 사용법도 잘 모르는 오븐 기능 추가 제품이었다. 일단 사놓으면 언젠가는 쓰겠지.

덤으로 고급 가정용 플라네타륨도 구입했는데, 이전처럼 쓸쓸할 때 감상……하는 습관은 완전히 사라졌다. 오가키에는 높은 건물이 많지 않아서 하늘이 넓게 펼쳐져 있으므로 얼마든지 실제로 아름다운 별하늘을 감상할 수 있기도 했고, 또 쥐라와 같이 살면 쓸쓸해질 틈이 없었기 때문이다.

플라네타륨이 활약하는 것은 오히려 우리가 침대 속에서 같이 놀 때였다.

침대에서 좀 떨어진 곳에 그것을 놔두면 보기 좋게 천장에 천구가 펼쳐졌다. 그 공간 속에서 시간 가는 줄 모르고 쥐라와 같이 놀다 보면, 정말로 우리 둘이서 우주를 떠다니는 듯한 착각에 빠질 정도였다.

특히 여러 번 절정을 맞이해 온몸의 힘이 다 빠져버린 상태에서 바라보는 우주는 각별했다. 실은 영화 비슷한 것에 불과한데도, 신기하게 거기서 깊이가 느껴졌다. 마치 우리 둘이 누워 있는 세미더블 침대가 우주에 둥둥 떠 있는 뗏목이 된 듯한 느낌이 들었다.

그것의 영향인지 뭔지 딱 잘라 말할 수는 없지만——쥐라가 그리는 그림도 좀 달라졌다. 그동안 쥐라의 그림은 대부분 선으로만 그린 단순한 그림이었는데, 그것이 한 단계 발전해서 정말로 행성 같은 물체가 화면에 등장하게 된 것이다.

어쩌면 쥐라는 나를 기쁘게 해주려고 적극적으로 우주 같은 것을 그리게 된 걸지도 모르지만, 그런 이유와는 상관없이 점점 쥐라의 그림이 매력적으로 변해가는 것은 확실했다.

그중에서도 특히 내가 감명을 받은 것은, 화면 아래쪽 4분의 1 지점에 완만한 지평선이 펼쳐져 있고 그 위에는 거대한 토성 같은 것이 그려져 있는 그림이었다.

실제 지구에서는 절대로 볼 수 없는 풍경이지만, 이를테면 60개가 넘는다는 토성의 위성들 중 하나의 표면에 서서 하늘을 우러러본다면 이런 풍경이 보이지 않을까……란 생각이 들게 해주는 그림이었다. 쥐라는 위성이라는 단어조차 몰랐지만.

물론 쥐라의 그림이 달라진 계기는, 저 작은 플라네타륨 하나만이 아닐 것이다. 완벽하진 않아도 자기만의 작업실을 가지게 된 것도 하나의 계기가 아닐까. 겨우 4평 정도이기는 해도 방 하나를 쥐라의 '그림 그리기 전용 공간'으로 만들어 준 것이다.

그곳에는 커다란 의자와 책상, 또 도구를 보관할 서랍장만 배치해뒀다. 그 외 생활감 있는 물건은 일부러 놔두지 않았다.

"쥐라. 여긴 네 마음대로 써도 되는 방이야. 하루 종일 그림만 그려도 돼."

처음 내가 그렇게 말했을 때 쥐라는 그 말의 의미를 잘 이해하지 못하는 것 같았다. 그래서 다시 물어봤더니, 쥐라는 지금까지 자기 방이란 것을 가져본 적이 없었다고 한다. 항상 누군가와 같이 살아서(그것은 부모님 또는 착취하는 인간이

었다), 방구석의 극히 제한된 일부분만 자신의 공간으로 삼
는…… 그런 상태였나 보다.

"쥐라. 이 방은 전부 다 네 거야. 옷장 같은 것은 옆방에 놔
둘 테니까, 여기는 오로지 그림만 그리는 공간으로 써도 돼."

그래도 처음에는 얌전히 책상에 앉아 스케치북을 펼쳐놓
고 있었다. 아마 갑자기 넓은 들판에 자유롭게 방치돼서 뭘
어쩌면 좋을지 모르는 강아지나 마찬가지였을 것이다.

그래서 나는 스케치북보다 커다란 종이를 여러 종류 준비
해줬다. 계속 작은 화면만 들여다보면 쥐라의 마음속 이미
지도 작게 축소되어버릴 것 같았기 때문이다.

"우와, 이렇게 큰 종이도 팔아?"

B1 도화지를 인터넷으로 구입했을 때에는 쥐라도 놀라서
흥분을 감추지 못했다. 열 장이 1,000엔 정도 되었는데, 그
커다란 종이를 보는 쥐라의 눈은 반짝반짝 빛나고 있었다.
거기에 그림을 그리는 것이 너무 기대돼서 못 참겠다는 것
처럼.

이윽고 종이 크기에 맞춰 바닥에서 그림을 그리게 되었
고, 경우에 따라서는 벽에 종이를 붙여놓고 서서 그림을 그
리기도 했다. 그렇게 쥐라는 점점 자유로워졌다. 그럴수록
쥐라가 그리는 것도 점점 커졌다. 내 계획은 일단 성공한 것
같았다.

그다음에 내가 한 것은, 그다지 비싸지도 않은 액자나 포스터 패널을 대량으로 구매하여 쥐라의 작품을 모조리 전시해놓는 것이었다. 그렇게 함으로써 쥐라가 그린 그림이 가치가 있다……란 사실을 가르쳐주고 싶었다.

"이렇게 해놓으면 좀 부끄러운데."

처음에는 쥐라는 그런 말을 했지만, 점차 익숙해졌는지 스스로도 잘 그려졌다고 생각하는 그림은 '액자에 넣어달라'고 나에게 말하게 되었다. 그래서 눈 깜짝할 사이에 벽이 그림으로 가득 채워졌는데, 끊임없이 자신의 그림을 보면서 쥐라는 더 풍부한 이미지를 얻은 것처럼 자꾸만 그림을 그려나갔다.

그러다가 그림을 걸어놓는다는 것을 의식하게 되었는지 한 장 한 장에 시간을 들이게 되었다. 선도 정성스럽게 긋게 되어서 '대충 그리는 습작'이 줄어들었다. 이제는 아크릴 물감으로 파란색이나 노란색을 얹어주는 기법까지 쓰게 되었으니, 쥐라가 과거와는 다른 새로운 단계에 들어가려고 한다는 것은 확실했다.

그런데 나는 쥐라를 화가로 만들 생각은 없었다.

그 그림이 세상 사람들에게 인정받게 된다거나, 괜찮은 가격에 팔리게 된다거나——그런 것을 생각한 적은 단 한 번도 없었다.

어떤 사람은 쥐라의 그림을 보고 그저 유치한 낙서로 치부할지도 모른다. 상식적으로 생각한다면 오히려 그럴 가능성이 높을 것이다. 완전히 자기류였고, 전문적인 교육을 받은 적도 없는 인간이 그린 그림이니까. 그런 것이 남들에게 인정받을 거라고 생각하는 게 비정상이지 않은가. 물론 그런 예술가도 가끔은 있다고 하지만, 압도적으로 소수일 것이다.

그래도 나는 쥐라에게는 재능이 있다고 믿었다. 단 하나의 선으로 우주를 느끼게 해주는 인간은, 내가 아는 한 쥐라밖에 없었다.

당연히 편파적인 감정도 있을 것이다.

두 번 다시 떨어지지 못할 정도로 사랑하게 되었으니까. 쥐라는 계속 특별한 존재였으면 좋겠다……라고 생각하는 마음이 내 안에 있다는 것은 나도 인정한다.

하지만 그런 욕심은 차치하더라도──나는 쥐라의 성장을 지켜보고 싶었다. 단 하나의 선으로 시작한 쥐라가 그 재능을 어떤 식으로 발전시켜 나갈지, 그리고 어떤 그림을 그리게 될지. 나는 내 눈으로 확인해보고 싶었다.

그걸 위해서라면 나는, 현재 가지고 있는 거금을 거의 다 써버려도 상관없다고 생각했다.

* * *

쥐라와의 새로운 생활은 정말로 한없이 즐겁기만 했다.

돗키 씨가 말했던 대로 오가키는 아무런 부족함 없이 살 수 있는 도시였다. 역 앞에는 호텔이나 학원 등이 줄줄이 자리 잡고 있어서 조용했는데, 걸어서 갈 수 있는 범위 내에 커다란 쇼핑몰과 대형 가전제품 판매점도 있어서 웬만한 것은 다 손에 넣을 수 있었다. 도쿄 변두리에 사는 것보다 훨씬 더 편리하다 싶을 정도였다. 그런데 또 조금만 걸어가면 역사가 느껴지는 오래된 집과 작은 고딕풍 건물도 있어서 은근히 여행하는 기분도 맛볼 수 있었다.

그리고 제일 큰 장점은——하늘이 참 넓다는 것이었다.

돗키 씨의 설명에 의하면 오가키는 노비 평야에 위치해 있으므로 어디를 가나 다 평평하다고 한다. 그래서 여름에는 덥다고 하는데, 그게 왜 그렇게 되는지는 나는 잘 모르겠다.

건물도 대체로 낮은 건물이 많아서 그냥 걸어 다니기만 해도 하늘이 넓다는 것을 알 수 있었는데, 차를 타면 그것이 한층 더 강하게 실감됐다.

나는 오가키로 이사를 오고 나서 열흘도 지나기 전에 중고 경자동차를 구입했다. 지방 도시에서 살려면 아무래도 자동차가 꼭 필요하다고 생각했기 때문이다.

이번에도 또 돗키 씨의 아는 사람인 중고차 딜러한테서 저렴한 가격으로 차를 샀는데, 쥐라가 "색깔이 진짜 귀여우니까"라고 강하게 주장하는 바람에 위쪽 절반은 흰색이고 아래쪽 절반은 핑크색인 꽤 화려한 차를 구입하고 말았다. 한정판 스페셜 코디네이션이라고 하는데, 앞 유리에 그렇게 적힌 보드가 붙어 있었으므로 쥐라는 당장 그 차에 '코디'란 이름을 붙여버렸다(그것도 왠지 이상한 억양으로). 아마도⋯⋯ 아니, 틀림없이 쥐라는 '코디네이션'이란 단어의 뜻을 모르는 것이리라.

그 코디를 타고 국도를 달리면 오가키의 넓은 하늘을 실감할 수 있었다.

도로가 곧게 뻗어 있고 폭도 넓으니까. 시야의 절반 이상이 하늘로 채워지는 것이다.

나는 도쿄에서 차를 타고 돌아다닌 경험이 적어서 비교하기는 어려웠지만, 차를 타고 달리면 정말로 기분이 좋아져서 이대로 영원히 질주해버리고 싶은 충동이 들 정도였다.

이렇게 생각하면 오가키에 살기로 한 것은 최고의 선택이었다. 아직은 지독한 여름의 무더위도, 겨울의 차가운 '이부키오로시(겨울철에 이부키 산에서 불어오는 계절풍)'도 맛보지 못했지만, 여기서 여러 해를 보내는 것도 나쁘진 않겠다는 생각이 저절로 들었다.

그건 역시 GOKOO 멤버들, 그중에서도 특히 돗키 씨 덕분이라고 해야 할 것이다.

아파트와 자동차뿐만 아니라 정말로 많은 부분에서 우리는 돗키 씨에게 신세를 졌다.

외모는 박력이 넘쳐 보여도 돗키 씨는 섬세한 신경의 소유자였다. 어찌 보면 여성적인 면이 많은 사람이었다.

특히 내가 도와코 씨에게 신경 쓰는 것을 이해해줘서 좋았다.

나는 그저 유야 씨의 전 여친의 딸일 뿐이지만, 그렇기 때문에 몸을 사려야 하는 부분도 있었다. 이를테면 뻔뻔하게 유야 씨에게 접근하거나, 옛날부터 알고 지낸 사이라는 이유로 생각 없이 어리광을 부리면 안 되는 것이다.

그런데 내가 지금까지 만나본 남자들은 다들 "그건 어차피 부모님의 문제이니까 루리하고는 상관없잖아?" 또는 "그렇게 일일이 신경 쓰면 아무것도 못 해" 하고 속 편하게 딱 잘라 말하는 타입들밖에 없었다. 하지만 과거의 굴레를 그리 쉽게 정리하고 떨쳐낼 수 있다면 이 세상은 지금보다 훨씬 더 단순할 테고, 복잡한 갈등도 생기지 않을 것이다. 아무튼 나는 유야 씨의 가정에 풍파가 일지 않도록 조심해야 했고, 그의 아내인 도와코 씨를 불안하게 만드는 짓은 절대로 하면 안 되는 것이었다.

돗키 씨는 그런 나의 처지를 충분히 이해해줬다.

그래서 GOKOO의 공연에 억지로 부르지도 않았고, 나와 단둘이 만나지는 마라…… 하고 은근슬쩍 유야 씨에게 충고를 해주기도 했다. 좀 지나치게 걱정하고 신경 쓴다는 생각이 들 때도 있었지만, 그래도 부족한 것보다는 훨씬 나았다.

"돗키 씨는 이것저것 신경을 잘 써주시는 타입이네요……. 옛날부터 그랬던 거예요?"

한번은 실례를 무릅쓰고 물어본 적이 있는데, 그때 돗키 씨는 스스로도 의아하다는 듯이 고개를 갸웃거리며 대답했다.

"글쎄, 그랬나? 옛날에는 멍청한 짓만 실컷 했으니까 잘 모르겠구먼."

유야 씨의 정보에 의하면 돗키 씨는 생긴 것처럼 싸움 실력도 좋아서, 젊은 시절에는 그쪽 동네에서도 유명한 불량배였다고 한다. 정말로 전에 맛슈 씨가 말했던 것처럼 '도쓰키(때리기)의 돗키'란 별명을 가지고 있었다는 것이다. 그 시절에 만나지 않아서 참 다행이다.

"그런데 아버지의 회사를 물려받고 나서 좀 나아진 것 같기도 하구……. 무조건 손님의 기분은 상하게 하면 안 되니까. 모든 것을 미리미리 생각하려고 애쓰게 되었지."

현재 돗키 씨는 외장 공사 회사를 경영하고 있었다. 그

도시에서도 제법 유명한 회사인데, 여러 개의 공사 현장을 한꺼번에 담당하면서 날마다 바쁘게 돌아다니는 듯했다. 그러다가 쌓인 스트레스는 드럼 치는 행위로 발산하는 것 같았다.

"하여간 사업상의 경쟁자도 많아서, 단순히 가격만 깎아서는 별 차이도 안 나거든……. 역시 마지막에는 손님을 얼마나 기쁘게 해드리느냐가 관건이여."

그것이 돗키 씨의 경영 이념이라고 하는데——사업과는 상관없는 데서도 그런 태도를 철저히 유지하는 것이 굉장했다.

아마도 그래서일까. 오가키로 이사 온 뒤 며칠 후, 나와 쥐라는 돗키 씨의 집에 초대되었다. 유야 씨와 맛쓔 씨도 같이 초대를 받았는데 그것은 명목상 우리의 환영회라고 했지만, 실제로는 나중에 괜히 이상한 오해를 사지 않도록 우리를 부인과 가족에게 미리 소개해두기 위한 것이었다. 그래, 이성 친구는 무조건 숨김없이 공개적으로 대하는 것이 좋다. 사실 나와 쥐라는 현재 유야 씨의 사촌동생이라고 인식되고 있지만.

돗키 씨의 집은 과연 사장님 댁이구나……란 생각이 들 정도로 크고 훌륭한 집이었다.

2층짜리 건물인데 천장이 높고 폭도 충분히 넓었으며, 또 정원도 널찍했다. 전체적으로 하얀 느낌이 들었는데 이 정도면 '호화 저택'이라고 부를 만한 풍격이었다. 듣자하니 약 10년 전에 부모님과 같이 살던 집을 나와서 이 집을 마련했다고 한다.

그곳에서 우리는 돗키 씨의 부인과 가족들을 만났다.

부인인 미호 씨는 스마트하고 피부가 하얀 미인이었다. 말을 잘하는 쾌활한 타입인데, 다소 기가 세 보였지만 실제로는 어떤지 알 수 없었다.

자식들 두 명은 아마도 둘 다 어머니를 닮았는지 날씬한 체형이었다.

큰아이는 나고야의 대학에 다니는 남자아이인데 쥐라와 같은 스무 살이었다. 이름은 고지 군. 아버지와 마찬가지로 음악을 하고 있지만 요즘 시대의 소위 '전자 음악'이라서 서로 취향은 안 맞는 것 같았다.

작은아이는 고등학교 2학년 여자아이인 미쿠. 취주악부에서 트럼펫을 불고 있다고 한다. 역시 젊으니까 긴 머리카락이 윤기가 나서 예뻤는데, 마치 요즘 유행하는 아이돌 머리처럼 일자 앞머리 좌우에 더듬이 같은 머리카락을 한 움큼씩 길러놓은 것이 좀 아쉬웠다. 평범한 스트레이트 스타일이 훨씬 더 예쁠 텐데……라고 생각하지만, 그것은 쓸데없는 참견일 것이다. 지금은 자기한테 어울리느냐 안 어울리느냐가 문제가 아니라, 남들과 같으지 다른지가 더 중요한 문제일지도 모른다.

돗키 씨는 두 아이들을 소개하고 나서 살짝 찌푸린 얼굴로 말을 덧붙였다.

"실은 제일 나이가 많은 자식이 하나 더 있어. 요지라는 녀석인데, 지금은 잠시 자리를 비워서…… 다음에 정식으로 소개해줄게."

진심으로 미안해하는 말투였기 때문에 오히려 내가 더 미안해졌다. 일부러 예정까지 바꿔가면서 우리를 환영해줄 필요는 전혀 없는데. 간단한 인사 정도는 그냥 만났을 때 하면 되는 거고.

그 후 우리는 9시 넘어서까지 즐겁게 지내다가 마지막에는 맛쓔 씨의 자동차를 빌려 타고 돗키 씨의 집을 떠났는데──그 차 안에서 유야 씨가 맛쓔 씨와 속닥속닥 상의를 하더니, 다소 말하기 거북한 것처럼 우리에게 가르쳐줬다.

"저기, 루리야……. 좀 전에 잠깐 말이 나왔던 돗키 씨의 장남 말인데."

"아, 응. 요지 군이랬나?"

"그려, 그 요지가 말인데…… 실은 집에 있었어."

"뭐? 돗키 씨는 잠시 자리를 비웠다고 했잖아?"

"아, 아녀. 현관 위 왼쪽에 있는 방…… 거기에 불이 켜져 있었어."

그곳이 요지 군의 방인가 본데, 거기 불이 켜져 있다는 이유만으로 꼭 사람이 있다고 단정할 수는 없었다. 불 끄는 것을 깜빡했을 가능성도 충분히 있었다.

"아녀. 요지는 그럴 리 없어. 벌써 몇 년째 방에서 나오지도 않는걸."

"어쩌면 벌써 10년쯤 됐을지도 몰라."

핸들을 잡고 있던 맛쓔 씨가 조심스럽게 한마디 덧붙였는데――나는 어느새 입을 딱 벌린 채 굳어버리고 말았다. 그건 그러니까, '은둔형 외톨이'라는 건가?

"어린 시절에는 귀여웠어. 정말로 잘 웃는 아이였지. 하지만 중학교에 입학한 지 얼마 안 됐을 때부터 학교에 안 가게 되었구…… 그 후로는 계속 방에서 안 나오고 있어."

"왜?"

쥐라가 걱정스런 얼굴로 끼어들었다.

"자세한 이유는 몰라도, 아마 집단 괴롭힘을 당한 것 같아. 그 녀석은 아빠를 닮아 덩치는 크지만 성격은 아주 착하거든. 누가 무슨 말을 해도 거의 반박하지도 못해서……. 돗키 씨한테서 들었는데, 교과서와 노트에 다양한 글씨체로 '죽어!'란 말이 빽빽하게 적혀 있기도 했대."

그 말을 듣고 나는 모든 사정을 이해할 것 같았다.

"돗키 씨도 평소에 늘 그러듯이 그 애의 이야기를 차분하게 들어줬으면 좋았을 텐데. 학교 선생님과 상의한다든가, 뭐 이런저런 방법이 있었을 거여. 하지만 돗키 씨도 그 애가 첫아이였고, 또 본인도 젊다 보니…… 집단 따돌림을 당하면서도 가만히 있는 요지를 보고 패기가 없다고 생각했나봐. 오히려 너 참 한심하다면서 큰 소리로 나무랐던 것 같어."

"아아, 그러면 안 되는데."

나도 모르게 눈을 질끈 감아버렸다.

"그려, 안 되는 거지. 그때부터 요지는 아예 방에서 안 나오게 되었어……. 억지로 끌어내려고 했더니 정말로 미친 듯이 날뛰면서 반항했대."

완벽해 보이는 돗키 씨도 만사가 잘 풀리지는 않았다는 건가.

"그래서 미호 씨는 이제는 다 포기했는지…… 그냥 둘째랑 셋째한테만 신경 쓰면서, 요지는 이미 존재하지 않는 것처럼 생각하고 있는 모양이여. 그래서 나는 그 사람을 별로 좋아하지는 않아."

그런 말을 뱉어내는 유야 씨의 말투도 결코 온화하지는 않았다.

"그건 너무 불쌍하잖아!"

맛쓔 씨의 차 뒷좌석에서 나와 나란히 앉아 있던 쥐라가 돌연 소리를 질렀다. 처음 들어보는 큰 소리였다.

"나도 초등학교랑 중학교 다닐 때에는 온갖 말을 다 들었어. 사람들이 넌 분수도 이해 못 하냐고 비웃고, '태양'을 한 자로 쓸 줄 모르는 아이라고 계속 뭐라고 하고……. 난 달리기도 느리고, 뜀틀도 낮은 것도 못 뛰어넘고, 철봉 앞돌기도 제대로 할 줄 모르고."

확인해본 적은 없지만, 아마도 쥐라는 특수 학급에 속했던 아이일 것이다.

"하지만, 그래도 학교에는 꼬박꼬박 갔어. 왜냐하면 친구가 많이 있었고, 선생님도 친절하셨으니까……. 나를 바보 취급하기는 해도, '죽어!'라고 말하는 애는 없었어."

그건 틀림없이 주위에 양식 있는 어른이 있었기 때문일 것이다. 교장 선생님이나 담임이 훌륭한 인물이었을지도 모른다.

"그래서 학교는 즐거웠어. 그때 같이 놀았던 친구들은 지금도 만나고 싶을 정도로 재미있었어."

"잠깐만, 쥐라…… 좀 진정해."

솔직히 말하자면 이렇게 분노하는 쥐라의 모습은 처음 봤기 때문에 나는 어쩌면 좋을까 하고 약간 머뭇거렸다. 눈앞에 유야 씨와 맛쓔 씨가 있으니까 쥐라를 조용히 시켜야 한다는 생각도 들었지만, 또 이대로 감정을 해방시키게 해주고 싶다는 마음도 있었다.

"내가 그 사람의 친구가 되어줄래! 맛쓔 씨, 차 돌리자!"

"뭐? 설마, 돗키 씨 집으로 돌아가자구?"

"응! 차를 끼이이익! 하고 돌려줘!"

"그렇게 타이어 소리를 내지 않아도 얼마든지 유턴은 할 수 있는데…… 진짜 그래도 돼? 루리야."

나는 딱 한순간 망설이다가 고개를 끄덕였다.

"죄송하지만 다시 돗키 씨의 집으로 가주세요."

어쩐지 일이 복잡해질 것 같다……는 예감이 강하게 들었지만, 나는 쥐라가 원하는 대로 해달라고 했다. 맛쓔 씨는 난감해하는 표정을 지었다. 그러나 옆에 있는 유야 씨도 찬동했으므로, 맛쓔 씨는 대로로 나가기 직전에 좌회전을 하더니 그다음 코너에서 다시 한번 좌회전을 했다. 의외로 장난기 있는 성격인 맛쓔 씨는 그렇게 커브를 돌 때마다 꼬박꼬박 입으로 "끼이이익!" 소리를 냈다.

이윽고 돗키 씨의 집 앞으로 돌아왔다. 쥐라는 즉시 자동차에서 뛰쳐나가 집 앞까지 달려갔다. 나도 황급히 그 뒤를 따랐다.

쥐라는 현관에서 좀 떨어진 곳에서 멈춰 섰다. 그리고 2층의 불 켜진 방을 향해 외쳤다.

"요지 군—! 노—올—자—!"

밤 10시가 거의 다 되어가는 시각. 조용한 동네에 쥐라의 목소리가 울려 퍼졌다.

"요지 군—! 노—올—자—!"

세 번인가 네 번쯤 그렇게 소리를 질렀을 때, 돗키 씨가 현관에서 허둥지둥 뛰어나왔다.

"누군가 했더니 쥐라, 너였어? 갑자기 뭔 일이여……. 밤 늦은 시각인데 그렇게 소리를 크게 지르면 안 돼. 이웃에 폐가 되잖어."

"돗키 씨, 미안……. 요지에 관해 이야기해줬더니 쥐라가 갑자기 흥분해서 그려."

내가 사과하기도 전에 유야 씨와 맛쓔 씨가 먼저 고개 숙여 사과했다.

"요지가 학교에 못 가게 되었다는 이야기를 했더니, 쥐라가 너무 불쌍하다면서……."

"어휴, 그래서 내가 나중에 소개해준다고 했잖아."

돗키 씨는 곤란한 표정으로 2층 창문을 쳐다봤다.

그때 창문을 가리던 연푸른색 커튼이 젖혀지더니, 대포알 같이 생긴 인간 그림자가 꿈틀거리듯이 움직이는 게 보였다. 이윽고 상황을 살피는 것처럼 소리 없이 창문이 열렸다. 그리고 머리가 엄청나게 긴 남자가 얼굴을 내밀었다.

"요지……."

아들의 얼굴을 보는 것이 오랜만인 걸까. 돗키 씨는 만감이 교차하는 듯한 목소리로 중얼거렸다.

"요지 군—! 안녕—?! 난 쥐라라고 해—!"

쥐라는 한껏 까치발을 하고 손을 흔들면서 쾌활한 목소리로 말했다.

"뭐야…… 브라라고?"

간신히 알아들을 만한 목소리가 2층에서 들려왔다.

"브라가 아니라—! 쥐라라고—!"

이건 혹시 웃어야 할 상황이 아닐까……? 그런 생각을 하면서도, 나는 2층에 있는 남자의 모습을 계속 쳐다봤다.

"있잖아—, 쥐라는 말이지. 요지 군의 아버지의 친구야—! 그러니까 요지 군과도 친구가 되고 싶어—!"

쥐라는 환하게 웃는 얼굴로 폴짝폴짝 뛰면서 양팔을 계속 흔들었다. 아니, 정말로 과장이 아니라. 쥐라의 얼굴과 몸에서 환한 빛이 뿜어져 나오는 것처럼 보이기도 했다.

* * *

우리는 또다시 돗키 씨의 집 안으로 들어가 거실로 안내되었다.

"일부러 숨기려고 한 것은 아닌데……. 다만 처음부터 그런 이야기를 하면 너희들이 불편해할지도 모른다고 생각해서."

돗키 씨는 끊임없이 그런 취지의 말을 반복했다. 하기야 한번은 "요지는 자리를 비웠다"는 말을 해버린 이상, 분명히 우리한테 거짓말을 한 거니까. 자꾸 그렇게 해명하고 싶어 하는 심정도 이해가 갔다.

물론 나도, 또 (아마) 쥐라도 그런 돗키 씨를 비난할 마음은 전혀 없었다.

나는 어머니가 되어본 적은 없지만, 인간 하나를 키워낸다는 것은 진짜로 보통 일이 아닐 것이다……라고 어렴풋이 짐작하기는 했다.

우리 엄마만 본다면 자식은 대충 키워도 그럭저럭 키워질지도 모른다……는 생각이 안 드는 것도 아니지만, 그건 단순히 엄마의 자식인 내가 워낙 터프한 타입이어서 그랬던 것이리라.

나는 예의 아키라 사건도 내 마음속 깊은 곳의 금고에 가둬놓았다. 평소에는 그 사건을 떠올리지 않으려고 하면서 살아가고 있었다. 그것은 결코 '극복'한 것은 아닐 테지만, 그렇게라도 하지 않으면 앞으로 나아갈 수 없었던 것이다.

그런데 여자아이들 중에는 그와 비슷한 기억 때문에 남

자가 가까이 오기만 해도 과호흡을 일으키거나, 자연스럽게 남자와 이야기를 나누지 못하게 된 사람도 있다고 한다. 내가 다행히 그렇게 되지 않았던 것은 그저 '나 자신을 적당히 속이는 기술'이 좋았기 때문이다.

그러니까 부모 자식 사이에 비밀이 없다는 생각 따윈 전혀 안 하고, 그 관계가 항상 바람직하게 유지될 거라고는 생각하지 않는다. 서로의 마음이 엇갈리거나 충돌하는 경우도 당연히 있을 것이다.

아무리 돗키 씨가 배려를 잘하는 사람이어도 실패는 할 수밖에 없는 것이다.

애초에 요지 군은 첫아이였으니까──요지 군이 태어났을 때 돗키 씨도 처음으로 아버지가 된 것이므로 실패하는 것도 어쩔 수 없었다. 가볍게 던졌던 말이 아이에게 상처를 줄 수도 있고, 무심코 했던 행동이 커다란 갈등을 낳을 수도 있는 것이다.

"깜짝 놀랐어……. 요지가 방에서 나온 모습은 진짜로 거의 한 달 만에 보는 것 같아. 그 한 달 전에도 한밤중에 부엌에서 몰래 뭔가를 하고 있는 요지와 우연히 딱 마주친 거였는데, 요지는 내 얼굴을 보자마자 당장 자기 방으로 뛰어가 버렸거든."

돗키 씨는 거실 소파에 앉더니 소리를 낮춰 이야기했다.

"그렇게 방에만 틀어박혀서 뭐 하고 지내는데요?"

"나도 잘 모르지만, 아마도 내내 웹 서핑을 하는 것 같아. 요즘 시대에는 컴퓨터 한 대만 있으면 시간은 얼마든지 때울 수 있잖아?"

내 질문에 돗키 씨는 좀 질린 듯한 말투로 대답했다. 하기야 인터넷과 연결된 컴퓨터 한 대만 있으면 지루할 틈은 없을 것이다. 여러 게시판을 둘러보거나 동영상 사이트에 달라붙어 있을 수도 있고——아니면 전국에 있는 동지들과 함께 게임 세계의 주민이 되는 것도 가능할 것이다.

"밥이나 화장실이나…… 목욕 같은 것은 어떻게 하고요?"

"밥은 우리 마누라가 쟁반에 담아서 방문 앞에다 놔두면 어느새 사라져 있구. 화장실은 2층에 하나 더 있으니까 굳이 1층까지 내려올 이유가 없어. 목욕은 한밤중에 샤워를 하는 것 같아…… 그것도 아주 가끔."

내가 한다고 생각하면 소름 끼치는 생활이었지만, 은둔형 외톨이가 된 사람에게는 그 정도는 별것도 아닌 걸까.

그 후에도 완전히 낮과 밤이 뒤바뀐 생활을 하고 있다든가, 처음에는 그래도 동생들과는 대화를 좀 했는데 이제는 그것조차 안 하게 되었다든가——왠지 마음이 울적해지는 이야기를 이것저것 들었다.

그동안 돗키 씨는 내내 속삭이는 것처럼 작은 소리로 말했다. 왜냐하면 짧은 복도로 거실과 연결되어 있는 현관 근처에는 2층으로 올라가는 계단이 있었는데, 요지 군과 쥐라가 바로 그 계단 중간에 앉아 이야기를 나누고 있었기 때문이다. 아마도 요지 군은 지저분한 자기 방에 쥐라를 데리고 들어가기는 싫었고, 또 거실에서 모두와 함께 이야기하기도 싫어서 그렇게 어중간한 선택을 하게 된 것이리라. 물론 나도 신경 쓰이긴 했지만, 만약의 경우에 대비하여 유야 씨가 그 두 사람에게는 안 보이는 장소에 서서 그들을 지켜보고 있으므로 괜찮을 것이다.

돗키 씨의 부인은 어찌 된 영문인지 저 안쪽의 부엌에 들어간 후에는 돌아오지 않았다. 어쩌면 우리에게 요지 군의 존재를 들켜서 부끄럽다고 생각하고 있는 걸지도 모른다. 두 아이들도 각자 자기 방에 들어가 있는 듯했다. 그만큼 도쓰키 집안에서는 요지 군의 존재가 민감한 문제인 것이리라.

"그나저나…… 역시 저 녀석도 남자였구먼. 귀여운 여자애가 자기 이름을 부른다고, 저렇게 쉽게 자기 방에서 튀어나올 줄이야."

잠시 후 돗키 씨는 놀리는 것처럼 말했다. 그렇게 말하고 싶은 심정은 이해가 가지만, 참 단순한 사고방식이구나……라는 생각이 들었다.

"돗키 씨. 물론 방금 그 상황은 그렇게 보일 수도 있지만

요. 그게 전부는 아니라고 생각해요."

내가 신중하게 단어를 골라 이야기하자, 돗키 씨는 의아해하는 표정을 지었다.

"어쩌면 요지 군도 슬슬 밖으로 나오고 싶었던 게 아닐까요? 쥐라는 한낱 계기에 불과했던 거죠."

"아니, 잠깐만. 자기 집이니까 나오고 싶으면 언제든지 나와도 되잖아? 가족의 눈치를 볼 이유도 없구."

"아뇨, 눈치는 볼 수밖에 없어요…… 가족이라도."

나는 요지 군의 마음을 알 것 같았다. 이미 자신을 없는 존재처럼 여기고 있는 가족들 앞에 나선다는 것은, 누구라도 용기가 필요한 일이 아닐까.

"불쑥 튀어나온 제삼자가 아는 척하면서 참견하는 것 같아서 죄송합니다만…… 돗키 씨, 마지막으로 요지 군과 대화한 것은 언제인가요?"

"대화라니……. 저 녀석은 항상 방문을 잠그고 있어서 최근에는 얼굴조차 제대로 못 봤어. 좀 전에 이야기했듯이 부엌에서 본 게 마지막이었지. 그때도 대화는 전혀 나누지 못했어……. 일단 말은 걸어봤는데, 저 녀석이 대답도 안 해줬다니까."

실망한 얼굴로 돗키 씨가 그렇게 이야기하더니 변명하듯이 말을 덧붙였다.

"저 녀석은 스스로 자기 방에 자물쇠를 달았어. 밖에서 그
문을 열려면 문짝을 부수는 것 말고는 방법이 없어. 그렇게
고집스럽게 나오기 싫다고 하니, 우리도 그냥 내버려두는
수밖에 없잖아?"

"하긴, 그건 그렇죠."

나는 웃으며 고개를 끄덕였다.

"하지만…… '여자와 자식은 고양이 같은 존재'라고 생각
하라고 하셨어요. 예전에 저희 어머니가."

"고양이?"

"변덕스럽고 까다로운 것이 당연하다는 뜻인가 봐요. 저
는 자식을 낳은 적이 없으니까 잘 모르겠지만…… 어쩌면
그런 걸지도 몰라요. 맨 처음에는 밖에 나오기 싫다고 생각
했어도, 사소한 심경 변화로 오히려 밖에 나오고 싶어질 수
도 있지 않을까요?"

솔직히 고백하자면, 그렇게 센스 있는 대사가 엄마의 입
에서 나온 적은 없었다. 굳이 따지자면 엄마가 나보다 훨씬
더 고양이처럼 살아가고 있었다. 실제로 이 말을 했던 사람
은 '저쪽을 보는'이라는 바의 주인 로코 씨였다.

"그런 것을 귀엽게 여길 수 있느냐, 없느냐. 그것이 남자의
능력이라고 생각해."

그게 언제였을까. 그때도 레이디스 데이였는데, 카운터를

사이에 두고 로코 씨가 그런 말을 하는 것을 들었던 기억이 난다. 무슨 이야기를 하다가 그렇게 되었는지는 잊어버렸지만, 아마 '어떤 남자가 이상적인 남자인가'라거나 뭐 그런 흔한 화제였을 것이다.

"난 내가 사소한 고집이나 변덕을 좀 부릴 때마다 일일이 트집 잡으려고 하지 않는 남자가 좋아……. 반대로 '전에는 이랬잖아' '전에는 이런 말 했었으면서'라고 사사건건 물고 늘어지는 타입은 별로 안 좋아해. 남자라면 좀 대범해야 하는 거 아냐……? 아, 요즘에는 이런 말은 하면 안 되는 건가? 이것도 성차별이야?"

"어차피 지금은 남자가 없으니까 괜찮지 않을까요?"

아마도 그런 대화를 나눴을 텐데, 자식도 실은 마찬가지……라는 생각이 들었다. 특히 미성년자는 어엿한 한 인간이 되기 위해 수행하는 도중이니까, 쉽게 모순된 말을 하거나 충동적으로 행동하는 것은 당연한 일일 것이다. 나도 그런 경험이 있었고.

"아, 그렇구먼. 여자와 자식은 고양이 같은 존재란 말이지……. 루리의 어머니는 굉장한 분이시구나. 난 지금까지 그렇게 생각해본 적이 한 번도 없었는데. 철저히 논리적으로만 설득하려고 했지."

소파에 앉은 돗키 씨는 진심으로 감탄한 것처럼 말했다.

"흠, 그런데 당사자인 여자가 그런 말을 하는 것은 좀 치사하지 않아?"

"네, 그건 그래요. 하지만 그렇게 생각하더라도 말은 안 하는 것이 남자의 능력인 거겠죠?"

"와, 역시 치사하네."

우리는 그렇게 말하고 함께 웃었다. 그때 거실 입구에 쥐라가 나타났다.

"돗키 씨!"

그 뒤에는 남색 추리닝 세트를 입은 남자가 서 있었다. 아마도 키는 나와 비슷한 것 같은데 너비가 아주 넓은 타입이었다. 그리고 누워 있다가 일어난 것처럼 긴 머리카락은 이리저리 헝클어져 있었다.

"있잖아, 요우가 이것저것 사과하고 싶대."

"뭐?"

그 말을 들은 돗키 씨는 눈을 크게 떴다.

"요우는 아버지와 어머니에게 미안하다……고 생각했었대. 하지만 다들 화를 내니까. 좀처럼 말을 꺼내지 못했대."

쥐라는 사태의 심각성을 전혀 이해하지 못한 것처럼 가벼운 말투로 말했다.

"자, 요우. 빨리 해봐……. 아까 분명히 정식으로 이야기할 거라고 했잖아?"

마치 소꿉친구처럼 쥐라는 요지 군의 어깨를 두드렸다. 처음 만나고 나서 한 시간도 안 지났는데 '요우'란 별명을 지어주다니──음, 그래. 쥐라는 원래 그런 아이니까.

"아…… 아버지…… 어, 저기."

요지 군은 좀 머뭇거리더니 목소리를 쥐어 짜내듯이 말했다. 체격과는 반비례하게 속삭이는 듯한 음성이었다. 그러자 당연히 쥐라의 채찍질이 가해졌다.

"에이, 좀 더 큰 소리로."

"내가 많이, 잘못했어요. 죄송……합니다."

"요지."

돗키 씨는 소파에서 일어나 장남의 이름을 딱 한 번 불렀다. 그 후로는 아무 말도 하지 않았다. 그저 눈만 계속 깜빡거릴 뿐이었다.

"돗키 씨, 능력, 능력을 보여주세요."

내가 조그맣게 속삭이자, 돗키 씨는 코로 숨을 길게 토해내더니 이윽고 밝은 목소리로 말했다.

"야, 너 머리가 왜 그러냐……? 우선 목욕이나 하고 와. 자세한 이야기는 그다음에 하자."

그 말을 듣고 요지 군은 웃으며 고개를 끄덕였다. 어쩐지 울 것 같은 표정이었다.

"거봐, 화 안 내지? 참 좋은 아버지야……. 자, 그럼 가서 목욕하고 와."

그렇게 말하면서 쥐라는 요지 군의 커다란 등을 밀었다.

"나 참, 저렇게 덩치가 큰 고양이도 있나?"

요지 군의 모습이 사라진 후. 돗키 씨가 중얼거렸다.

"도쿄의 길고양이들은 다 저래요."

내가 가볍게 농담을 하자, 그걸 진담으로 받아들인 돗키 씨는 또다시 눈을 크게 떴다.

* * *

이런 식으로 도쓰키 가족을 괴롭히던 '은둔형 외톨이가 된 장남 문제'는 쥐라의 난입에 의해 반강제적으로 해결되었는데──역시 "귀여운 여자애가 자기 이름을 부른다고, 저렇게 쉽게 자기 방에서 튀어나올 줄이야"라는 돗키 씨의 말은 전면적으로 옳았던 걸지도 모른다. 1주일 후에 우리는 다시 돗키 씨의 집에 초대되었는데, 그새 요지 군의 외모는 놀라울 정도로 달라져 있었던 것이다.

"우와, 요우야. 너 진짜 멋있어졌다!"

그 모습을 처음 봤을 때 쥐라는 기쁘다는 듯이 그렇게 말했다. 실제로 그는 꽤 정상적으로 변해 있었다.

물론 겨우 1주일 만에 살이 쭉 빠질 수는 없으니까 체형은 예전과 거의 비슷한 대포알 형태였다. 그러나 부스스했던 머리는 깔끔하게 정리됐고(그것도 아무리 봐도 이발소가 아니라 미용실에 다녀온 머리였다), 아무렇게나 길렀던 다박수염은 완벽하게 사라졌고, 게다가 얼굴 피부가 몰라볼 정도로 매끈매끈해졌다. 고작 1주일 만에 그렇게까지 변한다는 것이 말도 안 되었지만, 그 전까지 전혀 관리를 하지 않았다면 흔한 크림으로도 극적인 효과를 볼 수 있을지도 모른다.

입고 있는 옷도 후줄근한 남색 추리닝이 아니었다. 위에는 까만 바탕에 흰 글씨로 'initiative(주도권)'라고 적혀 있는 트레이닝복을 입었고, 밑에는 와이드 팬츠 같은 청바지를 입고 있었다. 도대체 무슨 주도권을 잡고 계시는지는 모르겠지만 일단 예전에 비하면 훨씬 호감을 가질 만한 모습이었다.

'정말 투명한 녀석이구나.'

저절로 실소가 터져 나올 뻔했다. 나는 아랫입술을 꽉 깨물고 최선을 다해 참았다.

"그 후로는 날마다 저녁을 같이 먹고 있어. 방도 깨끗이 치웠고, 산책도 하러 나가게 되어서……. 이게 다 루리와 쥐라 덕분이여. 그래서 오늘은 감사 인사를 하려고 초대했어."

저녁밥이 차려진 식탁 주위에 앉아 있는 돗키 씨는 시종일관 무척 행복해 보였다. 부인인 미호 씨도 즐거워 보여서,

그 두 사람의 얼굴만 봐도 괜히 나까지 기분이 좋아졌다.

"사실 저는 아무것도 안 했는데요."

실제로도 그랬기 때문에 나는 솔직히 말했는데——그러는 동안에도 요지 군은 힐끔힐끔 쥐라를 훔쳐보고 있었다.

'역시 속내가 훤히 보이는 녀석이야.'

그 태도를 보면 요지 군이 쥐라에게 호감을 가지고 있다는 것은 명백했다. 본디 솔직한 성격인 것이리라.

하지만——진심을 고백하자면, 그것은 나로선 그다지 환영할 수 없는 일이었다.

요지 군과 쥐라가 서로 좋아하게 될 가능성은 적다고 생각하지만, 가급적 우리에게 필요 이상으로 다가오지는 말았으면 좋겠다. 실은 나도 쥐라와 만나 인생이 달라진 사람이니까. 가능하다면 지금 이 시간을 누구에게도 방해받고 싶지 않았다.

그런 일말의 불안감만 제외한다면, 요지 군은 착하고 똑똑한 청년이었다.

애니메이션을 너무 좋아해서 유난히 귀여운 소녀 인형이나 로봇 인형을 방의 장식장에 한가득 장식해놓은 것이 좀 무섭기도 했지만, 원래 사람 취미는 다 다르니까 별로 문제가 되지는 않았다. 또 컴퓨터와 인터넷에 관한 지식이 많아 간단한 프로그램은 얼마든지 만들 수 있다는 것도 존경스러웠다. 나는 그쪽 방면에는 어두운 편이니까.

"스스로 이런 말 하기도 뭐하지만, 내내 그런 것만 하고 있었으니까……. 조금은 할 수 있게 되는 게 당연하죠."

내가 칭찬하자, 예상대로 그는 순수하게 얼굴을 붉히며 우물우물 대답했다.

"그런데 전부 독학이라 여기저기 허술한 부분이 많아요. 그래서 조만간 전문대학에 갈까 생각 중인데요……. 자격증을 따면 어딘가에 취직할 수도 있을 테니까요."

그러려면 고등학교 검정고시 같은 것도 봐야 한다는데, 몇 년이나 방 안에 틀어박혀 있었던 그가 미래를 향해 스스로 걸어가기로 결심했다는 것이 훌륭했다. 틀림없이 본인도 방 안에서 혼자 생활하면서 그런 생각을 하기는 했을 것이다. 쥐라가 출현함으로써 그가 그 계획을 실행하기로 결단을 내렸다면, 우리가 기후에 온 것도 운명이 아니었을까? 하는 느낌도 들었다.

이리하여 요지 군도 나와 쥐라의 귀중한 지인 중 한 명이 되었다. 그런데 나도 그 혜택을 보게 되었다. 쥐라를 데리고 나왔을 때부터 내내 마음에 걸렸던 문제를 그가 아주 쉽게 해결해준 것이다. 그렇다. 바로 그 구레 아저씨, 고구레라는 남자의 휴대폰 문제였다.

요지 군의 방에 초대되어 들어갔을 때 나는 가볍게 잡담이나 하는 척하면서 자연스럽게 질문을 던져봤다.

"그러고 보니 휴대폰 말인데. 전원을 켜자마자 현재 위치를 발신한다는 거. 진짜야?"

"네, 맞아요…… 대부분의 휴대폰은 GPS 기능을 표준 장비로 삼고 있으니까요. 아니, 거의 100퍼센트라고 해도 될 거예요."

그때 요지 군은 컴퓨터 앞에서 동영상 사이트의 재미있는 영상을 쥐라에게 보여주고 있었다.

"그걸 발신하지 않는 방법도 있어?"

그렇게 말한 순간, 그는 의아해하는 표정으로 내 얼굴을 쳐다봤다.

"아니, 물론 발신하거나 말거나 상관은 없는데…… 언제 어디서나 내가 있는 장소를 남에게 들킬 가능성이 있다는 거, 왠지 싫지 않아?"

"하지만 그 기능이 없으면 지도 앱도 무용지물이 되잖아요."

아, 하긴. 확실히 그건 그렇다. 나도 잘 모르지만 지도뿐만 아니라 휴대폰 앱은 대체로 위치 정보를 이용하는 경우가 많았다.

"음, 그래도 상관없다면 그 정보를 발신하지 않는 방법도 있긴 있어요."

"어, 진짜?"

"네, 간단해요······. 휴대폰의 유심 카드를 뽑으면 돼요."

유심 카드——그러고 보니 그런 단어를 들어본 적이 있었다.

"어, 그러니까. 휴대폰의 이 부분에 들어 있거든요."

그렇게 말하면서 요지 군은 자기 휴대폰의 전원 버튼 아래쪽을 가리켰다.

"이 작은 구멍에 핀을 꽂으면, 여기가 열려서 유심 카드를 꺼낼 수 있어요······. 그러면 위치 정보를 4G 회선으로 발신하지는 않게 돼요."

"뭐야, 그렇게 간단해?"

"네. 간단하다면 간단한 거죠. 단, GPS 기능은 살아 있으니까 Wi-Fi에 접속하면 결국 그게 그거예요."

하지만 지도 앱은 작동하지 않게 되므로, 단순히 현재 위치의 위도 및 경도가 숫자로만 표시된다고 한다. 즉, 지도 위에 정확히 표시되지는 않는다는 것이다.

'그렇게 간단한 거였구나.'

어쩌면 인터넷으로 검색하면 금방 알 수 있는 정보였을지도 모른다. 하지만 그런 분야에는 어두운 나는 지금까지 한 번도 그것을 조사해보지 않았다.

"그러면 휴대폰 안에 있는 사진 같은 것은 안 지워져?"

"안 지워져요. 사진이랑 유심 카드는 상관이 없거든요."

"연락처 목록도?"

"네, 그것도 괜찮아요. 하지만 정 걱정된다면, 데이터를 컴퓨터에 옮겨놓으면 되지 않을까요?"

"어, 그건 컴퓨터로도 볼 수 있어?"

가능하다면 그 남자의 휴대폰 전원을 켜지 않고 연락처만 조사해보고 싶었다.

"볼 수 있어요. 연락처 목록을 편집할 수 있는 프로그램을 깔아두면."

요지 군은 별일 아닌 것처럼 말했지만 그게 나한테는 벌써부터 어려운 일이었다. 솔직히 말하자면 나는 콜센터 업무를 볼 때를 제외하면 거의 컴퓨터를 사용하지 않았다. 하고 싶은 일은 대부분 휴대폰을 사용하면 할 수 있으니까. 컴퓨터의 필요성도 별로 느끼지 않았던 것이다.

게다가 지금 이 시점에서는 집에 컴퓨터 자체도 없었다. 도쿄의 우리 집에는 있었지만, 그것도 동영상 사이트를 보는 용도로만 사용했었다.

"역시 컴퓨터가 필요하구나……. 어쩌지?"

내가 불만스럽게 중얼거리자, 요지 군은 다정하게 웃으며 이야기했다.

"그럼 제가 대신 해줄까요? 이 컴퓨터로 데이터를 읽어

들여서 다시 USB 메모리로 옮겨드릴게요."

그것은 고마운 제안이었지만 쉽게 받아들일 수는 없었다. 사정을 전혀 모르는 요지 군이 그 휴대폰의 내용물을 보게 될 가능성이 있었기 때문이다.

그러나 나에게는 매력적인 제안이었다. '유심 카드를 뽑고 Wi-Fi 접속만 안 한다면 현재 위치가 남에게 전달될 리 없다'고 말은 해도――어쩌면 그것을 가능하게 만드는 기술이 나도 모르는 사이에 개발되었을 가능성도 아예 없지는 않았다. 이게 한낱 우스갯소리라고 할 수도 없을 정도로 이 분야는 나날이 발전하고 있는 것이다. 생초보인 나로서는 도저히 이해할 수 없는 수준으로.

아무튼 나는 그 휴대폰의 전원을 켜고 싶지 않았다. 이래서 뭘 모르는 녀석은…… 하고 비웃음을 당하더라도, 그 휴대폰을 직접 건드리는 것은 가능한 한 피하고 싶은 심정이었다.

"요지 군, 실은 말이지……."

이번에도 나는 또다시 그럴싸한 스토리를 꾸며냈다. 실은 헤어진 남자 친구가 나한테 쓰라고 했던 휴대폰이 있는데, 그 안에는 연락처 목록이나 사진처럼 중요한 데이터가 잔뜩 들어 있다. 하지만 전원을 켜면 그 남자에게 현재 위치를 들켜버릴 것 같아서 무섭다――대충 그런 이야기였다.

"아, 그렇군요……. 그 남자는 애인을 구속하는 타입이었나 봐요. 하기야 그런 사람이 쓰라고 했던 휴대폰이면, 거기에 어떤 무서운 앱이 깔려 있을지 모르겠네요."

심성이 바르고 착한 요지 군은 내가 꾸며낸 이야기를 쉽게 믿어줬다.

"네, 좋아요……. 그 휴대폰을 직접 가져오시면, 내가 대신 유심 카드를 뽑고 데이터를 복사해드릴게요."

그렇게 말하는 요지 군의 얼굴은 마치 돗키 씨처럼 매우 믿음직해 보였다.

나는 그 제안을 고맙게 받아들여, 다음 날 구레 아저씨의 휴대폰과 새로 산 USB 메모리를 들고 또다시 요지 군을 찾아갔다. 알루미늄 포일로 둘둘 말아놓은 그 휴대폰을 보더니 요지 군은 한순간 미심쩍어하는 표정을 지었지만, 그래도 그 의도를 자세히 캐묻지는 않았다.

"단순한 작업이니까 금방 끝날 거예요."

그는 우선 휴대폰에서 유심 카드를 꺼내고, 이어서 전원을 켠 다음에 Wi-Fi 접속 설정을 끄려고 했다. 그런데 그 휴대폰은 완전히 방전된 상태라서 일단 콘센트와 연결해놨다가 잠시 후에 작업을 계속하게 되었다. 이윽고 휴대폰이 작동하게 되자, 내가 쥐라를 통해 알게 된 비밀번호를 입력하고 '설정' 항목에서 Wi-Fi를 선택해 그 기능을 껐다. 그 정도는 나도 할 수 있었다.

"자, 이제는 괜찮아요……. 그 휴대폰의 현재 위치는 아무도 몰라요."

요지 군의 그 말을 듣고 나는 진심으로 안도했다. 역시 지식이 많은 사람이 보장해주니까 엄청나게 안심이 되는구나.

"네, 그럼 사진과 연락처를 복사할게요."

휴대폰과 컴퓨터를 케이블로 연결한 뒤 요지 군은 능숙한 손놀림으로 새 폴더를 작성하고 먼저 사진부터 전부 복사했다. 아니, 사실 그중에는 야한 사진이나 그때 그 린치 사진도 있었으므로, 폴더에 옮기는 작업은 내가 직접 했지만. 방법만 배우면 그 정도는 쉬웠다.

그럼 연락처 목록은 어떻게 했느냐. 인터넷에서 다운로드했다고 하는 전용 프로그램을 켜서 그것으로 연락처 데이터를 복사했다. 그 프로그램이 없으면 그 연락처는 읽을 수 없는 형태가 된다고 한다. 그건 남에게 보여줘도 문제가 되지는 않을 것 같았으므로, 전적으로 요지 군에게 맡겼다.

"네, 이걸로 끝입니다……. 완벽해요."

모든 작업을 마치는 데 30분도 걸리지 않았다. 이로써 구레 아저씨의 휴대폰의 전원을 켜지 않아도 연락처 목록의 내용을 컴퓨터로 볼 수 있게 되었다. 그중 무엇이 쥐라의 아버지인지는 몰라도, 제대로 데이터는 남아 있으니까 최소한 쥐라에게 미안해하지는 않아도 될 것이다. 가능하다면 이대로 쥐라가 아버지를 잊어버려준다면 더더욱 좋을 텐데——아무리 그래도 그 말을 입 밖에 낼 수는 없었다.

'이로써 나와 쥐라는 완전히 자유로워졌다.'

작업을 마친 후, 나는 전원을 끈 구레 아저씨의 휴대폰을 다시 알루미늄 포일로 감싸면서 그런 생각을 했다. 물론 그렇게 할 필요는 전혀 없었지만 혹시나 해서 보험을 들어둔 것이다. 스스로 말하기는 좀 그렇지만, 뭐를 모른다는 것은 역시 이런 것이리라.

'우리는…… 그 녀석한테서 완벽하게 도망친 거야.'

그렇게 단언하기에는 아직 이르다는 생각도 들었지만, 적어도 현재 위치를 들킬 가능성이 완전히 사라졌다는 것만으로도 나는 크나큰 안도감을 얻을 수 있었다.

* * *

그런 안도감이 한낱 환상에 불과하다는 것을 깨닫게 된 것은, 11월이 된 직후였다.

그 전인 10월부터 나는 역 앞에 있는 쇼핑몰 내부의 잡화점 같은 곳에서 단시간 아르바이트를 하고 있었다. 물론 굳이 일하지 않아도 충분히 먹고 살 정도의 현금은 있었지만,

빈둥거리면서 재산만 탕진하는 생활은 너무 지루했다. 역시 인간은 노동을 통해 충족감을 얻는 생물인가 보다.

그리고 돗키 씨나 친구들의 눈을 속이려는 의도도 있었다.

돈은 꽤 많이 가지고 있다고 미리 말해두긴 했지만, 20대 여성이 만날 빈둥빈둥 놀면서 살아간다는 것은 부자연스러운 일이었다. 실제로는 1주일에 2~3번쯤 딱 몇 시간밖에 안 하는 아르바이트였지만, 일단 직업을 가지고 있다는 것만으로도 소위 '수상함'은 사라지는 것이다.

또 그것은 쥐라에게 혼자만의 시간을 제공하기 위한 것이기도 했다.

전용 작업실을 마련해주기는 했지만, 그래도 쥐라에게는 혼자가 되는 시간이 필요했다. 같은 집에 내가 없는 게 더 나을 때도 있었다. 내가 24시간 내내 가까이 붙어 있었다면 쥐라는 언젠가는 틀림없이 숨 막히는 기분을 느꼈을 것이다.

그래서 11월 문화의 날(일본의 공휴일 중 하나. 11월 3일)에는 점심때부터 저녁때까지 나는 열심히 아르바이트를 하고 있었다. 일단 직장에는 휴대폰을 가져오면 안 된다는 규정이 있었으므로, 나는 휴대폰을 사물함에 넣어뒀다.

일을 마치고 휴대폰을 꺼냈을 때——그 휴대폰에는 엄마가 전화했다는 기록이 열여덟 개나 남아 있었다.

'무슨 일이라도 있었나?'

겨우 다섯 시간 사이에 열여덟 번이나 전화한다는 것은 보통 일이 아니었다. 뭔가 비상사태가 일어났다고 봐야 할 것이다.

즉시 전화를 걸고 싶었지만 나는 꾹 참고 서둘러 쇼핑몰 건물 밖으로 나왔다. 길거리에서 비로소 전화를 걸었다.

"루리!"

신호음이 두 번 울렸을 때 엄마가 전화를 받았다. 거의 절규하는 듯한 말투였다.

"너 지금 어디 있니?!"

"어디냐고⋯⋯?"

나는 도쿄를 떠났다는 사실조차 엄마에게는 말하지 않았다. 그럴 가능성은 낮다고 생각했지만, 혹시나 그 고구레란 남자가 무슨 방법을 써서(예를 들면 탐정을 고용한다든가) 엄마의 집 주소를 찾아내지 말라는 법도 없었다. 그래서 정보는 가능한 한 흘리지 않는 것이 좋겠다고 생각한 것이다.

"저기, 엄마. 실은 내가 말을 안 했는데, 지금 여행 중이라⋯⋯ 오늘이 3일째야."

"여행⋯⋯? 어디로 갔는데?"

"오키나와."

그 정도 거짓말은 깊이 생각하지 않아도 술술 흘러나왔다.

"그럼 역시⋯⋯ 네가 죽인 거니?"

"뭐?"

낮게 눌러 죽인 엄마의 목소리와는 정반대로 얼빠진 목소리가 내 입에서 튀어나왔다.

"어, 잠깐만…… 그게 무슨 소리인지 전혀 모르겠는데?"

"오늘 오전에 경찰이 찾아왔어. 너 어디 있는지 모르냐고 물어봐서…… 당연히 모른다고 말했고, 이 전화번호도 안 가르쳐줬으니까 안심해도 돼."

죽였다고? 경찰? 도대체 무슨 일이지?

"엄마…… 아까부터 무슨 말 하는 건지 하나도 이해를 못 하겠어. 자세히 설명해봐."

"정말로 몰라? 그럼 너희 집에서 죽어 있었다던 그 사람은 누구인데?"

그 말을 들은 순간, 마치 복주머니 입구처럼 내 목구멍이 확 조여드는 것을 느꼈다.

"우리 집에서…… 사람이 죽어 있었다고?"

"그래. 네가 사는 빌라에서 중년 남성의 시체가 발견됐어. 이미 며칠 전부터 죽어 있었는지 반쯤 썩어버린 상태였대."

그 말을 듣자마자 내 팔뚝과 목덜미에 소름이 돋았다.

"엄마…… 내가 금방 다시 전화할 테니까 좀 기다려봐."

그렇게 말하고 억지로 전화를 끊었다. 그리고 휴대폰으로 뉴스 사이트를 검색했다.

'찾았다……. 아마도 이거, 맞지?'

오늘 오전에 발표된 듯한 뉴스 중에 '빌라에서 남성 변사체 발견, 그 집에 사는 여성은 행방불명'이라는 제목이 있었다. 그 글자를 눌러봤더니, 링크되어 있는 TV 뉴스 화면이 나왔다. 나는 주위를 살펴보고 나서 그 동영상을 봤다.

뉴스 앵커인 젊은 여성 뒤에서는 내가 살던 빌라의 모습이 비춰지고 있었다. 이윽고 그것이 화면을 가득 채웠다.

『오늘 오전 9시에 도쿄도 아다치구 ××에서 "이상한 냄새가 난다"는 주민의 신고를 받은 ×× 경찰서의 경찰관이 그 집을 방문했습니다. 이때 현관문은 잠겨 있지 않았고, 집 안에는 사후 1주일가량 경과된 것으로 보이는 남성의 시체가 방치되어 있는 것이 발견됐습니다. 그 남성은 40~60대로 추정되며, 사인은 현재 조사 중입니다. 그 집에 사는 세입자는 20대 여성으로, 현재 소재 불명입니다. ×× 경찰서 측은 그 여성이 사정을 알고 있을 것이라고 판단하여 그 행방을 찾고 있습니다.』

처음 봤을 때에는 완전히 이해하지 못해서 나는 몇 번이나 똑같은 동영상을 돌려 봤다. 아니, 그 이야기 자체는 단순했지만, 내 머리가 고장 나서 제대로 이해하지 못했던 것이다.

요컨대 그냥 내버려두고 온 우리 집에 중년 남성의 시체

313

가 있었다⋯⋯는 이야기인가 보다. 물론 나는 그 남자가 누구인지조차 몰랐다.

'⋯⋯그 녀석인가?'

생각해볼 것도 없이 그 남자가 관련되어 있는 것은 확실했다. 아니, 100퍼센트 그놈의 소행이다. 틀림없이 나와 쥐라를 놓쳐버렸기 때문에 억지로 끌어내려고 수를 쓴 것이리라.

'설마 이런 방법을 쓸 줄이야.'

아무리 생각해봐도 집 주소를 들킨 것이 치명적이었다. 집에 돌아가지만 않으면 괜찮을 거라고 생각했는데——역시 내가 안일했던 걸까.

내가 살고 있던 빌라에는 유감스럽게도 고급 아파트 같은 방범 시스템은 없었다. 출입문의 잠금장치도 고전적인 실린더형 자물쇠라서, 자물쇠 따기 도구로도 얼마든지 문을 열 수 있었다.

그러니까 그 남자가 우리 집을 뒤질 가능성은 충분히 있다고 생각했다.

제일 무서운 것은 단 하나뿐인 가족인 우리 엄마를 인질로 잡히는 것이었다. 그놈이 우리 엄마를 납치해놓고, 훔쳐 간 돈을 가져와라⋯⋯라고 한다면 나도 저항할 방법이 없었다. 아무리 무책임한 부모였어도 나에게는 단 하나뿐인 엄마이니까.

그런데 다행히 현재 엄마가 살고 있는 집 주소를 알려줄 만한 물건은 우리 집에는 하나도 없다……고 확신했다. 편지도 쓰지 않았고, 택배로 뭔가를 받은 적도 없었다. 엄마가 지금 한심한 남자와 동거하고 있는 집의 주소는 내 휴대폰에만 저장되어 있었다.

그 빌라에 들어갈 때 보증인으로서 주소와 이름을 서류에 적어달라고 한 적은 있었다. 하지만 그 주소는 옛날 것이었다. 그 후 엄마는 두 번이나 이사를 했다. 애초에 그 집을 중개해준 부동산 중개업자가 세입자의 개인정보를 유출할 것 같지도 않았지만, 만에 하나 불법적인 방법으로 빌라 계약서를 확인해보더라도 현재 우리 엄마의 위치를 알아낸다는 것은 보통 인간이라면 불가능할 것이다.

그러나 경찰은 얼마든지 가능하다. 오히려 맨 먼저 우리 엄마에게 연락하게 될 것이다.

그 과정에서 그 남자에게 엄마의 위치가 알려질 가능성이 전혀 없다고 어떻게 단언할 수 있겠는가. 휴대폰에 저장된 연락처를 보건대 그 남자의 인맥은 상당한 것 같았다. 그중에 돈 받고 정보를 흘려주는 비양심적인 경찰 관계자가 없으리라는 보장은 없었다.

더구나——나는 경찰에 쫓기는 신세가 되었다.

물론 우리 집에 있었다고 하는 시체가 도대체 누구인지는 짐작도 가지 않았다. 뉴스에서는 그 이름도 공표되지 않았으므로 내가 아는 사람인지 아닌지도 알 수 없었다.

하지만 일단 우리 집에 시체가 있었으니까 경찰이 나를 찾으려고 하는 것은 당연했다. 지명 수배가 어떤 것인지는 잘 모르겠는데, 혹시 전국의 경찰관에게 내 이름과 얼굴이 알려지게 되는 걸까?

경찰의 힘은 일개 범법 사업가와는 비교가 안 될 정도로 강력하다. 머잖아 나와 쥐라는 경찰한테 발견되어 취조를 당할 것이다. 그 시체에 관해서는 무조건 아무것도 모른다고 주장하면 될 테지만, 고구레라는 남자와의 관계를 밝히지 않으면 경찰은 우리를 해방시켜주지 않을 것이다.

그 시점에서 나와 쥐라의 여행은 끝나버린다.

우리가 목숨 걸고 가지고 달아났던 거금은 압수당할 테고, 어쩌면 나는 범죄자로 취급될 수도 있다. 더 이상 고구레에게 쫓기지는 않을 테지만, 그것도 어떤 의미에서는 인생의 종말일 것이다.

나는 잠시 생각하고 나서 엄마에게 다시 전화를 걸었다.

"엄마, 갑자기 이런 이야기를 해서 미안한데. 요헤이 씨랑 여행 다녀오지 않을래?"

나는 다짜고짜 그 말부터 했다.

"뭐야, 뜬금없이……. 그보다도 너희 집에서 죽어 있었다던 그 사람 말인데."

"미안, 지금은 아무것도 설명해줄 수 없어."

겁먹은 목소리로 말하는 엄마에게 나는 강경하게 대꾸했다.

"하지만 이것만은 믿어줘……. 나는 사람을 죽이지 않았고, 죽은 사람이 누구인지도 몰라. 진짜 맹세할게. 이건 절대로 거짓말 아니야."

"그럼 경찰한테도 그렇게 말하면 되잖아?"

"미안. 실은 그럴 수도 없어. 지금 경찰한테 찾아갈 수는 없거든……. 그러니까, 엄마. 내일부터 요헤이 씨랑 같이 온천에라도 가. 가능한 한 도쿄에서 멀리 떨어진 곳이 좋을 거야. 돈은 내가 보내줄게. 대충 얼마나 필요해? 100만 엔? 200만 엔?"

"얘, 갑자기 무슨 소리를 하는 거니?"

"아니, 지금은 아무것도 설명해줄 수 없다니까?! 제발 부탁이야. 온천에 가줘! 한 달이든 두 달이든 좋으니까 어디가서 실컷 놀다 오라고!"

나는 내가 길거리에 있다는 사실도 잊어버리고 히스테릭하게 외쳤다.

"루리야……. 너 설마, 위험한 일에 말려든 건 아니지?"

그 후 엄마는 한동안 입을 다물고 있다가, 이윽고 감정을 눌러 죽인 목소리로 말했다.

"네가 그렇게까지 말한다면 지금은 아무것도 물어보지 않을게. 그런데 너, 대체 언제부터 100만 엔이나 200만 엔 같은 돈을 마음대로 쓸 수 있는 인간이 되었니? 난 전혀 몰랐는데."

정신을 차려 보니 휴대폰을 쥐고 있는 내 손이 바들바들 떨리고 있었다.

"뭔가 위험한 일을 하고 있는 거 아니야? 태연하게 살인까지 하는 사람을 상대로."

'정답이야, 엄마……. 아마 그놈한테 잡혔다가는 나도 무사하지 못할 거야.'

나는 그렇게 말하고 싶은 것을 꾹 참았다.

그렇다. 나는 고구레라는 남자를 만만하게 보고 있었다. 아니, 돈이라는 것을 만만하게 보고 있었다. 아무리 엄청난 거금이라도, 그 돈 때문에 사람을 죽이는 인간은 TV나 영화 속에만 존재하는 줄 알았다.

그러나 3800만 엔이라는 돈은 사람까지 죽여가면서 얻으려고 할 만한 물건이었다. 사람의 목숨보다도 3800만 엔의 무게가 더 무거운 것이다.

"걱정하지 마, 엄마……. 하지만 지금은 일단 내 말대로 해줘.”

“알았어……. 멀리 떠나는 게 좋다고? 그럼 벳푸의 온천에
라도 가볼까.”

“그거 좋네. 그런데 누가 물어봐도 벳푸에 간다는 사실은
가르쳐주면 안 돼. 돈은 오늘 내로 입금해줄 테니까 내일 아
침에 당장 찾을 수 있을 거야.”

나는 그렇게 말하고 전화를 끊었다.

그 순간 온몸이 떨렸다.

나는 엄청난 인간을 적으로 삼고 말았다——돈 때문에 살
인까지 저지르는 인간을.

‘무서워…….’

나는 무의식중에 근처에 있는 벤치에 앉아 양팔로 내 몸
을 끌어안았다.

‘무서워…… 무서워…… 무서워.’

그 말 하나가 내 머릿속을 꽉 채워버렸다——무서워, 무
서워, 무서워, 무서워, 무서워…….

* * *

역 근처에 있는 은행의 ATM을 이용해 엄마에게 돈을 보
낸 뒤, 나는 무거운 발걸음으로 우리 아파트로 돌아왔다. 내

가 현관문을 열자 쥐라가 작업실에서 뛰쳐나왔다.

"잘 다녀왔어?!"

늘 그렇듯이 활짝 웃는 얼굴. 그런데 그 표정이 갑자기 흐려졌다.

"에르메스 씨, 왜 그래……? 설마 울었어?"

"아냐, 안 울었어."

그렇게 말하면서 나는 뺨과 눈가를 문질렀다. 깨끗이 닦은 줄 알았는데 아직도 눈물 자국이 남아 있었나 보다.

"역시 오가키는 도쿄보다 춥구나."

나는 가능한 한 평소처럼 행동하려고 했는데——쥐라에게는 그런 것은 안 통했다.

"저기, 혹시 누가 괴롭혔어?"

쥐라는 차가워진 내 양손을 붙잡더니 자기 뺨에 대고 따뜻하게 데워주면서 걱정하는 것처럼 미간을 찌푸렸다. 그 얼굴이 너무 귀여워서 나는 무심코 그 입술에 가볍게 뽀뽀를 해버렸다.

"앗, 양치질도 안 하고 뽀뽀하다니! 감기 바이러스가 들어올 거야."

"시끄러워. 쪼잔하게 굴지 마."

그렇게 이야기하면서 이번에는 혀를 집어넣었다. 쥐라는 우물우물 무슨 말을 했지만, 이윽고 나에게 몸을 맡기고 자신에게 침입한 내 혀를 열심히 핥기 시작했다.

'나는 쥐라를 위해서라면, 죽어도 좋아.'

키스하면서 속으로만 중얼거렸다. 입 밖에 내면 분명히 거짓말처럼 들릴 테니까.

'진심이야…… . 쥐라에게 도움이 될 수 있다면, 나는 살해당해도 괜찮아.'

'그런 생각은 지금까지 한 번도 해본 적이 없었는데…… . 정말로 쥐라는 신기한 아이야.'

'그런 식으로 생각할 수 있는 상대가 존재한다는 것은 틀림없이 행복한 일일 거야.'

처음 만났을 때에는 이토록 소중하게 여기게 될 줄은 몰랐는데──지금의 나에게는, 쥐라는 유일무이한 보석이었다.

'쥐라…… 사랑해.'

그 후에도 약 20초나 더 키스하고 나서 겨우 입술을 뗐다. 우리 둘 사이에 타액의 실이 길게 늘어지더니 형광등 불빛을 반사하여 반짝 빛났다.

"에르메스 씨. 아무래도 좀 이상해."

"어른의 세계는 원래 복잡한 거야."

"아, 알았다…… . 그 안경 아줌마가 또 당신한테 뭐라고 한 거지?"

안경 아줌마가 누구냐 하면, 내가 아르바이트를 하고 있는 잡화점의 파트타이머인 여성이었다. 40대 중반쯤 되는 사람인데 잔소리가 너무 심해서, 내가 출근할 때마다 반드시 한두 마디씩은 던지면서 나한테 뭐라고 하는 것이었다.

"어, 응. 그렇지. 진짜로 상대하기만 해도 지쳐."

나는 쥐라가 납득할 수 있도록 사소한 거짓말을 했다. 실은 안타깝게도 직장 동료에게 잔소리 좀 들었다고 나도 모르게 눈물을 흘릴 정도의 풋풋한 감성은 벌써 옛날에 내 마음속에서 사라져버렸지만.

"옷 갈아입고 얼른 식사 준비할게. 아, 그 전에 그림부터 한번 볼까……? 오늘은 몇 장이나 그렸어?"

나는 쥐라가 그린 것을 날마다 체크하고 있었는데, 지난 며칠 동안은 그 수가 줄어든 것이 신경 쓰였다. 물론 그림이란 것은 매일 일정하게 그릴 수는 없다는 것은 알지만, 하루에 두 장은 쥐라치고는 너무 적은 양이었다.

"으음, 오늘도 두 장이야."

"그래……? 뭔가 다른 거라도 하면서 놀았어? 아, 당연히 놀아도 되는데."

그렇게 말하면서 내가 작업실 문을 열려고 했는데, 그 전에 쥐라가 끼어들어 몸으로 방해했다. 그동안 이런 적은 한 번도 없었는데.

"어, 뭐야? 나 들어가지 말라는 거야?"

"내가 가져올 테니까 여기서 기다려줘."

"갑자기 왜 그래……? 이상하네. 설마 안에 누가 있는 거야?"

"아무도 없어. 하지만, 내가 좀 곤란해서."

"그게 무슨 말이야. 우리 사이에 곤란할 것은 하나도 없잖아?"

나는 억지로 작업실 문을 열고 안으로 들어갔다. 정말로 그 안에는 아무도 없었는데——예상치 못한 것이 방 전체에 흩어져 있었다.

"자, 잠깐만, 쥐라! 이게 뭐야?!"

나는 발치에 떨어져 있는 종이를 주워 들고 무의식중에 거칠게 말했다.

그것은 무슨 애니메이션에 나오는 여자아이 그림이었다. 제법 잘 그린 그림. 아니, 실은 그 애니메이션과 똑같다고 해도 될 정도의 완성도였다. 그것과 비슷한 그림이 방 전체에 잔뜩 널려 있는 것을 보고 나는 정신이 아찔해졌다.

"쥐라. 설마 이거, 네가 그린 거야?"

"응. 〈매지컬 ××〉에 나오는 낫쓰라고 하는데……. 요우가 엄청 좋아하는 캐릭터래."

하늘색 커다란 눈동자와 비현실적인 헤어스타일을 자랑하는 애니메이션 소녀의 그림. 나는 불쾌한 기분으로 그것을 바라봤다.

'그놈의 은둔형 외톨이가……'

나는 더 이상 참을 수 없어서 그 종이를 마구 구겼다.

"쥐라, 이런 것은 그리면 안 돼."

"하지만…… 요우가 기뻐하는걸."

"네가 요지 군을 기쁘게 해줘야 할 이유는 없잖아? 그리고 너도 이런 그림을 그리면, 내가 화낸다는 것은 알고 있었잖아? 그래서 이 방에 못 들어오게 하려고 했던 거지?"

"응……. 에르메스 씨는 남을 흉내 내는 것을 싫어하니까."

그렇다. 쥐라가 애니메이션이나 만화를 좋아하게 되더라도 그건 전혀 문제가 되지 않았다. 그러나 그 그림을 모사하는 것은 또 다른 문제였다.

내가 과대평가하는 거라고 누가 욕해도 상관은 없는데──쥐라는 이미 독특한 선을 가지고 있었다. 쥐라가 별생각 없이 그은 선에도 반드시 우주적인 뭔가가 표현되어 있었다.

그런데 굳이 본인이 자처해서 남의 선의 영향을 받으려고 할 필요는 없잖은가……라는 생각이 들었다. 오히려 자신의 선을 철저히 발전시키는 방향으로 나아가는 것이 틀림없이 더 좋을 것이다.

그런데 뭔가를 모사한다는 것──특히 애니메이션 그림

처럼 유형적인 것을 모사한다는 것은, 자신의 선을 너무 쉽게 버리는 짓이 아닐까.

애니메이션 그림이 나쁘다는 것은 아니다. 다만 내가 아는 한, 그것은 기호의 축적 같은 것이라서 저절로 패턴화가 되어버릴 수밖에 없었다. 이를테면 나는 요지 군의 방에 장식되어 있는 귀여운 소녀 인형에서 명확한 차이를 발견하지 못했었다. 모두들 머리카락 색깔이 다르거나, 눈의 형태가 다르거나, 이목구비가 조금씩 다르거나…… 대충 그 정도인 것으로 보였다.

그런 것을 좋아하는 사람은 얼마든지 좋아해도 된다. 나도 어린 시절에는 세일러 문에 푹 빠졌었으니까.

그러나 쥐라는 유형적인 그림에 만족하지 말아줬으면 좋겠다. 이미 천재인데 일부러 범재가 되려고 할 필요는 없는 것이다. 쥐라는 훨씬 더 먼 곳으로 나아갈 수 있다.

"있잖아, 쥐라……. 애니메이션이나 만화는 봐도 돼. 그래도 전혀 상관없어. 하지만 그 그림을 흉내 내려고 하지는 마. 낫쓰를 그리더라도, 너답게 그리면 되잖아? 애써 똑같이 그리려고 할 필요는 없어."

"하지만…… 똑같이 그리지 않으면 낫쓰처럼 안 보이는걸."

"쥐라. 네가 낫쓰라고 말한다면, 그건 어떤 식으로 그렸어도 분명히 낫쓰야."

"요우는 그런 그림을 봐도 기뻐하지 않을 거야."

별것 아닌 그 한마디가 의외로 내 가슴에 깊숙이 박혔다.

"그렇게 요지 군을 기쁘게 해주고 싶어……? 너 요지 군을 좋아하니?"

왜 자진해서 상처받으려고 하는 것인지, 스스로 생각해봐도 이해가 안 갔는데——나는 반사적으로 그런 질문을 던졌다.

"내가 좋아하는 사람은 에르메스 씨야……. 그건 당연하잖아. 하지만 요우는 다정해. 에르메스 씨와는 다른 느낌으로."

"그렇구나……. 다른 느낌으로, 다정하단 말이지."

쥐라는 그럴 의도는 없었을지도 모르지만, 역시 둘 다 여자라서 완벽하게 딱 맞진 않는다……는 말을 간접적으로 들은 듯한 기분이 들었다.

"그 이야기는 다음에 하자. 일단 식사 준비를 해야 하니까……. 오늘은 하이라이스를 만들어 먹자."

"와아!"

이로써 일단 상황은 수습됐지만, 내 마음은 평온해지지 않았다.

'오늘은 참 많은 일이 있었구나.'

저녁식사 후 거실에서 TV를 보면서 나는 그런 생각을 했다. 그때 예의 뉴스가 흘러나왔다. 특별히 새로운 정보는 없었지만, TV 화면으로 보는 우리 집은 마치 골판지로 만든 것처럼 작고 얄팍한 느낌이 들었다. 저곳에 내가 살고 있었구나…… 하고 생각하니 왠지 좀 신기한 기분이었다.

물론 같이 TV를 보고 있는 쥐라는 저곳에 내가 살고 있었을 거라고는 전혀 생각도 못 하는 것 같았다. 다만 우리가 살던 곳과 가까운 장소이다……라는 것은 눈치챈 듯했다.

"역시 실종됐다는 그 여자가 죽인 걸까?"

"으음―, 글쎄, 그건 아닐 것 같은데."

그런 대화를 나누고 있는데, 테이블 위에 놔뒀던 내 휴대폰이 울렸다. 집어 들어보니 '엄마'라는 글자가 표시되어 있었다.

엄마랑 하는 대화는 쥐라가 들어도 상관없었다. 그런데 나는 무의식중에 복도로 나가서 전화를 받았다.

"여보세요. 엄마?"

평소처럼 전화를 받았는데 상대편에서는 아무런 소리도 들리지 않았다. 그러나 전화는 연결되어 있었고, 희미하게 TV 소리 같은 것이 들렸다.

"여보세요, 엄마? 왜 그래?"

여러 번 엄마를 불렀더니, 낮게 새어나오는 듯한 웃음소리가 들려왔고──그 소리를 들은 순간, 나는 온몸에 소름이 돋았다.

"드디어 대화를 할 수 있게 되었네. 야자키 루리 씨."

심장을 세게 후려친 듯한 충격이 느껴졌다.

"시체를 내버려두고 도망치다니, 너도 참 인정머리 없는 녀석이구나."

그 목소리의 주인은 분명히 고구레였다.

나는 필사적으로 용기를 내어 강한 말투로 물어봤다.

"그 전화를, 어떻게, 댁이 사용하고 있는 거야?"

"글쎄, 어떻게 했을까……? 조금만 생각해보면 금방 알 수 있을 텐데."

"엄마한테 무슨 짓을 한 건 아니지?"

"글쎄, 어떻게 했을까……? 조금만 생각해보면 금방 알 수 있을 텐데."

농담이라도 하려는 걸까. 똑같은 대사를 두 번 반복했다.

"아무튼 예의 물건을 돌려받지 않으면 우리도 곤란해지거든……. 루리야, 너 지금 어디 있니?"

그 남자가 친근한 말투로 내 이름을 불렀을 때. 좀 전에 먹은 저녁밥을 진짜로 게워낼 뻔했다.

* * *

그날 밤──나와 쥐라는 여느 때처럼 작은 플라네타륨이 만들어낸 조그만 우주 속에서 같이 놀았다.

나는 쥐라의 벌거벗은 등을 뒤에서 끌어안으면서 그 몸을 양팔로 에워쌌다.

손바닥으로 큰 가슴을 살며시 잡고 만지작거리자, 쥐라의 입에서 마치 잠꼬대하는 것처럼 귀여운 목소리가 흘러나왔다. 나는 이 목소리를 좋아했다. 또 손가락으로 가볍게 유두를 꼬집자, 쥐라는 그 타이밍에 맞춰 짧게 숨을 들이켰다──이 호흡도 나는 정말 좋아했다.

그와 동시에 동그란 어깻죽지에 몇 번이나 키스를 했다. 쥐라의 몸에서 달콤한 냄새가 났다. 어쩐지 그리운 느낌이 드는 것이 신기했다.

가슴에서 오른손을 떼고 그대로 밑으로 부드럽게 이동시켰다. 매끄러운 배에 손이 닿았다. 일부러 그런 것은 아니지만 자연스럽게 밑에서 위로 그 배를 쓸어 올렸다.

"앗, 싫어. 에르메스 씨."

그 순간 쥐라가 제정신으로 돌아온 목소리로 말했다.

"배는 만지지 마…….. 요새 살쪘단 말이야."

"그래? 별로 달라진 것 같지도 않은데."

"아냐, 살쪘어……. 날마다 당신이 만들어준 맛있는 밥을 많이 먹어서 그래."

쥐라는 내 손을 잡고 살며시 자기 배에서 떼어냈다. 갈 곳을 잃은 내 손은 또다시 풍만한 가슴으로 향했다.

"쥐라. 넌 이 정도가 딱 좋아. 무조건 말랐다고 좋은 게 아니잖아?"

요즘 여자들 중에는 터무니없는 수준으로 체중을 줄이려고 하는 사람도 있는데, 쥐라는 좀 통통한 것이 더 귀엽다고 생각한다. 쥐라의 몸은 어디를 만져도 손바닥에 피부가 착 달라붙는 것 같았다. 깡마른 사람은 이렇게 되지는 않는다.

내가 그렇게 말했는데도 쥐라는 여전히 무슨 말을 하려고 했다.

"아니, 하지만……."

"괜찮아."

나는 그 말을 막으려는 것처럼 다소 강한 어조로 말했다.

"쥐라. 넌 내 여자 친구잖아? 내가 괜찮다고 했으니까, 더 이상은 생각할 필요 없어."

스스로도 기분 나쁜 대사라고 생각했다. 그게 언제였을까. 나도 몇 번째인지 모를 남자 친구한테서 비슷한 말을 듣고 좀 지겹다……고 생각한 적이 있었는데.

"……알았어."

내키지 않는데도 그렇게 대답을 해주는 것을 보면, 쥐라는 그때의 나보다 훨씬 어른스러웠다.

"쥐라. 넌 앞으로도 쭉…… 내 거야."

나도 모르게 그런 말까지 하고 말았다. 이것도 몇 번째인지 모를 남자 친구가 침대 속에서만 몇 번이나 반복해서 나에게 했던 말인데──그 녀석은 먼저 내 곁을 떠나버렸다.

나도 그 남자와 마찬가지였다. '앞으로도 쭉 내 거야'라고 말했으면서도 결국 쥐라 곁을 떠날 테니까.

'있잖아, 쥐라……. 우리는 아마…… 이게 마지막일 거야.'

쥐라의 하얀 등에 도장을 찍듯이 몇 번이나 키스를 하면서 나는 속으로 생각했다.

'넌 모를 테지만…… 더 이상 만나지 못하게 될 거야.'

저녁에 그 남자한테서 전화가 왔다는 사실을 나는 당연히 쥐라에게는 알려주지 않았다. 우리 엄마가 붙잡혔다는 것도, 또 우리 집에 죽어 있었다던 그 남성은 아마도 쥐라의 아버지일 거라는 것도.

그 사실을 떠올리기만 해도 나의 두둥실 들떴던 마음은 차갑게 식어버렸다. 순식간에 지상으로 끌려 내려온 기분이었다.

"우리 집에 있었다던 그 남자는…… 누구야?"

고구레가 엄마의 휴대폰으로 나에게 전화했을 때──나

는 좀 썰렁한 복도에 서서 쥐라에게 안 들리도록 작은 소리
로 질문했다.

"엉? 그걸 내가 어떻게 알아?"

당연히 고구레는 시치미를 뚝 뗐다.

"아니 뭐, 어쩌다 좀 들은 이야기로는. 그 녀석은 사토 아
무개인가 뭔가 하는 좀스러운 퇴물 배우 아저씨라던데……
그러고 보니 나도 그런 이름을 가진 녀석에게 돈을 빌려준
적이 있었지."

나는 반사적으로 거실 쪽을 돌아봤는데, 쥐라는 정신없이
TV를 보고 있었다.

"자세한 사정은 나도 잘 모르지만……. 글쎄, 그 녀석의 딸
이 터무니없는 짓을 하고 달아났나 봐. 그래서 딸의 행방을
아는 거 아니냐? 하고, 무서운 형님이 마구 닦달을 한 것 같
아. 그런데 뭐, 그 형님도 처음부터 그렇게까지 심하게 할 생
각은 없었을 텐데, 그놈이 죽어도 입을 안 여니까 좀 지나치
게 흥분해버렸나 봐."

전화기 너머에서 고구레는 마치 술집에서 일어난 싸움 이
야기라도 하는 것처럼 대답했다. 만약의 경우에 대비해서인
지 철저히 자기와는 상관없는 척하고 있었지만, 적어도 그
는 그 자리에 있었던 것이 아닐까? 하는 생각이 들었다. 어
쩌면 직접 일을 처리한 장본인일 수도 있고.

아마도 저놈들은 쥐라의 아버지를 인적 없는 곳으로 끌고 가서 쥐라의 행방을 끈질기게 물어봤을 것이다. 그래서 그는 틀림없이 사실대로 "모른다"고 대답했을 텐데, 고구레 패거리는 믿지 않았다. 그러다가 쥐라의 아버지는 결국 목숨을 빼앗겼고, 그 시체는 우리 집에 버려지게 된 것이다.

시체가 발견되면 경찰 측은 집주인인 나의 행방을 찾으려고 할 것이다. 그리고 아마 경찰들 중에는 고구레와 내통한 인간이 있어서, 그 수색 정보를 몰래 가르쳐주기로 약속한 것이리라. 그러면 자기들이 직접 찾으러 다니는 수고를 덜 수 있었을 것이다.

대담하고도 효과적인 방법이란 것은 인정한다. 하지만 그토록 냉혹한 계산을 잘도 하는구나. 정상적인 인간이라면 도저히 떠올리지 못할 방법이었다.

"실은…… 댁이 직접 한 거 아냐?"

"야, 너! 잠깐만!"

내가 조그맣게 말하자, 고구레는 돌연 소리를 버럭 질렀다.

"아까부터 잠자코 들어주니까 끝도 없네?! 나이도 많은 사람한테 '댁'이라니, 건방지게 말하지 마! 연장자에게는 존댓말을 쓰라고 부모한테 배우지도 않았냐?!"

"자, 잠깐……만요. 죄송합니다. 잘못했어요."

그 부모는 틀림없이 고구레 옆에 있을 것이다. 내가 고분고분하게 굴지 않으면 무슨 짓을 당할지 몰랐다.

"아, 뭐야? 통화 상태가 안 좋네. 잘 안 들려."

"저…… 정말로, 죄송합니다."

아무리 엄마를 위해서라고 해도——고구레에게 사죄의 말을 한 순간, 나는 내 의지가 꺾이는 것을 느꼈다. 아니, 아직 완전히 박살나지는 않았지만. 심장에 커다란 금이 간 것은 확실했다.

"그래, 알면 됐어. 역시 여자는 고분고분하지 않으면 귀엽지 않다니까."

그렇게 말한 뒤 고구레는 의기양양하게 웃었다.

"그래서 넌 지금 어디에 있냐? 쥐라와 같이 있어?"

"지금은…… 북쪽 지방에 있습니다."

내가 반사적으로 대답하자 고구레는 코웃음을 쳤다.

"아무 말이나 내뱉지 마. 너 실은 오키나와에 있잖아?"

내가 일을 마치고 전화했을 때 엄마에게 말했던 내용을, 역시 이 남자는 알고 있었다. 쉽게 실토해버린 엄마에게 약간 아쉬움을 느끼긴 했지만, 나를 보호하려고 괜히 침묵을 지키다가 해코지를 당하는 것보다는 훨씬 나았다——그래, 엄마. 잘했어.

"여자들이 도망칠 때에는 꼭 오키나와로 가더라. 도망치는 김에 조금이라도 즐겨보자, 뭐 이런 거냐? 그 정도면 태평한 게 아니라 뇌가 없는 거 아냐?"

"아, 저…… 정말로, 아니에요."

"뭐, 일단 믿어줄게. 그나저나 넌 운이 좋구나. 실은 내가
아는 젊은이가 오키나와에 살고 있어서……. 이런 일이 생
겼을 때에는 대개 그 녀석한테 붙잡으라고 시키거든."

아마도 고구레 밑에서 착취당하고 있는 여성이 종종 도망
치는 경우가 실제로도 있는 것이리라. 여자가 도망칠 때에
는 꼭 오키나와……라는 것은, 어느 정도는 진실성 있는 한
마디일 것이다.

"경우에 따라서는 그 녀석한테 도쿄까지 끌고 오라고 시
킬 때도 있는데. 그놈은 여자만 보면 무조건 박아야지만 직
성이 풀리는 타입이야. 도대체 뭘 먹으면 그렇게 섹스에 미
친 인간이 되는 건지……. 그래서 어, 나도 보수의 일부인 셈
치고 대체로 못 본 척해주고 있지."

고구레는 그 후에도 도저히 들어줄 수 없는 이야기를 즐
겁게 늘어놓았다. 여자를 물건처럼 취급하는 그 말 하나하
나가 강판이 되어 내 마음을 득득 갈아버렸다.

"그런데 그 녀석이 얼마 전에 자동차 사고를 당해서. 두
다리를 깁스로 고정한 채 나하의 병원에 입원해 있거든. 그
외에도 여기저기 망가져서 한동안 움직이지 못할 거래. 나
참, 진짜 멍청하지 않아?"

꼴좋다……라고 무심코 말하고 싶어졌지만 실제로는 입 다물고 있었다.

"그러니까 루리야, 넌 운이 좋은 거야. 평소 같았으면 넌 지금쯤……."

고구레는 질리지도 않고, 듣자마자 귀를 씻어내고 싶어지는 말들을 늘어놓았다. 난 그저 엄마가 그 방에 없기만 바랄 뿐이었다.

"그래서 말인데, 루리야……. 네가 지금 어디 있든지 상관없으니까 내일 밤 10시까지는 내 사무소로 와라. 태풍이 온 것도 아니니까, 오키나와에서도 비행기 타면 단번에 날아올 수 있잖아?"

고구레는 무작정 내가 오키나와에 있다고 주장하려는 것 같았다.

"물론 돈과 쥐라도 같이 와야 해. 알았지?"

"그 애랑은 옛날에 헤어졌어요……. 그 애는 좀 둔하잖아요."

적어도 쥐라는 보호해주고 싶어서 나는 그럴싸한 거짓말을 해봤는데──고구레에게는 전혀 안 통했다.

"아니, 그건 아니지. 네가 보낸 문자는 전부 읽어봤어……. 제법 귀엽던데? 그런 문자를 보냈던 네가, 좀 둔하다는 이유로 쥐라를 버릴 리가 없어."

"정말이에요. 걔는 이상하기도 하고…….."

나는 계속해서 말하려고 했다. 그런데 고구레가 의외의 한마디를 뱉었다.

"아냐, 넌 쥐라를 버리지 않아……. 이래 봬도 나는 사랑을 믿거든."

그 말을 들은 순간, 나는 온몸에 소름이 돋았다.

이유는 알 수 없었다. 이 남자의 입에서 그런 말이 튀어나온 것이 불쾌했기 때문일까──아니면 쥐라에 대한 내 마음이 전혀 예상치 못한 곳에서 인정받았기 때문일까.

"잘 들어. 제일 중요한 것은 돈이다. 어차피 줄어들었을 테지만, 남아 있는 돈은 전부 다 가져와……. 너한테 설명해봤자 이해를 못 할 테지만, 그건 진짜로 위험한 사람한테서 받아 맡아둔 돈이다. 그 이름을 들으면 너도 놀라서 오줌 지릴걸? 시간은 좀 얻었지만, 제대로 돌려주지 않으면 나도 위험해질 거다."

고구레의 말투는 단순히 농담이라고 치부할 수 없을 정도로 무척 진지했다.

"돈을 조금이라도 돌려주고 사죄하면 그 사람도 목숨까지는 빼앗지 않을 테지……. 시체는 처리하기 힘드니까. 뭐, 어딘가에서 손님을 받는 신세가 될 테지만, 그래도 죽는 것보다는 낫지 않아?"

어찌 된 일인지 고구레의 말투가 마치 은혜를 베풀어주는 듯한 느낌으로 변해버렸다. '내가 친히 위험한 사태를 수습해주는 거다'라고 말하고 싶은 걸까.

"그러고 보니 내 휴대폰은 어떻게 했냐? 설마 아무 데나 버리진 않았지?"

"아직 가지고 있어요. 배터리는 방전됐지만요."

그렇게 말했을 때 내 마음속에서 아주 약간이나마 고구레의 비위를 맞춰주고 싶다는 생각이 생겨난 것은 나도 인정한다. 엄마가 그에게 붙잡힌 이상, 그렇게 되는 것도 어쩔 수 없다······는 식으로 이해해줬으면 좋겠다.

"좋아, 잘했어. 그것도 잊지 말고 가져와. 시간 엄수다, 알았냐? 10시가 넘으면 나는 잠을 자야 하거든."

그 말만 남기고 고구레는 전화를 끊었다.

'여기서 끝인가······.'

아파트 복도에서 휴대폰을 손에 쥔 채 나는 멍하니 생각했다.

돌이켜보면 흐름을 타고 충동적으로 달리기 시작한 길이었는데, 아무런 징조도 없이 갑자기 막다른 길의 끝이 보이기 시작했다.

물론 내가 엄마를 버릴 정도로 냉혹한 인간이었다면 좀더 도망칠 수도 있을 것이다. 이 지방 도시에서 조용히 숨죽이고 살면, 이 폭풍은 지나갈 것이다.

그러나 나는 역시 엄마를 버릴 수 없었다.

솔직히 말하자면 엄마가 나한테 폐를 끼치는 경우가 더 많았는데, 그래도 엄마는 단 하나뿐인 부모이자 그동안 인생을 함께 걸어온 전우였다. 그런 엄마를 버린다면, 그 아픔은 죽을 때까지 결코 사라지지 않을 것이다.

그렇다면——내가 할 수 있는 일은 딱 하나밖에 없다. 남은 돈을 가지고 고구레에게 가서 엄마를 돌려달라고 하고, 가능한 한 원만하게 일을 매듭지어달라고 애원하는 것. 그녀석의 구두라도 핥으면서 용서를 구하고, 최소한 엄마의 목숨이라도 살려달라고 부탁하는 것이다.

그리고 쥐라도——가능하다면 이대로 자유롭게 살게 해주고 싶었다. 그러려고 무모한 도박을 했던 거니까. 적어도 쥐라만은 무사하기를.

그렇게 하는 것은 그다지 어려운 일은 아니었다.

그냥 쥐라에게는 아무 말도 안 하고, 나 혼자만 돈과 휴대폰을 들고 고구레를 찾아가면 되는 것이다. 물론 어느 정도 돈을 남겨두고 가면 쥐라도 당장은 문제없이 생활할 수 있을 것이다. 실은 좀 못마땅하긴 해도, 그 후에는 틀림없이 요지 군이 쥐라를 돌봐줄 것이다.

쥐라를 데려가지 않으면 나는 더욱 심한 벌을 받게 될 것이다.

어쩌면 상대의 구두를 핥기도 전에 모든 것이 끝나버릴 가능성도 있다. 아니, 시체 처리는 귀찮다고 했으니까, 정말로 나는 평생 (그야말로 쥐라를 대신해서) 어딘가에서 강제로 매춘을 하게 될지도 모른다.

그래도——엄마와 쥐라를 구할 수만 있다면, 나는 그 길을 스스로 선택할 것이다.

"쥐라…… 깜빡하고 말을 안 했는데, 나 잠깐 도쿄에 다녀올게."

등에 계속 키스하면서 그렇게 말하자, 쥐라는 깜짝 놀란 것처럼 이쪽을 돌아봤다.

"어, 왜?"

"실은, 엄마가 병에 걸려서…… 꽤 심각한 병인가 봐."

나는 태연하게 거짓말을 했다.

"괜찮은 거야?"

뒤에 있는 나에게 가슴을 붙잡힌 채, 쥐라는 어느새 이성을 되찾은 목소리로 말했다.

"뭐, 당장 돌아가시지는 않을 테지만…… 그래도 걱정이 돼서."

"또 하나의 걱정거리는? 그쪽도 괜찮아?"

쥐라치고는 은근히 센스 있는 질문이었다.

"괜찮아. 엄마가 입원한 병원은 도쿄 변두리에 있거든. 그 남자와 우연히 딱 마주칠 걱정은 전혀 없어. 그리고 내 외모도 예전과는 많이 다르잖아?"

"어, 그럼 다행인데……. 금방 돌아올 거야?"

"물론이지……. 하지만, 어쩌면 2~3일 정도는 엄마 옆에 있어야 할지도 몰라. 그때는 연락할게."

내가 그렇게 말하자, 쥐라는 나를 향해 돌아누워 내 목을 양팔로 끌어안았다.

"3일이나 떨어져 있어야 한다니, 그건 싫어."

생각해보니 나와 쥐라는 그 남자의 차를 타고 달아났던 그날부터 단 하루도 떨어져본 적이 없었다.

"3일 정도는 금방 지날 거야……. 돈은 두고 갈 테니까, 밥은 사 먹든가 식당에 가서 먹어. 혼자 먹는 게 재미없으면 요지 군이라도 부르고."

그 이름을 언급한 순간, 쥐라의 얼굴에 희미한 미소가 피어난 것을 나는 예민하게 눈치챘지만──반사적으로 못 본 척했다.

"내일 아침 일찍 나갈 거야?"

"아직 시간은 안 정했는데. 왜?"

"그럼 저번에 갔던 스파게티 식당에 가서 좀 일찍 점심을 먹자……. 예전부터 또 가고 싶다고 생각했었거든."

"저번에 갔던 스파게티 식당……? 그게 어디지?"

"어, 거기. 꽃 이름이 들어간 곳."

그 후 몇 가지 정보가 더 추가됨으로써 겨우 그것이 '데이지 파크'라는 이탈리안 레스토랑이라는 것을 이해했다. 우리 아파트에서는 좀 멀리 떨어져 있었지만, 고구레가 제시한 기한은 밤 10시──도쿄에는 신칸센을 타고 갈 예정이므로 충분히 여유는 있었다.

'마지막 시간을 그 식당에서 보내는 것도 나쁘진 않을지도 몰라.'

그 식당은 우리가 오가키에서 처음 갔던 이탈리안 레스토랑이었다. 상당히 본격적인 레스토랑인데 음식 맛과 가게 분위기가 둘 다 매우 좋았다.

"그래…… 오랜만에 한번 가볼까?"

그렇게 말하면서 나는 다시 쥐라와 가슴을 맞댔다.

마지막이라고 생각하니까 더욱 절정을 맞이하고 싶어졌지만──내 마음이 자꾸 오락가락하는 바람에 완벽하게 집중하지 못했고, 결국 어중간하게 끝나고 말았다. 남자와는 달리 결정적인 마지막을 확인하기 어려운 여자들끼리의 유희는 이런 식으로 애매하게 끝나버리는 경우도 있었다.

이로써 두 번 다시 쥐라와 함께 즐기지 못하게 되었기 때문일까. 오히려 나는 허무감 같은 것을 느끼면서 그대로 잠들었다.

인생이란 것은 원래 그런 것일지도 모른다.

* * *

다음 날 아침, 오가키에는 부슬비가 내리고 있었다. 이것
이 마지막 아침일 텐데도 우리는 여느 때와 다름없이 평범
한 시간을 보내고 있었다.

"쥐라. 데이지 파크에 가기 전에 볼일을 좀 보고 올게."

9시가 좀 넘었을 때 나는 별것 아닌 것처럼 그런 말을 했다.

"이렇게 이른 아침부터 어디 가?"

"은행에도 가고, 아르바이트하는 곳에도 들르고, 이것저
것 할 일이 있어서……. 아, 그래도 금방 돌아올게."

그런 식으로 대화를 하는데, 그 뒤에서는 평소에 늘 보는
아침 방송이 TV에 나오고 있었다. 좀 전까지는 정치가의 불
상사에 관해 이야기하고 있었는데 이제는 그게 끝나고 짧은
뉴스가 흘러나오는 중이었다.

이때 우리 집에 굴러다니던 남성의 시체에 관한 속보가
나왔다. 설마 신원이 판명됐나? 하고 나는 몹시 당황했지만,
그 사인이 교살이란 것이 판명됐다……는 내용이 전부였다.
누군가가 그 남성을 뒤에서 양팔로 꽉 조이면서 붙잡았다가

그대로 목을 졸랐다는 것이다.

그것이 자기 아버지의 죽음인 줄도 모르고 쥐라는 채널을 돌렸다. 꽤 연령이 낮은 아동을 위한 애니메이션이었다. 쥐라에게는 잘 어울렸다.

이윽고 외출 준비를 마친 나는 가방을 어깨에 메고 입을 열었다. 오늘은 도쿄에 가야 하니까 주머니가 많은 커다란 숄더백을 준비했다.

"자, 그럼 다녀올게……. 아, 괜찮아. 그냥 있어."

내가 그렇게 말했는데도 쥐라는 나를 현관까지 배웅해줬다. 그리고 내가 문을 열려는 순간, "잠깐만" 하고 쥐라가 내 목을 양팔로 끌어안았다.

"자기야, 잘 다녀와."

농담인지 진담인지 알 수 없는 말투로 그렇게 말하더니 웬일로 쥐라가 먼저 키스를 했다. 그것도 인사 대신 하는 가벼운 뽀뽀가 아니라 혀를 집어넣는 딥키스였다.

"어휴, 이러면 립스틱이 다 지워지잖아."

약 30초 동안 서로의 혀를 맛본 뒤. 입술을 떼면서 내가 말했다.

"헤헤, 뭐 어때?"

쥐라는 괜히 몸을 좌우로 살살 흔들면서 혀를 쏙 내밀었다.

'아아, 역시 귀여워.'

그 웃는 얼굴이 나에게는 눈부셔 보였는데——어쩌면 쥐라도 우리가 오늘부로 끝난다는 것을 눈치챈 게 아닐까? 하는 생각도 들었다. 쥐라의 직감은 가끔 무서울 정도로 정확하니까.

"이따가 내가 돌아오면 곧바로 나갈 수 있도록 옷은 갈아입고 있어⋯⋯. 난 저녁때까지는 도쿄에 가고 싶거든."

"응, 그럼 얼마 전에 당신이 사준 핑크색 파카 입어도 돼?"

"이렇게 비 오는 날에 새 옷을 입을 필요가 있나⋯⋯? 음, 그래, 마음대로 해."

그렇게 말한 뒤 나는 현관문을 열고 밖으로 나왔다. 쥐라는 보통 잊어버리니까 내가 밖에서 문을 잠가줬다.

'마치⋯⋯ 꿈같은 나날이었어.

문 너머에서 쥐라가 안쪽 방으로 돌아가는 발소리를 들으면서 나는 생각했다.

처음 만난 것이 6월이었고, 같이 도망친 것이 7월 초——반년도 안 되는 시간이었지만, 내 인생을 바꾸기에는 충분했다. 나보다 더 중요한 것은 없었던 내가, 이제는 저 아이를 위해서라면 내 인생 자체를 남에게 줘버려도 된다⋯⋯고 생각하게 된 것이다.

나는 살짝 눈가에 맺혀 버린 눈물을 손가락으로 닦아내고 곧장 엘리베이터로 향했다. 도쿄로 돌아가기 전에 꼭 해둬야 할 일이 있었기 때문이다.

나는 '코디'를 타고 은행으로 갔다.

그 은행의 ATM을 이용해 50만 엔을 꺼내서 지갑 속에 집어넣었다. 여비로는 충분하고도 남을 정도의 금액이었지만, 마지막에는 한 번쯤 부자가 된 기분을 느껴보고 싶었다.

잔고를 보니 120만 엔이 좀 넘었는데——우리 집 옷장 속에는 3000만 엔이 고스란히 남아 있으니, 의외로 돈을 별로 안 썼구나 하는 생각이 들었다. 처음부터 명품에 대한 욕심은 없었고, 오가키에 오고 나서는 사치를 부리지도 않고 가능한 한 눈에 띄지 않게 살아가고 있었으니까. 이런 것도 납득이 갔다.

은행에 모조리 저금하지 않았던 것은, 괜히 남들의 이목을 끌까 봐 걱정했기 때문이다.

은행은 고객의 예금 잔고를 파악하고 있으므로, 어느 정도 현금을 가지고 있는 고객에게는 참 친절하게도(귀찮게도) 전화를 해서 영업을 하려고 한다. 내가 3000만 엔이나 되는 현금을 갖고 있다는 사실은 가능한 한 남에게 들키고 싶지 않았다.

그러고 보니 그 돈으로 나는 패션 학교에 가고, 또 쥐라의 재능을 지금보다 더 발전시켜줄 계획이었는데——그 꿈도 여기서 끝이라고 생각하니 역시 서글퍼졌다.

다음으로 내가 간 곳은 돗키 씨의 집이었다.

"루리야…… 어쩐 일이여? 이른 아침부터 찾아오구."

돗키 씨는 마침 회사에 출근하려고 했나 보다. 작업복 차림으로 나를 맞이해줬다.

"이상한 시간대에 찾아와서 죄송해요. 저, 실은 요지 군과 잠깐 이야기를 하고 싶어서요."

"응? 루리가 그 녀석이랑 이야기를 한다고? 이해가 안 가는데, 요새 그 녀석이 인기가 많네……? 얼마 전에도 여자애랑 영화 보러 갔다고 하던데."

돗키 씨는 아무렇지도 않게 그런 말을 했지만, 나는 처음 듣는 이야기였다. 요지 군과 영화를 보러 갈 여자애. 그것은 내가 아는 한 쥐라밖에 없었다.

'나한테는 그런 말은 전혀 안 했는데.'

쥐라와 요지 군이 종종 만난다는 것은 알고 있었지만——설마 영화까지 보러 간 줄은 몰랐다. 그것은 진짜 데이트 아닌가?

만약에 지금 같은 비상사태가 아니었다면 나는 집요하게 쥐라에게 원망의 말을 하면서, 왜 네 마음대로 남자랑 놀러 다니느냐고 따졌을 것이다. 분명히 나에게는 그럴 권리가 있었다.

그러나 지금은——그게 오히려 고맙기도 했다. 나는 내가 사라진 후 쥐라를 돌봐달라고 부탁하기 위해 요지 군을 찾아온 것이니까.

"안녕하세요……. 루리 씨. 아침 일찍부터 웬일이세요? 무슨 일이라도 있어요?"

내가 현관에서 기다리자, 이윽고 2층 자기 방에서 나온 요지 군이 내려왔다. 아무리 봐도 '지금 막 일어났어요~' 하는 모습이었다. 머리는 베개에 눌려 까치집이 되어 있었다.

"이야기를 하고 싶은데. 잠깐 나와 같이 가주지 않을래?"

"네? 제 방에서 하면 안 되나요?"

"누가 들으면 안 되는 이야기라……. 네 방의 옆방은 고지 군의 방이잖아?"

미쿠는 이미 학교에 갔을 시간이지만, 대학생인 고지 군은 확실하지 않았다.

"아, 오늘은 오후 수업이라고 했으니까 어쩌면 아직 집에 있을지도 모르겠네요."

"그러니까 내 차 안에서 이야기하자. 오래 걸리지는 않을 거야."

"알았어요."

그렇게 말하더니 요지 군은 자기 방으로 돌아가 옷을 갈아입고 왔다. 나는 돗키 씨 부부에게 인사하고 나서 그대로 코디에 올라탔다. 요지 군을 태우는 것은 처음인데, 역시 경자동차 조수석은 그에게는 좀 좁은가 보다. 안전벨트를 매는 것도 힘들어 보였다.

나는 미리 자판기에서 구입했던 캔 커피를 그에게 건네준 뒤 코디를 출발시켰다.

"어디로 가는데요?"

"아무 데도 안 가. 적당히 이 동네를 빙글빙글 돌면서 이야기만 할 거야."

멈춰 있는 자동차 안에서 남자와 여자가 이야기하는 것은 그 자체가 의외로 사람들의 이목을 끈다. 그런데 자동차가 움직이기만 하면 오히려 눈에 안 띄게 된다.

"네, 그래서 저한테 하고 싶은 이야기가 뭔지……."

"너도 알지? 쥐라에 관한 이야기야."

그 이름을 언급한 순간, 요지 군은 눈에 띄게 흠칫했다.

"너 지금 쥐라랑 사귀니?"

"아뇨, 사귄다니…… 그런 것은 아니에요."

"하지만 좋아하지?"

그렇게 거침없이 추궁하는 나의 기백에 압도된 요지 군이 동요하는 것이 느껴졌지만——일단 그 점을 확실하게 밝히지 않으면 더 이상은 말할 수 없었다.

"……좋아해요. 쥐라를, 이 세상에서 제일 좋아해요."

약 2분의 시간이 흘렀고. 결국 요지 군은 솔직히 실토해 줬다.

그 말을 들은 내 마음속에서는, 안도하는 것 같으면서도 또 동시에 머리를 쥐어뜯고 싶은 정반대의 감정이 한꺼번에 솟구쳤다. 그러나 지금은 요지 군이 쥐라에게 호감을 가져 준다는 것에 감사해야 할 것이다.

"실은 좀 귀찮은 일이 생겨서…… 내가 멀리 가봐야 할 것 같거든."

"아, 출장이나 여행이라도 가시는 거예요?"

과거의 나와 마찬가지로 상식적인 생활밖에 모르는 요지 군은 자연스럽게 그런 식으로 대꾸했다.

사실 나는 나 자신과 쥐라의 사정을 전부 다 요지 군에게 설명할 작정이었다. 아무런 사정도 모르는 그에게 쥐라를 맡기는 것은 너무 비겁하다고 생각했으므로.

"저기, 실은…… 나와 쥐라는 사촌이 아니야."

자동차가 국도로 나왔을 때 나는 그렇게 말했다.

"그래요? 아버지는 두 사람이 사촌이라고 하셨는데요."

"응, 그건 거짓말이야. 그냥 사촌이라고 해두는 것이 편하니까 그렇게 말했던 거야."

"그럼…… 친구인가요?"

"그것도 아니고…… 간단히 말하자면, 연인이야."

그 말을 들은 요지 군은 가느다란 눈을 크게 뜨고, 덤으로 입도 탁구공이 몇 개나 들어갈 정도로 넓게 벌렸다. 여자들끼리의 그런 관계도 최근에는 사람들에게 알려지게 되었다고 생각하는데, 실제로 그 당사자를 만나본 사람은 이 지방 도시에는 아직 많지는 않을 것이다.

"저, 그러면 쥐라와 루리 씨는…… 그, 소위 레즈비언이라는 건가요?"

"음, 아마도 그런 거겠지? 하지만 솔직히 말하자면 나도 실감은 안 나. 동성을 좋아하게 된 것은 쥐라가 처음이거든."

그동안 '귀엽다' 또는 '친구가 되고 싶다'고 생각한 여자는 있었지만, 전부 다 연애 감정이라고 하기는 어려운 감정이었다. 하물며 침대 속에서 관계를 맺고 싶다고 생각해본 적은 지금까지 단 한 번도 없었다.

그래서 나는 스스로도 흔히 말하는 '레즈비언'은 아니지 않나? 하고 생각했다. 그래도 어떻게든 구별해보라고 한다면, '바이섹슈얼(양성애자)'이나 '팬섹슈얼(범성애자)'에 가까울 것 같다고 생각하지만. 사실 호칭 따위는 나에게는 아무 의미도 없었다.

"어, 그래서…… 조금 충격적인 이야기를 해줄게. 당연히 이건 아무한테도 말하면 안 돼."

그다음부터 나는 핸들을 적당히 돌리면서 요지 군에게 이야기해줬다. 첫 만남부터 오늘에 이르기까지 우리가 겪었던 일들을.

단, 쥐라가 성적 착취를 당했다는 것과 유산했다는 것은 말하지 않았다. 둘 다 쥐라의 사생활이므로 함부로 남에게 이야기하면 안 된다⋯⋯고 생각했기 때문이다.

어차피 첫 번째 사실은 이야기를 듣다보면 저절로 눈치채 게 될 테지만. 적어도 쥐라가 고구레라는 남자 밑에서 노예 처럼 억지로 일했다는 사실은 금방 눈치챌 것이다. 그것 때 문에 요지 군의 마음이 흔들리면 어쩌나. 나는 제발 그러지 않기를 진심으로 바랐다.

"그러니까 루리 씨는 그 위험한 남자한테서 돈과 쥐라를 빼앗아 왔다는 말이죠?"

"간단히 말하자면 그런 거야."

"그 돈이란 것이⋯⋯ 도대체 얼마인데요?"

그렇게 물어보는 요지 군의 얼굴은 아까보다 더 창백해 보였다. 상상도 못 했던 사건 전개에 충격을 받은 듯했다.

"대충 1800만 엔 정도일 거야."

나는 일부러 정확한 액수는 말하지 않았다. 아직은 요지 군 을 완전히 신용하지 못했기 때문인데──그런데도 요지 군은 오른손으로 이마를 짚으면서 현기증 난다는 시늉을 했다.

"요지 군. 겨우 이 정도로 현기증이 난다면 그다음 이야기는 듣지도 못할 텐데……. 어쩔래? 여기까지만 듣고 그만할래?"

"아뇨, 더 들을래요. 쥐라를 지켜주려면 알아야 하니까요."

"좋아, 훌륭해. 은둔형 외톨이 청년. 나도 여기서 그만할 수는 없거든……. 쥐라를 위해서는."

나는 요지 군의 의사를 확인한 후, 지금부터 하는 이야기는 절대로 외부에 발설하면 안 된다고 거듭 주의를 준 다음에 설명하기 시작했다. 어제부터 나에게 닥친 위급한 사태를.

도쿄에 내버려두고 온 우리 집에 낯선 남성의 시체가 유기되어 있었다(그것이 쥐라의 아버지인 것 같다는 이야기는 도저히 할 수 없었다).

그리고 어찌 된 일인지 우리 엄마의 집 주소가 노출되어서, 지금 엄마는 인질이 되어 있을 가능성이 매우 높다.

오늘 밤 10시까지 돈과 쥐라를 데리고 그 남자의 사무소로 간다면 적어도 목숨만은 살려주겠다고 했다.

그러나 나는 쥐라에게는 아무 말도 안 했다. 당연히 그 사무소에도 데려가지 않을 것이고. 쥐라는 이대로 오가키에서 쭉 살게 해줄 것이다――.

나는 코디를 몰면서 거의 모든 것을 요지 군에게 털어놓았다.

"그래서…… 내가 떠난 후에는, 쥐라를 너에게 맡기고 싶어. 그 애는 영혼은 초등학생이나 마찬가지거든. 틀림없이 혼자서는 살아갈 수 없을 거야. 솔직히 말하자면 꼭 네가 아니더라도, 나 말고 다른 누군가에게 쥐라를 맡긴다는 것이 너무 속상하지만…… 엄마를 구해야 하니까. 어쩔 수 없어."

이야기를 하는 도중에 나도 모르게 또 눈물이 흘러나왔다. 눈물을 손가락으로 훔쳤더니, 요지 군이 티슈를 건네줬다.

"하지만…… 그럼 루리 씨, 당신은 어떻게 되는데요?"

"걱정해줘서 고마워. 그런데 넌 그런 거 생각할 필요 없어."

나는 눈물을 닦으면서 일부러 냉정하게 말했다.

경우에 따라서는 살해되거나, 그게 아니면 지옥 같은 곳으로 굴러 떨어지거나──둘 중 하나일 것은 확실한데, 이미 나에게는 다른 선택지가 없었다. 세상에 단 하나뿐인 우리 엄마를 인질로 잡혀버렸으니까.

그런데 잠시 후──요지 군이 뜻밖의 말을 했다.

"그 심정은 이해하는데요……. 루리 씨가 가면, 어머님은 반드시 해방되는 건가요?"

"응?"

"그런 약속을 했어요? 이야기만 들어보면, 약속 따위는 지키지도 않을 것 같은 사람인데요."

나는 반사적으로 옆길로 들어가서 인적 없는 주택가의 한

구석에 차를 세웠다. 그건 도저히 운전을 하면서 할 수 있는
이야기가 아니었다.

"그러고 보니⋯⋯네 말이 맞아."

왠지 모르게 나는 '돈과 내 몸만 바치면 엄마는 무사히 해
방될 것이다'라고 믿었는데──확실히 그런 약속을 한 적은
없었다. 여기서 내가 쥐라까지 안 데려간다면, 상대가 얼마
나 말도 안 되는 논리를 들이댈지 알 수 없었다.

'⋯⋯너무 안일했어.'

나는 어금니를 꽉 깨물고 나 자신의 무능함을 저주했다.
새삼스레 생각해보지 않아도 그 남자는 나 같은 사람보다도
훨씬 더 교활하고 잔인한 인간이었다. 그런 인간과 대등한
거래를 할 수 있을 거라고 착각하다니──이래서 나는 '평
범한 인간'에 불과한 건가.

"그럼 우리 엄마는 어떻게 되는데?"

무의식중에 요지 군을 노려봤다. 요지 군은 아무 잘못도
없는데. 그런 내 시선에 당황하면서 요지 군은 허둥지둥 말
했다.

"아니, 저⋯⋯ 역시 경찰을 찾아가는 게 제일 좋지 않을까
요? 그 남자 일당이 사람을 죽이는 것은 확실하잖아요? 그
럼 경찰에 신고하면 그놈을 잡아주지 않을까요?"

"물론 나도 그 생각은 해봤지만⋯⋯ 그럴 시간이 없어! 지

금부터 경찰서에 가봤자 금방 그 남자를 잡아준다는 보장이 없잖아? 경찰들은 원래 별별 이유를 붙여가면서 좀처럼 움직이려고 하지 않는걸."

그 남자는 어제 통화할 때 자신이 쥐라의 아버지의 죽음과 관련이 있는 것처럼 말했지만——그 증거를 찾아내기 전까지는 경찰은 행동에 나서줄 것 같지 않았다.

"아무튼 나는 10시까지 가야 해……. 안 그러면 엄마가 어떻게 될지 몰라."

그리고 경찰에 신세를 지고 싶지 않은 이유가 하나 더 있었으니——경찰에 신고하면, 내가 가지고 있는 돈은 틀림없이 증거품으로서 압수당할 게 뻔했다. 그렇게 되면 쥐라에게는 단 한 푼도 남겨주지 못하게 된다.

나는 가능하다면 쥐라에게 어느 정도 현금을 남겨주고 싶었다. 요지 군이 곁에 있어준다면 쥐라가 길바닥에 나앉게 되지는 않을 테지만, 앞으로 그 아이가 행복하게 살 수 있도록 조금이라도 돈을 가지게 해주고 싶었다.

"루리 씨. 좀 진정하세요……. 일단 제 이야기를 들어보실래요?"

이어서 요지 군은 나에게 어떤 '작전'을 가르쳐줬다.

* * *

내가 도쿄역 신칸센 플랫폼에 도착한 것은 오후 5시가 넘은 시각이었다.

이제 와서 쥐라와 헤어지기가 너무 힘들어서 '데이지 파크'에 오래 머물렀기 때문인데, 실은 또 다른 이유도 있었다. 요지 군과의 대화가 예상보다 길어졌던 것이다.

'역시 일본은 넓구나.'

오가키는 부슬비가 내리고 있었는데 도쿄는 비 올 기미가 보이기는커녕 공기가 바싹 마른 상태였다. 그것만 봐도 내가 먼 거리를 이동해왔구나 하고 실감할 수 있었다.

나는 역에서 나가기 전에 조그만 테이크아웃 커피 전문점에 들러서 단맛 나는 카페라테를 마셨다. 어디에도 들르지 말라……고 요지 군이 말했는데, 아무리 그래도 마음의 준비를 할 시간은 필요했다. 그것은 신칸센 안에서도 실컷 했을 테지만——지금보다 더 나쁜 사태로 뛰어든다는 것은 누구에게나 용기가 필요한 일일 것이다. 물론 엄마를 생각하면 조금이라도 더 빨리 달려가야 할 텐데, 그래도 카페라테를 마시는 20분 사이에 사태가 극적으로 변할 것 같지는 않았다.

'그나저나…… 요지 군이 말한 것처럼 정말로 잘될까?'

요지 군이 생각해낸 방법은 실은 '작전'이라고 할 정도로 엄청난 것은 아니었다.

요약하자면 이 사건을 담당하고 있는 그 지역 경찰서에 내가 직접 출두해서, 우리 집에 웬 남자의 시체가 버려지게 된 경위를 설명한다……는 것이 전부였다.

물론 들고 도망친 돈에 관한 이야기도 해야 할 텐데, 애초에 그것은 부정한 돈이므로 그 정확한 금액을 알고 있는 사람은 관계자들밖에 없다. "그건 내 돈이다!" 하고 당당하게 나서는 인간도 없을 테고, 혹시 있더라도 그것의 소유권을 증명하려면 그 대가로 체포당하게 될 것이다.

그러니까 경찰한테는 금액을 좀 적게 신고하고, 그 금액만 가져다주면 실제로 그 돈만 몰수당하고 끝난다……는 것이었다.

"하지만 너무 낮은 금액으로 신고하면 안 돼요. 설득력이 없으니까."

좁은 코디의 조수석에 몸을 구겨 넣은 채 요지 군은 그렇게 말했다. 즉, 우연히 돈이 든 가방을 발견한 인간이 무심코 훔쳐가고 싶어질 정도로 큰 금액이 아니면 진실미가 없다는 것이다.

"역시 1000만 엔 정도는 되어야 할까?"

"네? 그렇게 많이? 저는 500만 이상이면 대충 OK일 거라고 생각하는데요."

그런 대화를 반복하다가 결국 800만 엔으로 하기로 했다.

즉──나는 편의점 주차장에 갔다가 우연히 아는 여자아이가 타고 있는 자동차 안에서 800만 엔이라는 거금이 든 가방을 발견했고, 충동적으로 자동차를 탈취하여 그 돈을 가지고 튀었다. 처음에는 그 아이와 즐겁게 잘 지냈지만 이윽고 사이가 틀어졌기 때문에 둘이서 돈을 적당히 나눠 가지고 헤어졌다. 그런데 내가 돈을 가지고 달아났다는 사실을 알게 된 그 남자가 나를 찾아내려고 살인까지 저질렀고, 지금은 우리 어머니도 납치해서 나를 협박하고 있다. 돈은 이미 어느 정도 써버렸는데, 적어도 남은 돈이라도 반납할 테니까 부디 우리 어머니를 보호해달라. 그 부탁을 하려고 이렇게 출두했다……라는 스토리로 밀고 나가기로 한 것이다.

물론 일부러 그 지역 경찰서로 가는 것은, 중간에 쓸데없는 인간이 끼어들어 시간을 낭비하는 것을 막기 위함이었다. 확실히 다른 지역의 경찰을 개입시키는 것보다는 그게 압도적으로 빠를 것이다.

경찰서는 내가 살고 있던 빌라에서 자전거를 타고 20분쯤 걸리는 곳에 있었는데, 무방비하게 걸어가는 것은 아무래도 위험했다. 그래서 요지 군은 아무 데도 들르지 말고 곧바로 도쿄역에서 택시를 타고 경찰서로 가라고 했던 것이다.

카페라테를 다 마신 나는 마침내 결심을 하고 카페를 나와 택시 정류장으로 향했다. 그곳은 손님이 없어서 금방 택시를 탈 수 있을 것 같았는데——이 상황에 이르러 갑자기 쥐라의 목소리가 듣고 싶어졌다. 지금 나는 그 아이의 목소리를 듣지 않으면, 용기를 내지 못할 것 같았다.

휴대폰으로 전화를 걸었다. 신호음이 네 번 울렸을 때 쥐라가 전화를 받았다.

"에르메스 씨! 도쿄에 도착했어?"

겨우 몇 시간 전까지 같이 있었는데. 그때보다 더 신이 난 것 같았다.

"응. 이쪽은 비가 안 와서 쾌적해."

"진짜? 좋겠다. 여기는…… 아직도 와."

말하는 도중에 커튼을 젖히는 소리가 났다. 쥐라는 집에 있는 것 같았다.

"지금 뭐 하고 있었어?"

"그림 그리고 있었지……. 아, 그런데 낫쓰 그림은 아니고. 진짜 내 그림이야."

"그래……? 어떤 그림인데?"

나는 내 기억 속에 남아 있는 쥐라의 작품을 여러 개 떠올리면서 말했다.

"안드로메다야."

"뭐?"

"안드로메다 그림이라고……. 지금 엄청 잘되고 있어."

쥐라가 그려내는 선은 그 자체로 충분히 우주적인데──특정 천체의 이름을 명확히 말한 것은 이번이 처음이었다.

"어 그러니까, 한가운데에 중간 붓으로 예쁜 공을 그려놓고, 그 주위에 큰 붓으로 이얍! 하고 그리고, 그다음에는 작은 붓으로 콕콕콕…… 하는 거야."

너무 감각적인 설명이었지만 어쩐지 상상은 될 것 같았다.

"있잖아, 전에 DVD로 보여줬잖아? 그때부터 언젠가는 에르메스 씨를 위해 그려주고 싶다고 생각했었어……. 하지만 어떻게 그리면 좋을지 전혀 알 수가 없었거든. 그런데 오늘 스파게티 가게에서 돌아왔을 때 갑자기 아! 하고 느낌이 와서."

"그랬구나……. 영감을 얻었단 말이지?"

"응, 갑자기 얻었어…… 그, 영강이라는 거?"

"모르는 단어는 굳이 쓰지 않아도 돼."

천진난만한 쥐라의 말을 들으니 저절로 얼굴에 미소가 떠올랐다.

"나 지금 엄청나게 즐거워. 계속 그릴 거야."

"그래도 밥은 잘 챙겨 먹어, 응?"

그대로 이야기를 계속하면 전화를 못 끊을 것 같아서 나는 억지로 대화를 끝냈다.

"나도 슬슬 가봐야 하니까……. 전화 끊을게."

"응, 조심해서 다녀와. 쥐라는 에르메스 씨가 돌아오기를
열심히 기다리고 있을게."

쥐라의 마지막 말은 그렇게 눈물 날 것 같은 한마디였다.

이제는 택시를 타고 내가 살던 동네의 경찰서로 간 다음
에, 담당 경찰관을 불러달라고 해서 모든 사정을 설명하면
된다——한마디로 이야기하면 참 간단한 일이었다. 10시라
는 시간제한이 있다는 것은, 다시 말해 그 시간까지는 엄마
는 무사하다는 뜻이었다. 경찰서에 6시 정도에 도착하더라
도 시간은 넉넉할 것이다.

나는 택시 안에서 밖을 내다보면서 생각했다. 어떤 순서
로 이야기할까 하고.

내 이야기가 사실이란 것을 상대에게 어떻게 믿게 하느냐
가 골치 아픈 문제인데, 일단 내 가방 속에는 300만 엔의 현
금이 들어 있었다. 그것을 보여주면, 아무리 융통성 없는 경
찰관이라도 '어리석은 여자가 무모하게도 그쪽 계통의 남자
를 속이고 이겨먹으려고 했다'는 사실을 순순히 믿어줄 것
이다.

이윽고 택시는 목적지인 경찰서 부근에 도착했다.

경찰서는 국도에 면해 있어서, 보통은 그 건물 앞에 차를 대고 넓은 인도를 가로지르면 금방 안으로 들어갈 수 있는데——하필이면 그 근처의 도로가 공사 중이라서, 건물에서 좀 떨어진 곳에다 택시를 세우는 수밖에 없었다.

그런데 그 사소한 불운이 내 계획을 엉망으로 만들었다.

나는 요금을 내고 택시에서 내려 경찰서 정문 쪽으로 걸어갔는데——그 20미터쯤 되는 길을 걷는 도중에, 마치 그 타이밍을 노린 것처럼 가방 속의 휴대폰이 진동했다.

긴장하면서 휴대폰을 꺼냈더니 그 액정에는 '엄마'라는 문자가 표시되어 있었다. 엄마의 휴대폰에서 걸려온 전화이지만, 당연히 그 전화를 건 사람은 엄마가 아니었다.

"여보세요."

전화를 받자마자 기묘한 웃음소리가 들려왔다. 그 주인공은 물론 고구레였다.

"하하, 이렇게까지 예상이 적중하면 웃음이 나올 수밖에 없지, 안 그래?"

나는 아무 대답도 안 하고 멈춰 서서 주위를 둘러봤다. 경찰서 정문에 서 있는 제복 차림의 경찰관과 눈이 마주쳤는데, 왠지 모르게 내가 먼저 시선을 피하고 말았다.

"그게 무슨 소리예요?"

최대한 냉정한 척하면서 물어보자, 고구레는 아까보다 더 크게 웃었다.

"아니 뭐, 100퍼센트 경찰한테 달려갈 줄 알았어……. 아, 루리야. 너로선 그렇게 할 수밖에 없겠지. 그 심정은 이해해. 시간제한도 꽤 빡빡하게 해놨으니까, 틀림없이 여기 있는 경찰서로 올 거라고 예상했는데…… 이 정도로 완벽하게 맞힌 것은 11년 전의 킷카쇼(일본 중앙 경마회가 교토 경마장에서 실시하는 중앙 경마 경주) 이후로 처음이야."

나는 핏기가 싹 가시는 것을 느꼈다. 요지 군이 생각해낸 '작전'은, 그보다 몇 배는 더 똑똑한 남자에게 전부 다 들켜버렸던 것이다.

"지금 어디선가 나를 보고 있는 건가요?"

나는 주위의 풍경을 살펴보면서 말했다.

"응, 보고 있지. 루리의 얼굴을 아는 사람은 나밖에 없으니까……. 점심때부터 여기서 죽치고 있었어. 내가 얼마나 힘들었는데."

편도 3차선 국도를 사이에 두고, 경찰서 맞은편에는 오래된 아파트가 자리 잡고 있었다. 설마 저 아파트의 어느 방에서 내내 경찰서 정문을 감시하고 있었던 건가?

"자, 이제 어쩔래? 그대로 경찰서 안으로 들어갈래? 물론 그렇게 한다면 너희 부모님의 안전은 보장할 수 없지만."

전혀 심각하지 않은 어조로 그렇게 말하더니, 돌연 그 말투가 차갑게 변했다.

"미안하지만…… 넌 이미 독 안에 든 쥐야."

실제로 그 말이 정답이었다.

"더 이상 일을 복잡하게 만들지 마. 나도 이제는 장단 맞춰줄 수 없으니까……. 전에도 말했듯이 목숨은 빼앗지 않을 거다. 그대로 경찰서 앞을 지나쳐서 이쪽으로 와."

나는 그 말에 복종할 수밖에 없었다. 이대로 내가 경찰에게 달려가더라도, 상황을 설명하는 사이에 저 남자는 이곳을 떠나 즉시 엄마가 있는 곳으로 갈 테니까.

'게임 오버구나.'

누가 어떻게 봐도——아무리 자신에게 유리하게 해석하려고 해도 그랬다.

그렇게 생각한 순간, 내 몸에서 뭔가가 엄청난 기세로 빠져나갔다. 나는 이제 아무것도 못 한다.

지시대로 육교를 건너 국도 반대편으로 갔다. 그 근처에 있는 공원의 수풀 옆에 호리호리한 장신의 남자가 서 있었다. 아까 그 남자의 지시를 받고 나를 데리러 온 것이리라.

"댁이 야자키 루리 씨야?"

틀림없이 이 남자가 예의 '폐 아저씨'일 것이다. 전에 한 번 쇼핑몰에서 멀리 있는 그 모습을 본 적이 있는데, 가까이에서 보니까 눈매가 뱀을 연상시키는 음습한 분위기의 남자였다.

"제법 괜찮은 여자인데……? 나중에 한번 하자, 응?"

나를 머리끝부터 발끝까지 거침없이 훑어보더니, 진심인지 농담인지 알 수 없는 말투로 '페 아저씨'가 그렇게 말했다. 그 남자 주변에는 정신 나간 인간들밖에 없는 걸까.

* * *

사람들이 지나다니는 바깥에서는 내 몸을 건드리지 않았던 '페 아저씨'가 아파트 건물에 들어가자마자 표변했다. 돌연 내 팔을 덥석 붙잡아 난폭하게 끌어당기더니 나를 확 밀쳐서 엘리베이터 안에 집어넣은 것이다. 일부러 거칠게 대해서 나를 겁먹게 만들려는 것 같았는데──움직이기 시작한 엘리베이터 안에서 그가 갑자기 내 블라우스 가슴팍을 콱 잡았을 때에는 나도 모르게 소리를 지르고 말았다.

"뭐 하는 거예요? 그만하세요."

그 팔을 반사적으로 뿌리쳤다. 그 순간 그놈의 팔꿈치가 내 턱을 쳤다. 딱! 이빨 부딪치는 소리가 나면서 얼굴 전체가 뜨거워졌다.

"야, 넌 네가 어떤 처지인지 몰라? 뭐든지 고분고분하게 네, 네, 하고 받아들이는 게 신상에 좋을 거야."

그게 도대체 무슨 논리인지 이해할 수 없었지만——'페 아저씨'가 상황을 그렇게 인식하고 있는 것은 확실했다. 그래서 7층에 도착할 때까지 그놈이 실컷 내 가슴을 만지작거리는데도 난 그저 조용히 참을 수밖에 없었다.

이윽고 엘리베이터가 멈췄다. '페 아저씨'는 바로 근처에 있는 집의 문을 노크도 없이 벌컥 열었다. 담배 냄새가 나는 공기가 흘러나왔고, 그것만으로도 나는 당장 불쾌해졌다.

"오, 드디어 만났구나. 루리야."

안에 들어가 보니 그곳은 아담한 투룸 공간이었다. 현관에서 곧바로 4평쯤 되는 부엌이 보였고, 그 안쪽에는 소파와 TV만 있는 대기실 같은 방이 있었다. 그 소파에 아무렇게나 앉아 있던 고구레가 친근한 어조로 나에게 말을 걸었다.

"경찰서 앞에 이런 기지가 있는 줄은 몰랐지? 우리들 같은 사업을 하다 보면, 여기저기 기지를 만들어두는 게 편리하거든……, 거기로 여자도 끌어들일 수 있고."

실제로 생활감이 거의 없었다. 진짜 기지처럼 사용하고 있는 것이리라.

"우선 돈부터 돌려받고 싶은데…… 설마 짐은 그 가방 하나밖에 없어?"

이렇게 된 이상, 이제는 어쩔 수 없었다. 나는 묵묵히 가방 속에서 300만 엔 꾸러미를 꺼내어, 고구레 앞에 있는 조그만 테이블 위에 올려놨다.

"이봐, 진짜로 이게 전부인 건 아니겠지? 돈을 은행에 맡겨놓은 거야?"

고구레가 눈을 부릅뜨고 물어봤는데——나는 여기서 깡으로 버텨야 한다고 생각했다. 나는 쥐라를 지킬 거니까. 그 아이를 위해서 돈도 지킬 것이다.

"이제 이것밖에 안 남았어요. 정말이에요."

"아니, 그렇게 많은 돈을 겨우 반년 만에 써버렸다고? 말도 안 돼. 세계 일주라도 했냐? 아니면 외제 차라도 샀어?"

농담하는 듯한 말투였지만 눈에는 웃음기가 없었다.

"그리고. 쥐라는 어쨌어?"

"저, 이미 말했듯이…… 그 녀석과는 옛날에 헤어졌어요. 지금은 어디 있는지 나도 몰라요."

그 대답에는 대꾸도 하지 않고 고구레는 내 속마음을 꿰뚫어 보려는 것처럼 가만히 내 얼굴을 쳐다보기만 했다.

"아, 그리고, 이건 돌려드릴게요."

300만 엔 꾸러미 옆에다 나는 휴대폰을 내려놨다. 고구레는 당장 손을 뻗었지만, 배터리가 방전된 상태라 아무것도 할 수 없었다.

"설마 이 안의 내용물을 보지는 않았지?"

"잠겨 있어서 못 봤어요. 다만 휴대폰이란 것은 항상 전파를 발신한다고 하니까. 전원을 계속 꺼놨어요."

"그럼 왜 오늘까지 쭉 가지고 있었던 거야? 대충 아무 데나 버리면, 전파고 뭐고 신경 쓸 필요도 없었을 텐데."

나는 순간적으로 말문이 막혔다. 하기야 내용을 확인할 수 없다면 가지고 있어봤자 의미가 없다. '얼른 버리는 것이 안전하다'고 생각하는 것이 자연스러운 사고방식일 것이다.

"그건…… 쥐라가 그 휴대폰 속에 자기 아버지의 전화번호가 저장되어 있을 거라면서, 버리지 말라고 했기 때문이에요."

"하지만 잠금을 풀 수 없다면 어차피 다 소용없잖아?"

"네, 그래서 내가 그 애는 이상하다고 말했잖아요?"

그렇게 대꾸하자, 고구레는 한동안 입을 다물고 생각에 잠겨 있었다. 그러다가 한숨을 내쉬며 중얼거렸다.

"네가 하는 말은 전부 다 거짓말이야……. 거참, 나를 우습게 보는군."

"거짓말이 아닙니다."

"아냐, 거짓말이야. 돈도 잔뜩 남아 있고, 쥐라도 너랑 같이 있을 거다. 아마도 내가 전화하기 전까지는 어딘가에서 즐겁고 신나게 살고 있었을 테지? 그리고 넌 쥐라를 거기 놔두고 온 거야."

고구레는 너무나 쉽게 모든 것을 간파했지만──난 죽어

369

도 그것을 인정할 수는 없었다.

"야, 너. 빨리 사실대로 불어. 네 엄마도 내가 전화 한 통만 하면 순식간에 해치울 수 있거든?"

"제발 우리 엄마는 건드리지 말아주세요."

나는 그렇게 말하면서 바닥에 손을 대고 고개를 낮게 수그렸다.

"제발! 이렇게 부탁드립니다!"

내가 할 수 있는 일은 이것밖에 없었다.

"짜증나니까 그만해⋯⋯. 여자가 납작 엎드려 절해봤자 아무 도움도 안 되니까."

잠시 후 고구레는 냉정한 목소리로 말했다.

"이봐, 페⋯⋯. ××는 그냥 그대로 있냐?"

××는 이 구의 변두리에 있는 작은 동네 이름이었다.

"아키오랑 그쪽 애들이 치웠을 텐데, 그 녀석들의 성격을 생각하면⋯⋯ 아마 대충 해놨을 테죠."

들어본 적 없는 이름이 몇 개 튀어나왔다.

"어, 그래. 좋아. 여기서는 좀 그러니까 일단 장소를 옮겨서, 다시 한번 천천히 이야기를 들어보자⋯⋯. 밑에 차를 대."

"알았어요."

그렇게 말하더니 '페 아저씨'는 차 키를 짤랑짤랑 흔들면서 집 밖으로 나갔다.

단둘이 남게 되자 고구레가 나에게 말했다.

"이봐, 너……. 내가 아직은 친절하게 대해주고 있을 때 전부 실토하는 게 좋을 거야. 진짜로. 너무 건방지게 굴면 정말로 이렇게 된다, 응?"

그러면서 자기 목을 조르는 시늉을 했다.

"벌써 몇 번이나 말했지만, 네가 가지고 달아난 그 돈의 주인은 말이지…… 이름은 밝힐 수 없어도 정말로 무서운 사람이야. 그 사람에 비하면 난 그냥 똘마니지."

나는 결국 '평범한 사람'에 불과하므로, 아무리 그렇게 말로 설명해줘도 그 '무서운 사람'을 상상하기는 어려웠다.

"너도 바보가 아니면 알 거 아냐? 상식적으로 생각해봤을 때, 그 사람이 맨 처음으로 죽이는 것은 멍청하게 돈을 빼앗겨버린 나일 거야. 그 사람이 마음만 먹었으면 일찌감치 나를 멍석에 말아서 도쿄 만에다 던져버렸을 거다."

그러고 보니 나에게 돈을 빼앗긴 사람은, 멍청하게도 차키를 꽂아둔 채 자동차에서 멀리 떨어졌던 고구레였다. 어쩌면 하늘이 우리를 도와주신 걸지도 모르지만, 이 남자가 그렇게 수준 낮은 실수를 하지 않았더라면 그 후의 사건은 애초에 일어나지도 않았을 것이다.

"그런데도 나는 이렇게 살아 있다. 덤으로 돈을 변상하라고 닦달을 당하지도 않았어……. 그 이유가 뭐일 것 같아?"

"저…… 모르겠습니다."

나는 바닥에 엎드린 채 고구레의 비위를 맞추려는 것처럼 대답했다.

"그 사람은 말이지…… 펠라티오를 할 때 말고는, 여자한테 휘둘리는 것을 엄청나게 싫어해."

변함없이 천박하고도 어리석은 은유법이었다.

"하여간 건방진 여자는 엉망진창으로 만들어주지 않으면 직성이 안 풀리는 사람이거든. 어쩌면 여자한테 원한이 있는 걸지도 몰라."

아니, 원래 그런 남자는 세상에 썩어 날 정도로 많았다.

"그러니까 이쯤에서 끝내지 않으면 위험해……. 너 그러다 진짜로 죽는다?"

갑자기 고구레는 내 뺨을 핥으면서 그렇게 말했는데— 나는 그 말의 진의가 무엇인지 판단할 수 없었다. 그 '무서운 사람'은 큰돈을 도둑맞은 것보다도, 그 돈을 훔쳐간 사람이 여자라는 것 때문에 화가 난 걸까. 그렇다면 도대체 여자를 얼마나 하찮고 비천한 존재로 치부하고 있는 걸까.

"난 여자의 목숨은 빼앗고 싶지 않아……. 아무래도 여자 덕분에 돈을 벌고 있으니까. 그러니 너도 고집 부리지 말고, 빨리 돈이 어디 있는지 말해. 그러면 만사 원만하게 해결될 거야."

미안하지만 그 말을 듣고 고개를 끄덕일 수는 없었다.

* * *

틀림없이 이런 풍경을 본 적이 있는 사람은 적을 것이다——나는 차창 밖을 바라보면서 멍하니 그런 생각을 했다. 경찰서 맞은편에 있는 아파트에서 나온 지 몇 분 후의 일이었다.

이 동네에 산 지 몇 년은 됐으니까. 눈에 보이는 모든 것이 익숙했다. 한동안 떠나 있었더니 은근히 그립게 느껴지기도 했다.

그런데도 모든 풍경이 참 멀어 보였다. 마치 두꺼운 유리한 장을 사이에 두고 있는 것처럼. 오히려 낯설어 보일 정도였다.

어쩌면 자신이 처한 비정상적인 이 상태에 비하면 너무나 일상적인 풍경이라서 그런 느낌이 드는 걸지도 모른다.

가을이 되자 해 지는 시각도 빨라져서 이미 하늘은 오렌지색으로 타오르고 있었다. 그 하늘 아래에서 수많은 자동차와 자전거가 이리저리 오가고 있었고, 편의점 간판과 마트의 조명이 전보다 더 밝아 보였다.

이 동네에서 나는 아무렇지도 않게 살고 있었다.

편의점에서 과자와 물을 사고, 마트에서 반찬과 식재료를 사고, 맛집으로 소문난 디저트 가게에서 작은 크리스마스 케이크를 사고, 대형 드럭 스토어에서 샴푸나 보디 워시를 샀었다. 나는 그것들을 먹거나 마시거나 사용하거나 하면서 살아왔다. 진짜 친구라고 할 만한 친구는 없었어도, 그런 것이 나의 친구나 마찬가지였다.

그러나 지금은——그중에 그 무엇도 나를 구해주지 않는다. 생명조차 위험한 지금 이 상황에서 나를 격려해주지도 않거니와 구원의 손길을 내밀어주지도 않는다. 평소보다 더 냉담한 태도. 어쩐지 나를 무시하는 듯한 느낌도 들었다.

비슷한 것을 아주 오래전에 느낀 적이 있었다. 중학교 시절에 아마미야가 투신자살을 한 직후였다.

한 소녀가 그렇게 슬픈 최후를 맞이했는데도 여전히 동네는 전혀 변하지 않았다. 특별히 위로해주지도 않았고, 그 죽음을 애도하는 기색도 없었고, 그저 담담하게 그 전날까지와 다름없는 시간을 반복하여 보내고 있었다. 그 소녀가 살아 있었던 시간을, 그녀가 사라진 후에도 그냥 반복하려고 하는 것이 그 시절의 나에게는 왠지 기묘하게 느껴졌었다.

아마도 이 세상에서 인간 하나쯤은 정말로 보잘것없는 존재일 것이다.

그런 사실은 예전부터 잘 알고 있었을 텐데——지금 이렇게 돌아갈 길을 잃어버린 눈으로 거리를 바라보니, 세상의 차가움이 피부로 느껴졌다.

내가 지금 끌려가고 있는 곳은 고구레의 몇 개나 되는 기지 중 하나라고 한다.

주위에는 커다란 알루미늄 공장과 주차장밖에 없어서 산책 나오는 사람도 거의 없는 곳. 고구레는 그곳에 있는 차고 두 개를 소유하고 있었다. 셔터가 달린 견고한 차고였다. 한번 안에 들어가면 웬만한 소음은 바깥으로 새어나가지 않는다. 그리고 또 그곳은——쥐라의 아버지를 해치운 장소라고도 한다.

그곳으로 끌려간다는 이야기를 들었을 때 나는 내가 무슨 짓을 당할지 눈치챘다. 눈치채지 못하면 바보였다.

설령 무슨 짓을 당하더라도 쥐라와 돈에 관해서는 실토하지 않을 것이다……라고 나는 속으로 결심했는데, 폭력에 대한 공포는 그것과는 별개였다. 그것에 대한 두려움이 점점 커질수록, 지금까지 경험했던 흔한 일상이 그리워졌다. 또 어젯밤에도 접했던 쥐라의 맨살을 다시 느끼고 싶어졌다.

그래, 바로 어제 일이었다.

그것을 떠올리면서 나는 차라리 엄마를 버릴 수 있다면 얼마나 좋을까……라는 생각도 해봤다.

만약에 엄마가 지금까지 나에게 해줬던 것들과, 내가 엄마에게 해줬던 것들이 눈에 보이는 형태로 기록되었더라면 압도적으로 내가 더 많은 점수를 얻을 것이다. 애초에 엄마는 부모인데도 전혀 부모답게 행동하지 않았다. 항상 자신의 감정만 우선시하면서 나는 뒷전으로 미뤄놨었다.

그러고 보니 중학교 시절에 나처럼 모녀 가정인 동성 친구가 있었다. 상당히 머리가 좋은 시노부라는 아이였는데, 그 애가 어느 날 엄마에게 물어봤다고 한다.

"있잖아, 엄마한테 목숨 다음으로 소중한 것은 뭐야?"

"그건 역시…… 돈이 아닐까?"

틀림없이 우리 집과 마찬가지로 돈 때문에 고생하고 있었던 것이리라. 시노부의 어머니는 잠시 생각해보다가 그렇게 대답했다고 한다.

그 대답을 들은 시노부는 실망했다. 거짓말이라도 좋으니까 "목숨 다음으로 소중한 것은 내 딸인 너야"라고 말해주기를 바랐기 때문이다.

그래서 시노부가 삐친 얼굴로 투덜거리자, 어머니는 뭐 당연한 것을 묻느냐는 식으로 대답해줬다고 한다.

"응? 그거야…… 넌 목숨보다도 더 소중하니까."

그 말을 들은 시노부는 감동하여 저도 모르게 어머니를 와락 끌어안았다고 한다.

아아, 좋겠다——그 이야기를 들었을 때 나는 무척 부러워했다. 그래서 나도 집에서 똑같은 질문을 엄마에게 해봤다.

"어휴, 그걸 어떻게 정해……? 소중한 것이 너무 많은걸."

한참 생각하다가 엄마는 그렇게 대답했다.

엄마는 잡지에 실려 있는 심리 테스트를 할 때에도 진지하게 고민하는 타입이니까, 그때도 아마 진지하게 생각했을 것이다. 저것이 중요할 때도 있고, 이것이 중요할 때도 있다……는 식으로 생각했을 것이다.

"그럼 난 몇 번째로 소중해?"

나는 좀 짜증이 나서 꽤 직접적으로 물어봤다. 그랬더니 엄마는 또 진지하게 고민했다. 그 후 면목 없다는 듯이 대답했다.

"미안하지만 너는 네 번째나 다섯 번째 정도일 거야."

당연히 나는 놀라서 입을 떡 벌렸다. 솔직히 말하자면 부모자식의 인연을 끊고 싶을 정도로 심각한 대답이었다.

만약에 자기 목숨이 제일 소중하다고 대답했더라면, 인간은 원래 그런 생물이니까 너그럽게 이해해줘야지 하는 생각도 들었을 것이다. 그런데 굳이 콕 집어서 '네 번째나 다섯 번째'라고 말하다니.

아마도 같은 나이대의 소녀들 중에는 이 한마디를 듣자마자 어머니를 싫어하게 되어서, 그 한을 오래오래 가슴속에

품고 사는 사람도 있을 것이다. 어쩌면 자기 어머니가 진짜 최악의 어머니라고 생각할 수도 있고.

그러나 나는 오히려 감탄했다.

어찌 보면 우리 엄마는 겉과 속이 똑같은 인간이었다. 항상 누군가를 좋아하게 되고, 그 사람에게 사랑받으려면 어떻게 해야 할지 진지하게 고민했다. 엄마는 남자가 없으면 안 되는 사람이라서 머릿속에도 늘 그런 생각이 꽉 차 있었다.

그때도 분명히 엄마는 좋아하는 사람이 여러 명 있어서 순위를 정하지 못했던 게 아닐까. 그와 더불어 돈과 개인적인 욕심 등도 고려한다면, 아무래도 자기 딸인 나는 네 번째나 다섯 번째 순위가 될 수밖에 없었던 것이리라.

"아니, 아무리 그래도 엄마가 그런 말을 할 필요는 없었잖아?"

"뭐든지 솔직하게 말한다고 다 좋은 게 아니야."

나중에 이 이야기를 친구에게 했더니 모두들 입을 모아 그렇게 말했다. 분명히 그러는 것이 상식적인 행동일 것이다.

그러나 나는 지나치게 솔직한 우리 엄마를 싫어하진 않았다. 좀 기가 막히긴 했지만, 단점도 그 정도로 철저하면 오히려 미덕인 것 같았다.

나는 그런 엄마를 정말 좋아했다——요령은 없어도 최선을 다해 살아가고 있는 엄마를 가차 없이 버린다는 것은 나로선 도저히 할 수 없었다. 나를 네 번째인가 다섯 번째로 중요하다고 말한 엄마를, 나는 제일 좋아했다.

그러니까 어떻게 해서든 엄마를 구하고 싶었다. 그와 동시에 쥐라도 행복하게 해주고 싶었다——그 두 가지를 실현시키기 위해서 깊은 수렁의 밑바닥으로 가라앉는 수밖에 없다면, 나는 그렇게 할 것이다. 결코 '기꺼이'는 아닐지언정 그것이 최후의 수단이라면.

이윽고 자동차는 예의 차고 앞에 도착했는데——그곳에서는 처음 보는 청년 두 명이 이미 대기하고 있었다. 고구레가 내 팔을 잡아당겨 차에서 끌어내린 순간, 마치 잘 준비된 공연을 하듯이 그들은 한쪽 차고의 셔터를 올렸다.

"냄새가 좀 나지만, 적당히 참아."

고구레가 은근히 친절하게 그런 말을 했는데——차고 안으로 끌려 들어가자마자 누군가가 켠 전등의 불빛을 받아 드러난 것은, 바닥 여기저기에 흩어져 있는 거무스름한 얼룩이었다.

"이건 쥐라의 아버지가 토한 흔적이야……. 나 참, 깨끗이 치워놓으라고 했는데."

그 한마디에 내 다리가 뻣뻣하게 굳어버렸다. 그 순간 고구레가 '폐 아저씨'에게 눈짓으로 신호하는 것이 보였다. 화들짝 놀랐는데, 그와 동시에 내 배에서 갑자기 묵직한 충격이 느껴졌다. 배꼽 위쪽의 위 부분에 '폐 아저씨'의 주먹이 정확히 꽂힌 것이다.

나는 반사적으로 배를 붙잡으면서 몸을 웅크렸는데──그 움직임에 의해 밀려나온 것처럼 배 속의 내용물이 울컥 올라왔다. 나는 몇 초 후에 그대로 토하고 말았다.

"뭐야. 겨우 한 방 맞고 토해?"

"역시 여자여도 토사물은 냄새 나네."

무릎을 꿇고 괴로워하는 나의 머리 위에서 남자들의 웃음소리가 울려 퍼졌다.

* * *

그다음부터 나는 배와 머리를 몇 번이나 주먹으로 맞았고, 블라우스도 찢어져서 상반신이 노출된 상태가 되었지만──실제로는 차고 안으로 끌려 들어온 지 겨우 20분밖에 안 지났다고 한다. 남자들이 다 드러난 내 가슴을 마구 주물러댔고 심지어 고구레는 내 유두를 핥기까지 했는데──돌연 찾아온 경찰관들이 차고의 셔터를 열고 들어와서 몇 배나 되는 인원수로 그 남자들을 구속해줬기 때문에 나도 더 이상 심각한 피해를 입지는 않았다.

이런 식으로 말하면 내가 냉정하게 상황을 파악하고 있었던 것처럼 보일지도 모르지만, 실제로는 그렇지 않았다. 요지 군이 내 어깨를 붙잡고 흔들기 전까지는 난 반쯤 실신한 상태였다.

"루리 씨, 괜찮아요?! 정신 차려요!"

그 목소리를 듣고 의식을 되찾은 내가 천천히 눈을 떴더니, 바로 눈앞에 요지 군의 커다란 얼굴이 있어서 깜짝 놀랐다.

"어……? 요지 군? 어째서 네가…… 여기에 있어?"

"실은 루리 씨가 걱정돼서…… 아까 아침에 차 안에서 대화하고 나서, 한발 먼저 도쿄에 와 있었어요."

"그랬어?"

마치 잠을 잘못 잔 것처럼 목이 잘 움직여지지 않았다. 구타를 당할 때 다쳤나 보다. 그래서 요지 군의 얼굴을 쳐다보기도 힘들었다. 다만 맨살이 드러났던 내 상반신에 그의 겉옷이 걸쳐져 있다는 것을 눈치챈 순간, 나는 그가 조금 좋아졌다.

"어떻게, 여기를 알고 왔어?"

"그게 중요한 게 아니잖아요. 좀 편하게 누워 있어요……. 금방 구급차가 올 테니까."

그는 사정을 설명하는 것은 제쳐두고 나를 걱정하느라 바뺀 것 같았지만, 나는 요지 군이 여기에 와 있는 이유를 알고 싶었다. 이대로 다시 정신을 잃었다가는 현실과 꿈을 구별하지 못하게 될 것이다……라고 생각했기 때문이다.

"실은…… 내 휴대폰을 당신 가방 속에 몰래 넣어놨어요. 그 가방, 유난히 주머니가 많았잖아요?"

"아침에, 만났을 때? 난 전혀 눈치채지 못했는데."

"그야 뭐, 들키지 않도록 조심했으니까요. 어, 그래서 그 휴대폰 전파를 이 노트북으로 추적해서 온 거예요."

그렇게 말하면서 요지 군은 소형 노트북을 나에게 보여줬다. 화면에는 '내 휴대폰 찾기'라는 제목이 붙은 지도가 표시되어 있었는데, 그중 한 지점에서 화살표가 반짝거리고 있었다. 그동안 나는 고구레의 휴대폰이 발신하는 전파 때문에 신경을 곤두세웠었는데──설마 그 전파의 도움을 받게될 줄은 몰랐다.

"나는 루리 씨보다 먼저 도쿄에 와서, 경찰서로 가서 이것을 보여줬어요."

이어서 요지 군은 컴퓨터를 조작하여 수많은 사진 섬네일들이 나열되어 있는 화면을 불러냈다.

"어, 이건……."

그것은 본 적 있는 사진이었다. 요지 군의 컴퓨터를 이용해 그 남자의 휴대폰에서 복사해온 내용물이었다. 그것은 내가 직접 USB 메모리로 옮긴 다음에 모조리 삭제했을 텐데.

"죄송해요……. 실은 컴퓨터에 저장된 사진이란 것은 한 번 삭제하더라도 의외로 쉽게 복구할 수 있거든요. 오늘 루리 씨의 이야기를 듣고, 그 남자의 휴대폰이라면 뭔가 위험한 것이 하나라도 저장되어 있지 않을까? 하고 복구를 해본 거예요."

아니, 실제로는 훨씬 더 옛날에 복구했던 게 아닐까…… 하는 의혹도 생겼지만, 지금은 굳이 말하지 않기로 했다.

"그랬더니…… 좀 끔찍하긴 한데, 이런 것이 나왔어요."

요지 군이 확대한 것은 저번의 그 린치 사진이었다. 그는 불쾌감을 느꼈는지 딱 한순간만 확대했다가 금방 꺼버렸다.

"이건 반년 전에 도쿄에서 일어났던 대학생 살인 사건의 현장 사진이에요……. 원본 사진 같으니까, 이 휴대폰의 소유자가 사건 현장에 있었던 게 틀림없어요."

그 사진 속 청년의 얼굴은 내 머릿속에 선명하게 남아 있었다. 생기 없는 눈을 반쯤 뜨고 있어서 무서운 사진이었는데——불쌍하게도 그 사람은 역시 죽었었나 보다.

"이 사진 덕분이라고 말하면 어폐가 있을지도 모르지만, 그래도 이것 덕분에 경찰 측도 간신히 내 이야기를 믿어주게 됐어요. 어휴, 그 전까지는 얼마나 고생했는데요. 내가 점심때 경찰서에 도착해서 그때부터 쭉 설명을 했는데도 경찰이 전혀 믿어주지를 않으니까…… 난 정말, 루리 씨가 빨리 와주기만을 바랄 뿐이었어요. 그래서 휴대폰 위치를 몇 번이나 확인했었죠."

"그럼 좀 전에 경찰서 앞 아파트가 표시되지 않았어? 거기에도 그 남자의 아지트 같은 것이 있었거든."

그 시점에서 아파트로 달려 와줬으면, 나도 이렇게 험한 꼴을 당하진 않았을 텐데……라는 마음도 없지는 않았다.

"네, 실제로 화살표가 표시되긴 했는데…… 저, 죄송해요. GPS의 오차인가? 하고 생각했어요."

"응? 그게 무슨 소리야."

"아, 실은 말이죠. 이 노트북이 꽤 오래된 놈이라서. 머리가 좀 안 좋거든요."

그러면서 머리를 긁적거리는 요지 군. 그 얼굴을 본 나는 무심코 웃음을 터뜨렸다.

이로써 처음 계획대로 돈을 적당히 남기는 데 성공한다면, 이번 일에 대한 고마움의 표시로 새 노트북을 사줘도 될 것 같았다.

* * *

"그래서 너희 어머니는 괜찮으셨어?"

사건 이후로 4일이 지난 그날 밤——나는 오랜만에 요코카와에 있는 바 '저쪽을 보는'의 카운터에 앉아 있었다. 그날은 레이디스 데이는 아니었지만 손님은 나 하나밖에 없었다. 이 가게도 슬슬 위험한 걸지도 모른다.

"아, 그게 말이죠……. 출장 성매매를 하는 여자들의 대기실 같은 곳에 머물면서 대충 음식이나 만들고 그랬대요. 나는 엄청 걱정했는데. 긴장감이 너무 없다고 생각하지 않아요?"

그렇다. 고구레는 집에서 엄마를 납치하긴 했지만, 실제로 위해를 가할 마음은 별로 없었나 보다. 그 남자의 성격은 영 파악하기 어려웠다.

"무사하셨으면 그게 제일 좋은 거 아냐……? 루리곤, 너 몸은 이제 괜찮아?"

"일단 입원해서 CT 촬영 같은 것을 했는데요. 큰 문제는 없었어요. 그 후 경찰의 취조 비슷한 것을 받게 되었는데, 오히려 그것 때문에 몸이 피곤해졌죠."

하지만 그렇게 애쓴 보람이 있어서——요지 군이 가르쳐준 '작전'대로 일이 잘 진행될 것 같았다.

결국 내가 현금을 들고 달아난 사건은 피해자가 존재하지 않으니까. 물론 폭행 현행범으로 체포된 고구레가 무슨 말을 할 가능성이 아예 없지는 않았지만, 그러려면 그 돈을 누구한테서 받았는지 명확하게 밝혀야 할 것이다. 그는 그 돈의 소유주를 몹시 무서워하고 있었으므로 감히 그런 짓은 못하지 않을까. 애초에 그의 휴대폰에는 여죄로 추정되는 정보가 대량으로 저장되어 있었다고 하니까, 다시 사회로 나오려면 시간이 오래 걸릴 것이다.

이야기에 현실미를 더하기 위해 사용한 300만 엔은 지금은 경찰이 가져가버렸지만, 그 돈은 포기해도 오가키의 아파트 옷장 속에는 2700만 엔 이상의 현금이 보관되어 있었다. 그 돈은 당당하게 쓸 수 있다……고는 할 수 없지만, 어쨌든 그만한 현금이 있으면 나와 쥐라는 한동안 곤경에 처하지는 않을 것이다. 다소 찝찝하긴 해도 실질적으로는 내가 승리한 셈이다.

"그런데 아직은 할 일이 남아 있어요……. 내일은 그동안 방치해뒀던 빌라의 제 집에 관한 뒤처리를 하기로 했거든요."

일단은 짐만 처분하기로 했는데, 아무래도 그 집의 주인은 황당하게도 그곳이 사건 현장이 되어버리는 바람에 몹시 화가 난 것 같았다. 그 손해를 배상해야 할 사람이 나인지 아닌지 이야기를 해봐야 할 것이다. 그러려면 시간이 좀 걸릴 테고.

"어휴, 정말 귀찮겠다……. 넌 빨리 돌아가고 싶을 텐데."

"파트너를 계속 혼자 놔두고 있으니까요."

나는 이미 로코 씨에게 쥐라는 내 파트너라고 이야기했다. 사진을 보여줬더니 그녀는 "와, 귀엽다!" 하고 남의 일인데도 무척 기뻐하면서 "빨리 여기로 데려와줘" 하고 아까부터 몇 번이나 재촉을 해댔다.

"조만간 둘이서 도쿄에 올게요⋯⋯. 제 파트너는 특히, 아버지 건도 있으니까요."

아직도 나는 쥐라에게 아버지가 살해됐다는 사실을 이야기해주지 않았다.

듣자하니 그 신원이 판명된 시점에서 쥐라의 어머니에게 연락이 가서, 내가 입원해 있는 사이에 간소한 장례식은 다 끝나버렸다고 하는데──그 어머니도 많이 당황하셨을 것이다.

경찰관이 잡담하듯이 가볍게 이야기해준 바에 의하면, 쥐라의 아버지가 일방적으로 딸을 데리고 행방불명돼서 그대로 아무런 연락도 안 해줬다고 한다. 그래서 쥐라의 어머니도 아직 혼인 신고는 안 했어도 지금은 다른 사람과 같이 살고 있는 모양이다.

그런 사정을 쥐라는 전혀 몰랐다. 이대로 이야기하지 않아도 된다면, 그냥 비밀로 하는 것이 쥐라에게는 훨씬 더 좋은 일이 아닐까.

"그러고 보니…… 아까부터 물어보고 싶었는데. 루리곤, 넌 이대로 기후 사람이 되어버릴 거니? 둘이서 이쪽에 와서 살 생각은 없어?"

자신을 위해 새 하이볼을 만들면서 로코 씨가 질문을 던졌다.

"글쎄요……. 도쿄도 좋긴 한데, 오가키도 꽤 살기 좋은 동네여서요. 그 문제에 관해서는 파트너와 차분하게 이야기를 해볼게요."

"가능하다면 이쪽으로 돌아오면 좋겠다. 루리곤까지 안 오게 된다면 이 가게도 끝이야. 요새는 정말로 힘들거든."

그때부터는 어떻게 이 치열한 경쟁 속에서 살아남느냐…… 하는 로코 씨의 소신 표명 연설 같은 분위기가 조성됐다. 나는 적당히 기회를 봐서 자리에서 일어났다.

"오늘도 비즈니스호텔에서 묵을 거야?"

"네. 어제처럼 아사쿠사예요."

"조심해서 가……. 그리고 금방 또 와, 알았지?"

"알았다니까요. 그럼 내일도 또 올게요."

"와, 훌륭해! 그런 순순한 태도는 너의 장점이야. 잘 살려 주고 싶어."

우리는 익살스럽게 서로 악수를 나누고 웃으면서 헤어졌다.

'저쪽을 보는'에서 빠져나온 나는 좁은 계단으로 내려가 바로 앞에 있는 도로로 나왔다. 그랬더니 길바닥이 젖어 있었다. 어느새 소나기가 내렸다가, 나와 로코 씨가 눈치채기도 전에 그쳤나 보다.

'은근히 많이 내린 것 같네.'

물웅덩이는 없었지만 아스팔트는 골고루 다 젖어 있었다. 길가에 있는 자판기에도 상당히 많은 양의 빗방울이 맺혀 있었다.

비가 또 내리려나──그런 생각을 하면서 하늘을 우러러봤더니 아름다운 달이 떠 있었다. 그대로 빙글 주위를 둘러봤다. 푸른색과 하얀색 조명으로 빛나는 도쿄 스카이트리가 의외로 가깝게 보였다.

'그러고 보니 쥐라는 도쿄 스카이트리에 올라가본 적이 있을까?'

혹시 없다면, 같이 올라가보고 싶다……고 생각하면서 휴대폰을 꺼내 사진을 한 장 찍었다.

벌써 쥐라의 얼굴을 4일이나 못 봤다.

쥐라는 지금 맹렬하게 창작 의욕이 샘솟아서 안드로메다 은하 그림을 몇 장이나 그리고 있다고 한다. 전화로 그 이야기를 들을 때마다 "사진 찍어서 보내줘"라고 말했지만, 쥐라는 절대로 사진을 보내주지 않았다.

"사진은 안 돼……. 아무리 잘 찍어도 그건 가짜잖아. 에르메스 씨는 이것을 꼭 직접 봤으면 좋겠어."

그렇게 자신감 넘치는 소리를 할 수 있게 된 것도 내 교육의 성과이면 좋을 텐데…….

쥐라는 진짜로 진정한 예술가가 되었으면 좋겠다. 아니, 아마도 그 애는 천재일 테니까 내가 가만히 있어도 저절로 그렇게 될 테지만, 저번처럼 요지 군의 영향을 받기라도 한다면 쓸데없이 먼 길을 돌아가게 될지도 모른다.

'쥐라는…… 요지 군을 어떻게 생각하는 걸까.'

전에는 나와는 다른 느낌으로 다정하다고 말했는데――라고 내가 생각했을 때, 문득 저 앞쪽 길에 펼쳐져 있는 투명한 비닐우산이 눈에 띄었다.

아니, 자세히 보니까 비닐우산을 쓴 인간이 인도에 쪼그려 앉아 있었다. 머리 길이와 몸의 라인을 보면 여자인 것 같았다.

'저 사람…… 왜 저러고 있는 거지?'

요코카와에서 도쿄 스카이트리역으로 가는 길은 반쯤은 주택가이므로 충분히 밝지는 않았다. 그런 곳에 여자가 쪼그려 앉아 있다는 것은 십중팔구 긴시초 같은 곳에서 술을 너무 많이 마시고 왔거나, 아니면 갑자기 어디가 아파서 그런 것이리라.

조심조심 가까이 다가가 봤더니 예상대로 나와 비슷하거
나 조금 더 나이가 있어 보이는 여자였다. 갈색 코트를 입고
빨간 레인 부츠를 신은 여자. 왠지 모르게 유흥업소에서 일
하는 사람 같은 분위기였다.

"저…… 무슨 일 있으세요?"

나는 바로 옆에 쪼그려 앉아 우산 속을 들여다보면서 말
을 걸었다.

"아, 아뇨. 별일 아니에요…… 그냥 컨디션이 좀 안 좋아
서."

"혹시 술을 너무 많이 드셨어요? 비는 이미 그쳤는데요."

"아, 그래요?"

그때 비로소 그 여자가 고개를 들었는데──그 표정에서
는 어쩐지 방심할 수 없는 기색이 느껴졌다.

그렇게 생각한 순간, 일종의 오한이 무시무시한 속도로
내 목덜미를 타고 올라왔다. 순간적으로 나는 벌떡 일어나
그 여자에게서 멀어지려고 했다.

그러나 아주 조금 늦었다.

그 여자가 재빨리 비닐우산을 자기 몸 앞으로 이동시키는
가 싶더니, 지독하게 뜨거운 것이 내 명치 근처를 꽉 누르는
느낌이 들었다.

"어?"

반사적으로 밑을 내려다봤다. 비닐우산을 뚫고 길쭉한 나이프가 튀어나와 있었다. 그리고 그 칼끝이 내 명치에 푹 박혀 있었다. 그 여자가 우산 너머에서 나이프로 나를 찌른 것이다.

"너, 는⋯⋯."

무의식중에 손을 내밀었는데, 그 여자는 우산을 능숙하게 움직여 내 손을 피하면서 멀어졌다.

"있잖아⋯⋯. 펠라티오를 할 때 말고는, 여자한테 휘둘리는 것을 엄청나게 싫어하는 사람이 있는데. 당신도 알아?"

그 여자의 얼굴이 투명한 비닐 너머로 일그러져 보였다.

"그런 사람은 키스도 싫어하는 걸까?"

그 말이 끝나자마자 상대는 나이프를 뽑았다. 내 몸에서 터져 나온 선혈이 제법 세차게 비닐우산에 부딪쳤다.

"후후. 우산은 참 편리해."

그 여자는 세 발짝쯤 뒤로 물러나더니 피투성이가 된 비닐우산을 도로에 휙 버렸다.

"누군가가⋯⋯ 당신한테, 사주한 거야?"

설마 그럴 리는 없겠지만——이게 진짜 살인 청부업자인 건가. 그런 인간이 정말로 존재하는 걸까.

"돈은 그냥 줄 테니까 가지래."

내 질문에는 대답하지 않고 그 여자는 엉뚱한 말을 했다.

"너도 참 바보다……. 남자의 자존심을 건드리는 짓은 하면 안 돼. 체면이 자신의 전부라고 생각하는 녀석도 있거든."

그 여자는 마치 친구 같은 말투로 이야기했다.

"남자는 다 바보니까 적당히 치켜세워주면 되는 거야……. 그것도 여자의 능력이지, 안 그래?"

그 여자는 그런 말만 남기고 빙글 돌아서서 가까운 골목으로 뛰어 들어갔다. 그 모습은 금세 어둠 속에 녹아들었다. 피투성이가 된 나만 홀로 그곳에 남았다.

'이런…… 방심했어.'

나는 근처에 있는 가드레일을 붙잡고 필사적으로 몸을 일으켰다. 도와달라고 소리치고 싶었지만, 목구멍이 부어오른 것처럼 아파서 목소리가 나오지 않았다.

'여자 살인 청부업자라니…… 그런 게, 정말로 있었구나.'

그런 것은 영화나 TV 속에만 존재하는 줄 알았는데──빌어먹을, 찔린 곳이 아프다기보다는 뜨거웠다.

'아, 그래…… 로코 씨.'

눈앞에 '저쪽을 보는'의 작은 전광 간판이 보였다. '저쪽을 보는'까지 가면, 로코 씨가 어떻게든 해줄 것이다. 나는 가드레일에 의지하여 그쪽으로 두세 걸음 전진했다.

그러나──아니, 안 된다.

정확히 어디라고 말하긴 어렵지만 내 몸속의 중요한 부분이 망가졌다는 것이 느껴졌다. 나는 아마도 더 이상 버티지 못할 것이다.

'이대로…… 죽는 건가?'

'그건, 싫어.'

나는 '저쪽을 보는'으로 다가가는 짓을 그만뒀다. 만약에 내가 저 가게의 계단 같은 곳에서 죽는다면, 이상한 소문이 나서 저 가게에 오는 손님은 절망적으로 줄어들 것이다. 어차피 죽을 거면 '저쪽을 보는'에서 가능한 한 멀리 떨어진 곳에서 죽어야 한다.

그로부터 몇 초 후, 나는 더 이상 서 있을 수 없게 되었다. 가드레일을 끌어안으면서 그대로 미끄러지듯이 바닥에 주저앉았다.

'쥐라……'

나를 기다리고 있을 애인의 얼굴이 선명하게 뇌리에 떠올랐다. 내가 좋아하는 안드로메다 그림을 그리면서 내가 돌아오기를 기다리고 있는 귀여운 쥐라.

'아아, 쥐라가 그린 안드로메다를 보고 싶었는데.'

절대로 내 눈으로는 볼 수 없는, 250만 광년이나 떨어져 있다고 하는 은하——그것은 정말로 존재하는 걸까.

존재한다는 것은 누가 가르쳐줬지만, 자기 눈으로는 볼

수 없는 것. 그런 것은 이 세상에도 얼마든지 있다. 꿈도, 희망도, 사랑도.

　몸을 지탱하기 어려워져서 나는 축축한 아스팔트 위에 쓰러지듯이 드러누웠다.

　'쥐라…… 사랑해.'

　진짜 마지막 순간에 그런 말을 건넬 수 있는 사람이 있어서 다행이다. 그 아이가 바로 나의 안드로메다일 것이다.

　'난 이제 틀린 걸까.'

　드러누운 자세로 쓰러진 덕분에 시선이 어두운 하늘로 향했고——그 순간, 나는 믿을 수 없는 것을 보았다. DVD에서 봤던 것과 똑같은 안드로메다은하가 내 눈앞을 온통 채우면서 펼쳐져 있었던 것이다.

　"에르메스 씨."

　그 광경에, 속삭이는 듯한 쥐라의 목소리가 겹쳐졌다.

　"다음에 만나면 나를 꼭 안아줘요."

　응, 꼭 그럴게——그렇게 대답하기 전에 모든 빛이 녹아내리더니 한데 뒤섞여 사라졌다.

안드로메다의 고양이

1판 1쇄 발행 2023년 7월 6일

저자　　　슈카와 미나토
옮긴이　　한수진
발행인　　유재옥

본부장　　조병권
편집 1팀　김준균 김혜연
편집 2팀　정영길 조찬희 박치우 정지원
편집 3팀　오준영 이해빈 이소의
편집 4팀　전태영 박소연
디자인　　김보라 박민솔
라이츠　　김정미 맹미영 이윤서
디지털　　박상섭 김지연
발행처　　㈜소미미디어
발행등록　제2015-000008호
주소　　　서울시 마포구 토정로 222, 403호(신수동, 한국출판콘텐츠센터)
판매　　　㈜소미미디어
제작처　　코리아피앤피
영업　　　박종욱
마케팅　　한민지 최원석 최정연 박수진
물류　　　허석용 백철기
전화　　　편집부 (070)4164-3960, (070)8822-2302, 기획실 (02)567-3388
　　　　　　판매 및 마케팅 (070)4165-6888, Fax (02)322-7665

ISBN　　　979-11-384-7930-1 (03830)